DER BRENNENDE MANN

HIDDEN-NORFOLK-KRIMI BUCH 5

J M DALGLIESH

Übersetzt von
ANNA-CHRISTINA MAINHART

Zuerst erschienen bei Hamilton Press, 2021

ISBN 978-1-80080-821-8

EXKLUSIVES ANGEBOT

Wenn Sie das **KOSTENLOSE** eBook erhalten möchten, das <u>exklusiv</u> für Mitglieder meines Leserclubs verfügbar ist, besuchen Sie meine Website oder folgen Sie dem Link am Ende des Buchs.

Das rebellische Mädchen – *eine KOSTENLOSE Novelle aus der Hidden-Norfolk-Reihe, verfügbar auf*

Garantiert ohne Spam. Sie können sich jederzeit abmelden.

DER BRENNENDE MANN

PROLOG

DIE SONNE BRACH durch die dünne Wolkendecke und blendete ihn. Während er im Gehen die Gegend absuchte, verfluchte er die Entscheidung, die Sonnenbrille im Fahrzeug zu lassen. Eine Frau ging an ihm vorbei, sie zupfte mit einer Hand ihren Tschador zurecht und zog mit der anderen ihre Tochter hinter sich her. Anscheinend vermied sie bewusst, ihm in die Augen zu sehen. Das war so üblich, zumindest glaubte er das seit seiner Ankunft. Er schaute ihr nach, wie sie sich schnell von ihm entfernte. Das kleine Mädchen blickte zu ihm zurück und betrachtete ihn mit neugieriger Miene, aus der er nicht richtig schlau wurde. Die grünen Augen passten nicht zu den dunklen Haaren und der olivfarbenen Haut.

Dann konzentrierte er sich wieder auf seine Aufgabe und suchte den Boden vor sich ab. Dieser war trocken und mit kleinen Steinchen übersät. Egal, wohin er in diesem Land ging, überall sah es gleich aus. Trocken und staubig ... ganz anders als in seiner Heimat mitten in Schottland. Wenn er danach gesucht hätte, hätte er keine gegensätzlichere Landschaft finden können.

Als er zum Viking zurückschaute, sah er, dass sein Trupp

das Gleiche tat wie er – alle suchten nach einer Nadel im Heuhaufen. Das nächste Mal sollten sie der Artillerie sagen, dass sie ihre blöde Drohne selbst suchen konnten. Hier, am Rand eines Dorfes mitten in einem Sechs-Punkte-Raster, Genaueres hatten ihnen die Operators nicht sagen können, suchten sie den Boden ab. Was für eine Zeitverschwendung.

Das hätte nicht passieren dürfen.

Eigentlich sollten sie längst in der vorgeschobenen Operationsbasis sein und etwas essen. Eine Stunde nach ihrer Rückkehr hatten sie den Befehl für dieses sinnlose Unterfangen erhalten. Er holte tief Luft und suchte den Schotter ab. Falls die Drohne irgendwo hier abgestürzt war, müssten sie sie finden können, außer, ein Einheimischer hatte die Wrackteile bereits eingesammelt. Das war ihr schlimmster Albtraum – die Drohne in den Händen der Feinde. Im Augenblick befand sich der halbe Trupp auf der anderen Seite des Dorfes und arbeitete sich zur anderen Hälfte, in seine Richtung, vor.

Er hörte einen Schrei und schaute zurück. Sein Sergeant brüllte ihm etwas zu und gestikulierte wild auf einen Punkt hinter ihm, um ihn auf etwas aufmerksam zu machen. Ihm wurde klar, dass er sich zu weit vom Rest des Trupps entfernt hatte, er berührte mit einer Hand den Empfänger im Ohr und drückte ein paar Mal darauf. Nach einem Knistern hörte er Schreie von Soldaten, die mehrere Kontakte meldeten, dann wurden rund um ihn herum kleinkalibrige Waffen abgefeuert. Die Motoren der mechanischen Waffen dröhnten los und er schaute zurück in die Richtung, in die sein Sergeant gedeutet hatte. Dort sah er blaue Rauchfahnen aufsteigen und einen schwarzen Punkt auf sich zurasen. Etwas pfiff an ihm vorbei und erst, als es in den Felsen hinter ihm einschlug, fiel es ihm wie Schuppen von den Augen. Durch die Detonation der Panzerfaust flogen überall Steine und Splitter umher. Auch wenn es nicht wie in Filmen war, war es trotzdem beeindruckend. Meist modifizierten die Taliban die Sprengköpfe, sodass sie vierhundert Meter entfernt in der Luft explodierten und durch die Schrapnelle mindestens ein Mann getötet wurde, für gewöhnlich der Kommandant. Wie konnte es sein, dass er nicht getroffen worden war? Rund um ihn regneten Splitter herunter, während er zurück zum Viking rannte. Seine Lungen und Schenkel brannten, vor und hinter ihm wurde geschossen, während beide Seiten den Kampf aufnahmen und das Feuer eröffneten.

Das hätte nicht passieren dürfen.

Als er das Fahrzeug erreichte, schrie sein Sergeant ihn an.

„Lass dir ruhig Zeit, Soldat!"

Nachdem er in den Fahrersitz geklettert war, ertönte von draußen ein gewaltiges Klong, das über dem Brüllen des Motors und den Schüssen zu hören war. Ein weiteres Geschoss der Panzerfaust war harmlos von der Panzerung des Vikings abgeprallt. Sie hatten es auch beim zweiten Mal nicht geschafft, ihn zu töten. Während sie auf die Positionen der Feinde am Dorfrand zu fuhren, klingelte es ihm in den Ohren.

Als sie das Dorf erreichten, tauchte vor ihnen an der nächsten Kreuzung ein Auto auf und kam ihnen entgegen. Über der Frontscheibe befanden sich Bleche, in die für den Fahrer ein Schlitz geschnitten worden war, damit er sehen konnte, wohin er fuhr. Bestimmt eine Selbstmordmission. Das Auto beschleunigte und schlingerte auf der holprigen Straße auf sie zu. Am Viking rotierte die Browning M2, als sie das Feuer eröffneten, und die Geschosse durchdrangen die behelfsmäßige Panzerung des Autos, als wäre sie aus Papier. Außer Kontrolle geraten scherte der Wagen nach rechts aus und prallte gegen die Mauer aus Lehmziegeln, die das Dorf umgab. Das Auto explodierte und eine Flammenwand versperrte die gesamte Breite der Straße.

Schweißgebadet und mit hämmerndem Herzen wachte er auf. Einen Augenblick lang war er verwirrt. Rund um ihn herrschte bis auf einen schmalen Streifen Mondlicht, der durch das hintere Fenster drang, völlige Dunkelheit. Eine sanfte Brise wehte durch das zersprungene Fenster und ließ die Vorhänge leicht hin und her schwingen. Er zitterte. Der Schweiß auf seiner nackten Haut und die kalte Nachtluft erinnerten ihn daran, dass er nicht mehr in Afghanistan war. Seine rechte Schulter schmerzte. Das war nicht weiter ungewöhnlich, schon gar nicht an kühlen Tagen.

Er stieg aus dem Bett, schlang die Decke um sich und ging hinaus. Als er die Tür öffnete, quietschten die Scharniere. Der Wind erfasste die leichte Tür und schmetterte sie gegen die Außenwand, allerdings gab es hier niemanden, der dadurch aufwachen würde.

Draußen ging er hinüber zum Feuer, die Holzstücke glühten noch rot und orange. Er legte ein paar Scheite und einige kleine Holzreste darauf. Schnell begannen sie zu glimmen und eine Flamme leckte am Holz hoch. Er zog die Decke enger um sich und ließ sich auf einen alten Campingstuhl fallen. Während er in das Feuer schaute und die tanzenden Flammen betrachtete, hörte er den Wellen zu, die sich in der Ferne an der Küste brachen.

So hätte es nicht sein dürfen.

KAPITEL EINS

Tom Janssen spürte, wie Alice sich bei ihm unterhakte und sich näher an ihn kuschelte. Als er sie ansah, blickte sie zu ihm hoch und lächelte, während das gleichmäßige Trommeln immer lauter wurde. Sie verrenkte den Kopf, um besser sehen zu können, die Menge auf beiden Straßenseiten wurde immer aufgeregter. Für Tom war das kein Problem, er überragte die Menschen in seiner Umgebung. Der Wind von der Nordsee war eiskalt, aber das hatte die Leute nicht davon abgehalten, am letzten Tag des alljährlichen Scira-Wikingerfestivals teilzunehmen.

Die Ersten kamen mit hoch erhobenen Fackeln in Sichtweite. Die Flammen tanzten im Wind und warfen Schatten auf ihre zum Teil bemalten Gesichter. Andere trugen verschiedene Metallhelme mit Nasen- oder Gesichtsschutz, die aus der Frühzeit der nordischen Geschichte stammten. Als Tom fühlte, wie kleine Hände an seinem Hosenbein zupften, schaute er nach unten. Bittend starrte Saffy zu ihm hoch.

„Ich kann nichts sehen", sagte sie.

Lächelnd hob er die Siebenjährige mit seinen großen Händen hoch und setzte sie sich auf die Schultern. Saffy legte ihm beide Hände auf den Kopf, strampelte fröhlich mit den Beinen und trat ihm mit den Fersen leicht gegen die Brust. Liebevoll lächelte Alice ihre Tochter an. Der Wind fegte ihr eine lose Haarsträhne ins Gesicht und sie strich sie sich hinters Ohr.

Als die Darsteller näherkamen, wurde das Trommeln lauter. Der Fackelmarsch war der Höhepunkt des einwöchigen Festivals in Sheringham an der Küste Nordnorfolks. Sie hatten schon das historische Dorf besucht, das über der Promenade errichtet worden war. Dort hatten sie sich angesehen, wie Schmuck hergestellt, gekocht und natürlich auch gekämpft wurde. Saffy war von den Ereignissen des Tages hingerissen gewesen, aber die Kämpfe hatten sie besonders fasziniert. Mittags spürte Tom, wie seine Füße und Hände taub wurden, der kalte Februarwind machte sich bemerkbar. Aber nicht bei Saffy. Als die Kampfvorführung endete, war sie enttäuscht, und sie machten sich auf den Rückweg in die Stadt, um irgendwo etwas zu essen und sich aufzuwärmen. Nur wiederholte Versicherungen, dass sie den Kampf am Strand nicht verpassen würden, konnten das kleine Mädchen im Zaum halten. Es zehrte an ihren Nerven, dass Saffy sie ständig auf die Uhrzeit aufmerksam machte, während sie Spaghetti Bolognese und mehrere Stück Knoblauchbrot verputzte. Tom war es ein Rätsel, wie ein so kleines, zartes Mädchen mit einer solchen Leichtigkeit so viele Kohlehydrate verschlingen konnte, aber der Beweis saß vor ihm.

Die nachmittägliche Schlacht hielt, was sie versprach. Die beiden Seiten, Wikinger und einheimische Sachsen, trafen auf dem nassen, steinigen Sand aufeinander. Zum Klang der Hörner und Trommeln und unter dem wachsamen Blick einer heidnischen Zauberin gingen die Wikinger letztendlich siegreich aus dem Kampf hervor. Mehrmals quietschte Saffy vor Vergnügen und Tom witzelte, dass er ein Auge auf eine so offensichtlich blutrünstige Person haben sollte. Den verbleibenden Nachmittag hatten sie die Zeit bis zum großen Finale totgeschlagen. Einen kleinen Zeitvertreib hatte der Besuch des Rettungsboot-Museums geboten, genau wie das Eis auf der Promenade. Eine interessante Erfahrung an einem kalten, dunklen und bewölkten Freitagnachmittag, aber Saffy hatte darauf bestanden, denn wenn man am Strand war, musste man Eis essen. So lautete die Regel.

Jetzt, während die Sonne unterging und der Abend hereinbrach, schauten sie dem zeremoniellen Marsch der Wikinger entlang der Hauptstraße zu. Die hundert Mann zogen ein Langschiff zum Strand. Im Fackellicht entstand eine magische Szenerie und versetzte die Zuschauermenge tausend Jahre in die Vergangenheit zurück. Die strategisch positionierten Lautsprecher entlang der Route untermalten das Spektakel mit atmosphärischer Musik. Auf den polierten Helmen spiegelte sich das Orange und Rot der Fackeln und gelegentlich hörte man einen altnordischen Kampfschrei der feierlich Marschierenden.

„Mama, warum heißt es Scira?", fragte Saffy laut und beugte sich nach unten, um die Trommeln der vorbeiziehenden Prozession zu übertönen. Anscheinend hatte sie den Namen an der Seite des Langschiffes gelesen.

„Ich weiß nicht, Liebling", erwiderte Alice und schaute hilfesuchend Tom an.

Dieser hob den Kopf zu Saffy, damit sie ihn besser hören konnte.

„Das ist der altnordische Name von Jarl Scira", erklärte er. Misstrauisch schaute das Mädchen auf ihn herunter. „Davon leitet sich der Name der Stadt ab. Der Wikinger, der hier das Sagen hatte, hieß Scira. Heim ist das altnordische Wort für Zuhause und wenn du die beiden zusammenfügst und ein paar hundert Jahre wartest, kommt dabei Sheringham heraus."

„Wirklich?"

„Ja, wirklich."

„Das ist dämlich."

„Warum?", erkundigte sich Alice.

„Weil sie ihn nicht einmal richtig schreiben können!"

Tom und Alice prusteten los. Saffy war verblüfft und dachte, dass die beiden über sie lachten, tat es aber mit einem Achselzucken ab, als sie sich im Strom der Menge in Richtung Wasser aufmachten, um den Höhepunkt des Tages mitzuerleben, die zeremonielle Verbrennung des Langschiffes. Als sie oben am Strand ankamen, war dieser bereits voller Menschen. Tom blickte die Promenade entlang und auf die Straßen über ihnen, überall standen Leute. Offenbar waren Tausende gekommen. Jedes Jahr zog das Festival mehr und mehr Menschen in die Stadt. Die einwöchige Wikingerveranstaltung entwickelte sich zu einem Touristenmagneten. Für die Gegend war das nur gut, wenn Touristen und Einheimische in der Nebensaison die lokale Wirtschaft ankurbelten.

Von ihrem Aussichtspunkt aus konnten sie sehen, wie das Langschiff bis zum Wasser gezogen wurde. Saffy gefiel ihr Hochsitz und sie wollte unbedingt auf Toms Schultern bleiben, deshalb versuchte er nicht, näher ans Wasser zu kommen, sondern blieb auf der Promenade, um die Ereignisse unter ihnen zu betrachten. In der Zwischenzeit unterhielt ein Jongleur mit einer feurigen Vorführung die Menge. Beeindruckt sah Tom dem Mann zu. Er wirbelte einen mindestens eineinhalb Meter langen, an beiden Enden brennenden Stab durch die Luft und formte dabei rot-gelbe Kreise vor und um sich. Als er den Stab in die Luft warf und geschickt wieder auffing, schnappten viele Kinder in der Nähe nach Luft. Begeistert klatschte Saffy in die Hände.

Der Jongleur beendete seine Vorstellung, als das Langschiff in Position gebracht worden war. Die Fackelträger stellten sich einander gegenüber auf und bildeten mit den erhobenen Fackeln einen feurigen Tunnel für den Anführer der Gruppe. Mehr Wikinger kamen und gingen im Gänsemarsch an den anderen vorbei. Diese Männer und Frauen waren mit Bögen bewaffnet. Sie stellten sich nebeneinander mit Blick zum Meer auf. Im Gleichklang zogen sie Pfeile aus den Köchern und spannten mit ihnen die Bogensehnen. Jemand ging mit einer brennenden Fackel an ihnen vorüber. Jeder Bogenschütze hielt die Pfeilspitze in die Flamme und entzündete sie. Schon bald brannten alle Pfeile. Die versammelten Wikinger bildeten Kreise und auf ein Signal hin erhoben sie ihre Schwerter in die Luft, sodass sich die Spitzen berührten. Ein Horn ertönte und die Bogenschützen feuerten.

Im flammenden Bogen schossen die Pfeile durch den dunklen Himmel, dann traten die Träger vor und warfen die brennenden Fackeln in das Langschiff. Dieses fing sofort Feuer, das vom Wind, der vom Meer ins Landesinnere wehte, noch zusätzlich angefacht wurde. Da das Boot mit Säcken voller trockenem Holz und alten Holzpellets angefüllt war, breitete sich das Feuer schnell aus und das Fauchen und Knistern der Flammen war bis zu ihnen zu hören.

Tom und Alice schauten sich an. Von ihrem Gesichtsausdruck konnte er ablesen, dass sich der Ausflug gelohnt hatte. Das war der erste gemeinsame Tag seit Wochen, ihre gegensätzlichen Schichten hatten es nicht früher zugelassen. Manche Arbeitszeiten im Krankenhaus passten Alice gut, doch wenn der Wechsel anstand, musste sie alles umstrukturieren. Und wenn das mit einem ungünstigen Verlauf in Toms Zeitplan zusammenfiel, sahen sie sich kaum.

Jetzt stand das ganze Boot in Flammen und warf tanzende Schatten auf den Sand, während die Flut an der Unterseite des Bootes leckte. Vermutlich würde es ganz abbrennen, bevor sich das Meer die Überreste holte. Saffy tätschelte Tom den Kopf und er lächelte. Wahrscheinlich genoss sie das Spektakel. Er sagte nichts und sie klopfte ihm nun fester auf den Kopf. Gleichzeitig spürte er, wie sich der Körper des Mädchens verkrampfte und sich ihre Beine enger um seinen Nacken schlangen. Jetzt fiel ihm auf, dass andere Menschen nicht auf das Spektakel des brennenden Langschiffes vor ihnen blickten.

Erst waren es nur einige wenige, doch diese stießen die neben sich an und ein paar zeigten auf etwas. Tom und Alice wandten sich um und sahen in die Richtung, in die sie mit ausgestreckten Fingern wiesen. Ein Schrei ertönte und weitere folgten, als er den Grund für die Aufregung erspähte.

Weiter die Promenade entlang, auf den Klippen, die über Sheringham aufragten, und kaum hundert Meter von ihrem Standort entfernt, loderte ein Lagerfeuer, das sich wunderschön vom schwarzen Nachthimmel abhob. Aber als die Flammen sich bewegten, wurde Tom klar, dass es gar kein Lagerfeuer war. Mitten im Feuerball brannte ein Mensch. Am Rand der Klippe schlug die Gestalt wild mit den Armen um sich und versuchte verzweifelt, sich aus dem verzehrenden Feuer zu befreien, doch vergebens. Der Moment schien endlos, die Menge sah entsetzt zu. Mehrere Leute schrien mitleidig auf und Tom hörte eine Frau weinen.

Als ihm bewusstwurde, dass Saffy die Szene mit ansah, hob er sie rasch von den Schultern und vertraute sie Alice an. Saffy vergrub den Kopf an der Schulter ihrer Mutter und wandte sich von dem schrecklichen Anblick ab. Sanft legte Alice ihrer Tochter eine Hand auf den Hinterkopf und flüsterte ihr beruhigend ins Ohr, doch auch sie konnte die Augen nicht vom Rand der Klippe abwenden.

Sekunden später gab die brennende Gestalt den sinnlosen Kampf gegen die Flammen auf, stolperte vorwärts und stürzte kopfüber den Abgrund hinunter. Der Feuerball raste auf den Boden zu und zog eine Flammenspur hinter sich her, während der Körper nun von den Blicken der Menschenmenge verborgen war. Von den fieberhaften Bewegungen der brennenden Person blieb nur ein sanftes, oranges Glühen übrig, das die Klippe unmittelbar über ihr beleuchtete.

Eine gespenstische Stille legte sich über die Menge. Die Menschen, die den Vorfall beobachtet hatten, wirkten wie erstarrt. Nur von einzelnen Schluchzern und gelegentlichem Murmeln wurde das Schweigen unterbrochen. Niemand wusste, was er sagen oder gar tun sollte. Ein paar Leute in der Menge schoben sich in Richtung Promenade, entweder um Hilfe zu holen oder – angezogen von morbider Neugier – um besser zu sehen. Tom wandte sich Alice zu und blickte in ihr verängstigtes Gesicht.

„Geh schon", sagte sie leise.

Er nickte, legte Saffy beruhigend eine Hand auf den Rücken und beugte sich herunter, um Alice zu küssen. In ihren Augen sah er den Schrecken, die Erschütterung über die Ereignisse, die sie soeben mitangesehen hatten, und wusste, dass dieses Entsetzen auch in seinen zu lesen war. In jedem Gesicht um sie herum zeichneten sich die gleichen Gefühle ab.

Ohne ein weiteres Wort drängte er sich durch den Menschenstrom. Die Promenade war weitläufig genug, um den Touristen in der Hochsaison Platz zu bieten, aber jetzt standen die Zuschauer dicht an dicht wie Sardinen in einer Büchse. Unter vollem Körpereinsatz zwängte Tom Janssen sich trotz der Ungewissheit weiter, was am Fuß der Klippen auf ihn wartete.

KAPITEL ZWEI

DER BLITZ einer Kamera riss Janssen aus der Konzentration. Er hockte so nahe an der Leiche, wie er es wagte, ohne der Spurensicherung im Weg zu sein. Nachdem er und einige andere sich durch die Menschenmenge gekämpft hatten, waren sie bei dem gestürzten Mann angekommen und hatten nur noch feststellen können, dass jede Hoffnung vergebens gewesen war. Obwohl die Leiche noch immer gebrannt hatte, als sie bei ihr angekommen waren, war klar gewesen, dass das Opfer durch den Sturz eine tödliche Kopfwunde erlitten hatte. Janssen zog seine Jacke aus und wollte damit so gut es ging die Flammen ausschlagen. Einige andere kamen ihm zu Hilfe, doch es nützte nichts. Selbst wenn sie es geschafft hätten, die Flammen schnell zu ersticken, was an sich fast unmöglich war, war es offensichtlich, dass wenn das Feuer ihn nicht getötet hätte, ihn bestimmt der Sturz das Leben gekostet hätte. Der Mann war tot.

Rasch nahm Janssen seine Aufgaben als Polizist auf und drängte die Gaffer zurück. Innerhalb kurzer Zeit kamen weitere Polizisten und Rettungskräfte heran, die für das

Festival abgestellt worden waren, und gemeinsam schafften sie es, die Leute fernzuhalten und den Bereich zu sichern. Allerdings hatten nur wenige das Verlangen gehabt, einen näheren Blick zu erhaschen. Der Anblick war ekelerregend und grauenvoll gewesen.

Das Feuer hatte so heiß gebrannt, dass die freien Stellen furchtbar gelitten hatten. Als Janssen nun die Leiche betrachtete, konnte er eindeutig einen Mann erkennen, obwohl sämtliche Haare verbrannt waren und die entblößte Haut so schwarz und verkohlt war, dass eine visuelle Identifikation unmöglich schien.

„Ich denke, da war Brandbeschleuniger im Spiel."

Janssen sah hoch zu Dr. Williams, der diensthabenden Gerichtsmedizinerin. Sie bemerkte seinen fragenden Gesichtsausdruck.

„Deshalb sind die Extremitäten und die Haut im Gesicht und am Kopf so stark verbrannt", sagte sie. „Und es erklärt, wieso du die Flammen kaum ersticken konntest. Wenn die Kleidung den Brandbeschleuniger aufsaugt, wirkt das wie ein Verstärker. Dadurch wird das Feuer heißer und intensiver."

„Das passt zu dem, was ich gesehen habe", meinte Janssen und atmete tief aus. Nachdem ein Techniker der Spurensicherung Dr. Williams nickend die Freigabe erteilt hatte, beugte sie sich näher über die Leiche. „Unten an der Jacke kannst du noch leicht den Geruch des Brennmittels feststellen."

Auch Janssen beugte sich hinunter, und obwohl der Wind vom Meer zu ihnen wehte, stieg ihm der stechende, verbrannte Gestank in die Nase. Und er bemerkte den verräterischen Geruch.

„Benzin?"

Fiona Williams nickte. „Würde ich auch sagen. Das Labor wird es bestätigen. Zum Glück ist er so im Sand gelandet."

„Ich denke nicht, dass er sich wie ein Glückspilz vorkommt", erwiderte Janssen.

„Nein, natürlich nicht", sagte sie bedrückt. „Ich meinte aus forensischer Sicht. Das Feuer hat zwar Kleidung und organisches Material verbrannt, aber die Hitze steigt nach oben, wie auch die Flammen, deshalb können wir noch Spuren von der Rückseite der Jacke sichern."

„Ja", meinte Janssen leise, ohne die Augen von der Leiche abzuwenden. „Die Verwendung eines Brandbeschleunigers deutet auf Mord hin, außer, wir finden dort oben einen Benzinkanister und ein Sturmfeuerzeug." Er schaute hoch zum Klippenrand. Eine Selbstverbrennung konnten sie noch nicht ausschließen, allerdings hatte er so etwas noch nie erlebt. Offenbar las Dr. Williams seine Gedanken.

„Ich bezweifle, dass er sich das selbst angetan hat."

Janssen sah sie an. Die Gerichtsmedizinerin wirkte konzentriert und bestimmt.

„Schätze, du hast recht, aber warum bist du dir so sicher?"

„Schau mal hier", sagte sie, und zeigte mit der Spitze ihres Stiftes auf den Mund des Opfers. „Siehst du diese klebrige Masse?"

Er sah sie, wusste aber nicht, was das bedeutete. Mit hochgezogenen Augenbrauen bat er um eine Erklärung.

„Wenn ein Körper brennt, vor allem bei einem so heißen Feuer wie diesem hier, kommt es unweigerlich zu einer bestimmten Reaktion. Der Körper reagiert, indem er so schnell wie möglich Flüssigkeit zur betroffenen Stelle pumpt", sagte sie und zog den Stift zurück. „Normalerweise fungiert die Haut als Barriere für diese Flüssigkeiten, Blut zum Beispiel, und hält sie im Körper, aber sobald die Haut verbrannt ist, quellen sie hervor."

„Das ist es also?", fragte er und ihm wurde bewusst, wie

wenig er über diese Thematik wusste. Fiona Williams schüttelte den Kopf.

„Nein. Das könnte man annehmen, aber ich schätze, es handelt sich um Rückstände von etwas an der unteren Gesichtshälfte", erwiderte sie, zeigte wieder mit dem Stift auf den Bereich und ließ die Spitze kreisen. „Letztes Jahr habe ich etwas Ähnliches bei einem Fall gesehen. Es war ein Arbeitsunfall in einem Kraftwerk. Jemand hatte gepfuscht und etwas mit sehr viel Gaffer-Tape repariert ..." Sie wischte mit der Hand durch die Luft, die restliche Anekdote war nicht wichtig. „Jedenfalls glaube ich, dass das hier auch Gaffer-Tape oder etwas in der Art ist. Der Klebstoff brennt nicht so schnell wie Stoff, oder auch Haut. Außerdem besteht das Klebeband aus Plastik und ist dafür gedacht, unter extremen Bedingungen zu halten. Zumindest bis zu einem gewissen Punkt."

„Du glaubst, er ist geknebelt worden?"

Nachdenklich schaute sie ihn an. „Um sicherzugehen, müsste man einige Tests durchführen, aber es würde mich nicht überraschen. Hast du ihn schreien gehört, als er gestürzt ist?"

Janssen schüttelte den Kopf. „Nein, nicht das ich wüsste, aber wir alle waren etwas weiter entfernt."

„Nun, bis die Hitze nachgelassen und das Feuer die Nervenenden verbrannt hat, hat dieser Mann unerträgliche Schmerzen gelitten", sagte Williams leise. „Arme Seele."

„Hätte er sich zu diesem Zeitpunkt noch bewegen können?"

„Oh, ja, das würde ich schon behaupten. Der menschliche Körper ist bemerkenswert. Um gegen die Schmerzen anzukommen, flutet er sich mit Adrenalin, und dadurch entsteht der Eindruck übermenschlicher Fähigkeiten, aber danach verfällt er in Schock und schaltet ab ... völlig."

„Wahrscheinlich, als er gestürzt ist."

„Vermutlich", erwiderte sie.

„Tom?"

Er schaute zurück in Richtung Absperrung und sah DS Cassandra Knight auf sich zukommen. Janssen dankte der Gerichtsmedizinerin, stand auf und ging der jungen Frau entgegen.

„Da will jemand mit dir reden", sagte Cassandra statt einer Begrüßung und schaute an ihm vorbei auf die Überreste der Leiche. „Verdammt. Sieht scheußlich aus."

„Ja, ist es auch", erwiderte er. „Wer will mich sprechen? Wenn es die Presse ist –"

„Nein, nicht die Presse. Denen hab' ich schon gesagt, wo sie bleiben können", meinte Cassie mit einem kleinen Lächeln. Sie war noch neu im Team und Tom schätzte ihre Ehrlichkeit sehr. „Es ist eine Frau. Sie hat ein Kind dabei. Süß."

„Wer? Die Frau oder das Kind?", fragte er, schaute zurück und erspähte einen Blick auf Alice in der Menge. Ihm war nicht klargewesen, dass sie noch da waren, er hatte angenommen, dass sie längst zu Hause saßen. Dann fiel ihm ein, dass er die Schlüssel hatte, weil er gefahren war. Und da sich tausende Menschen wegen des Festivals in der Stadt aufhielten, hatte Alice keine Chance gehabt, ein Taxi zu ergattern.

Auch Cassandra schaute sich in die Richtung um, in die Tom blickte. „Beide. Nur eben auf andere Weise." Sie ging zur Leiche hinüber und er machte sich auf zur Absperrung. Alice kam ihm entgegen. Saffy lag in ihren Armen und hatte den Kopf auf ihre Schulter gestützt. Erst dachte Tom, dass das Mädchen schlief, doch dann bemerkte er, wie sie mit aufgerissenen Augen auf die an der Küste brechenden Wellen starrte. Zumindest blickte sie in diese Richtung, aber was sie wirklich sah, war dahingestellt.

„Tut mir leid. Ich hätte daran denken sollen", sagte er und verzog entschuldigend das Gesicht.

„Schon in Ordnung", erwiderte Alice und Tom war erleichtert, dass es ehrlich klang. „Wir sind in die Stadt gegangen und ich habe Saffy eine kleine Flasche Cola gekauft."

„Eine aus echtem Glas?", fragte Tom lächelnd und beugte sich so hinunter, dass das Mädchen ihn sehen konnte. Ihr Blick huschte über sein Gesicht, dann nickte sie langsam, sagte aber nichts. Es war nach neun Uhr abends. Normalerweise würde sie schon schlafen. „Wäre es in Ordnung, wenn ihr ohne mich nach Hause fahrt?", fragte er an Alice gewandt und schaute zurück zu Cassandra, die neben der Leiche kniete. „Ich fürchte, ich werde hier noch eine Weile zu tun haben."

„Natürlich", sagte Alice. Er wühlte in den Taschen nach dem Schlüssel, zog ihn hervor und legte ihn in ihre Hand. Schwach lächelnd sah sie Tom an. „Was für ein Tag."

„Nicht ganz das, was wir geplant haben", erwiderte er. „Sicher, dass du zurechtkommst?"

„Ja, mach' dir keine Sorgen. Kommst du noch bei uns vorbei, wenn du fertig bist?"

Tom schaute zum Tatort und zurück zu Alice. „Ich habe keine Ahnung, wann das sein wird."

„Das macht nichts. Ich will dich dann sehen", sagte Alice, schlang die Finger um seine Hand und drückte sie. Er nickte. „Weck' mich auf, wenn ich schon schlafen sollte, okay?"

„Okay."

Noch einmal drückte sie seine Hand und schloss ihre andere lächelnd um den Schlüssel. Sanft wuschelte Tom durch Saffys Haare und das Mädchen lächelte, während ihre Mutter sich umdrehte und wegging. Saffy hob die Hand und winkte ihm zaghaft zu. Er erwiderte die Geste. Als sie in der Menge der Schaulustigen außer Sicht verschwanden, drehte Tom sich um und ging zu Cassandra. Neben ihm tauchte DC Eric Collet auf. Es überraschte Tom nicht, ihn hier zu sehen, obwohl der junge Constable an diesem Wochenende dienstfrei hatte. Im

Laufe des Tages hatte er ihn und seine Freundin, Becca, getroffen. Genau wie der Rest von Norfolk waren auch die beiden zum ersten Festival des Jahres gekommen.

„Geht es Becca gut?", fragte er.

Eric nickte. „Ja. Wir haben nicht gesehen, wie ..." Da er nicht die richtigen Worte fand, gab er nach einigem Zögern auf. „Den Vorfall, du weißt schon. Wir sind im Rettungsboot-Museum gewesen und haben nur davon gehört. Klingt schlimm."

Tom nickte und signalisierte mit einer Kopfbewegung, dass sie zu Cassie hinübergehen sollten. Falls Eric vom Anblick des toten Mannes abgeschreckt war, ließ er sich nichts anmerken. Als sie näherkamen, stand Cassandra auf und hielt einen durchsichtigen Beweisbeutel hoch. Darin befand sich eine Geldbörse.

„Hat die Einäscherung überstanden", sagte sie triumphierend. Offenbar bemerkte sie Toms missbilligenden Gesichtsausdruck, denn sie korrigierte ihre Wortwahl. „Tut mir leid, ich meinte, seine Geldbörse wurde nicht zerstört."

Tom zog ein Paar Nitrilhandschuhe über, während Cassie die Geldbörse aus dem Beutel nahm und den Inhalt vorsichtig nach einem Lichtbildausweis durchsuchte. Inzwischen konzentrierte Eric sich auf die Leiche und zuckte zurück, als er sich zu nahe heranwagte. Er hatte schon Tote gesehen, aber das hier war etwas anderes.

„Treffer", sagte Cassandra, zog einen Führerschein heraus und drehte ihn so, dass Tom ihn auch sehen konnte.

„Wer ist er?", fragte er.

„Fred Alexander Mayes", las sie den Namen laut vor.

„Freddie Mayes?", fragte Eric. Beide drehten sich zum DC um. Er kniete neben der Leiche, schaute aber seine beiden Kollegen erwartungsvoll an.

„Du kennst ihn?", erkundigte sich Tom.

„Ja, es wird hier nicht so viele Leute mit diesem Namen geben." Er betrachtete wieder den Toten. Die Gesichtszüge waren unkenntlich, deshalb musterte Eric die ganze Leiche, Größe und Körperbau. „Könnte schon passen. Wie alt ist er ungefähr, so um die vierzig?"

Cassie warf einen Blick auf das Geburtsdatum im Führerschein und überschlug die Jahre. Sie nickte. „Ja, fünfundvierzig."

„Dann ist das Freddie", sagte Eric freudlos.

„Du kennst ihn?", fragte Tom erneut.

Der junge Mann schüttelte den Kopf. „Eigentlich nicht. Er ist ein Bauunternehmer aus der Gegend. Vor ein paar Jahren hat er den Anbau für meinen Onkel gemacht. Hat ordentliche Arbeit geleistet. Eine richtige Schande."

„Was wissen wir sonst noch über ihn?", erkundigte sich Cassandra.

Nachdem Eric kurz überlegt hatte, zuckte er mit den Schultern. Tom schaute ihn und Cassie an.

„Okay, Eric, mach' dich auf den Weg nach oben auf die Klippe und stell' sicher, dass das Gebiet ordentlich abgeriegelt wurde. Gleich morgen bei Sonnenaufgang soll es gründlich abgesucht werden, vielleicht finden wir etwas Nützliches." Eric nickte und Tom wandte sich an Cassandra. „Und du findest inzwischen alles über Fred Mayes heraus, was es zu wissen gibt."

Die beiden gingen los und Tom betrachtete wieder die Leiche. Die Art, wie dieser Mann gestorben war, ließ erahnen, dass dies ein Fall wie kein anderer zuvor war. Falls Dr. Williams recht hatte, dann hatten sie es mit einem grausamen, sadistischen Täter zu tun, und das beunruhigte Tom zutiefst.

Es war schon kurz nach zwei Uhr morgens, als Tom bei Alice ankam, Cassandra hatte ihn auf dem Weg nach Hause abgesetzt. Sein Auto stand in der Auffahrt und über der Veranda brannte noch Licht. Tom ging nach oben und schaute kurz nach Saffy, die mit einem Arm um ihren Teddybären, der früher genauso groß wie das Mädchen gewesen und nun anscheinend geschrumpft war, tief schlief. Als er neben ihrem Bett stand, beugte er sich hinunter und küsste sie sanft auf die Stirn. Sie bewegte sich, murmelte etwas Unverständliches und rollte sich dann auf den Rücken. Einen Moment lang befürchtete Tom, er hätte sie geweckt, doch der Atem des Mädchens blieb ruhig. Er lächelte. Sie wurde so schnell groß.

Rückwärts verließ er das Zimmer und ging in das Schlafzimmer gegenüber, das er häufig mit Alice teilte. Auch sie schlief schon tief und fest, deshalb zog er sich so leise wie möglich aus. Zwar hatte Alice gesagt, dass er sie wecken sollte, doch es gab nichts, was nicht bis zum Morgen warten konnte. Er hob die Decke an und schlüpfte ins Bett. Sanft legte er einen Arm um Alice. Instinktiv rutsche sie näher an ihn heran und er küsste ihre Schulter, bevor er den Kopf auf das Kissen sinken ließ. Es war ein langer Tag gewesen und er fühlte sich hundemüde, aber er fand keinen Schlaf. Er konnte das Bild des brennenden Mannes, der um sich schlagend in den Tod stürzte, nicht vertreiben.

Gleich morgen früh wollten er und Cassandra mit so vielen einzigartigen Merkmalen für eine Identifizierung wie möglich das Haus von Fred Mayes aufsuchen. Der Körper war stark entstellt, doch es bestand noch Hoffnung, dass sie Male, Narben oder Tattoos finden würden, die bei der Identifikation helfen konnten. Allerdings mussten sie warten, bis der Gerichtsmediziner die Leiche erhielt und die Kleidung entfernte, und hoffen, dass nicht die gesamte Haut verbrannt war.

Alice regte sich.

„Tom. Bist du in Ordnung?", murmelte sie.

„Alles okay. Schlaf' weiter." Er war sich nicht sicher, ob sie seine Worte tatsächlich wahrnahm, denn sie schlief gleich wieder ein. Doch er selbst fand noch immer keinen Schlaf.

KAPITEL DREI

ALS TOM aus dem Haus trat, Alice einen Abschiedskuss gab und die Tür schloss, wartete Cassie am Ende der Einfahrt auf ihn. Alice hatte heute frei und eigentlich hatten sie den Tag gemeinsam verbringen wollen, doch daraus wurde nun nichts. Tom war dankbar, dass sie das verstand. Nie beschwerte sie sich über seine häufig unregelmäßigen Arbeitszeiten. Er glaubte nicht, dass andere Frauen so viel Verständnis dafür aufbringen würden. Als er beim Auto angekommen zurück zum Haus blickte, erspähte er Saffy am Fenster. Sie trug noch ihren Pyjama und winkte ihm mit der Hand nach, in der sie ein Marmeladenbrot hielt. Tom hoffte, dass sie es gut festhielt, denn er befürchtete, dass die Marmelade ebenso im Teppich kleben würde wie an den Mundwinkeln des Mädchens.

Er winkte ihr noch zu, bevor er neben Cassie auf dem Beifahrersitz Platz nahm. Diese drückte ihm einen Becher Kaffee in die Hand, den er dankend annahm.

„Er sollte schon kühl genug zum Trinken sein", meinte sie und schaute zu seinem Auto, das in der Einfahrt parkte. „Ich dachte, du würdest heute selbst fahren."

„Nein, Alices Auto ist in der Werkstatt", erwiderte Tom

und nippte am Becher. Der Kaffee war schwarz und bitter, genau wie er ihn mochte. Er stellte ihn ab und zog am Sicherheitsgurt. „Was hast du über Fred Mayes herausgefunden?"

„Interessantes", sagte Cassie, griff nach hinten und zog eine dünne Aktenmappe aus braunem Karton hervor, die sie ihm gab, sobald er sich fertig angeschnallt hatte. Dann legte sie den Gang ein und fuhr los. „Eric hatte recht. Er leitet eine lokale Baufirma. Die gibt es seit zehn Jahren und soweit ich das sagen kann, hat sie einen recht guten Ruf. Die Firma ist von mehreren Fachverbänden zertifiziert, ich habe deren Einträge überprüft, alle sind sauber."

„Wäre auch eine ziemliche Überreaktion, wenn eine minderwertige Konstruktion zu dem geführt hätte, was wir gestern Abend gesehen haben."

„Stimmt schon", sagte Cassie und schaute nach links und rechts, bevor sie aus Alices Einfahrt auf die Straße bog. „Das wirklich Interessante ist, dass Fred Mayes als vermisst gemeldet worden ist."

Tom schaute von den Unterlagen auf seinem Schoß hoch. „Wann?"

„Vor drei Tagen. Seine Frau hat angerufen, nachdem er nach einem Männerabend nicht nach Hause gekommen war."

„Das ist nicht so ungewöhnlich, wieso also so früh Alarm schlagen?"

„Offenbar ist es ungewöhnlich für ihn", antwortete Cassandra, ohne den Blick von der Straße abzuwenden.

„Ich frage mich, wo er die letzten drei Tage gewesen ist."

„Allem Anschein nach war seine Frau ziemlich beunruhigt. Sie hat gedacht, dass es vielleicht mit einem Vorfall von vor einer Weile zu tun hat. Mayes war an einem Nachmittag in der Stadt in eine Auseinandersetzung verwickelt, er und ein anderer Mann sind verhaftet worden."

„Um was ging es dabei?", fragte Tom.

„Ein kleiner Tumult", erwiderte Cassie. „Soweit ich heraus-
lesen konnte, war es nichts Ernstes. Am späteren Nachmittag
hat man beide Männer freigelassen, nachdem sie sich etwas
beruhigt hatten."

Tom dachte nach.

„Ausgehend von dem, was gestern passiert ist, wäre das
eine Möglichkeit."

„Falls er es ist", warf Cassie ein.

„Falls er es ist", wiederholte Tom und wandte sich wieder
dem Stapel Fotos in der Akte zu.

Er nahm sie heraus und schaute sie durch. Es waren Bilder
von den Körperstellen des Toten, die nicht von der Hitze und
den Flammen betroffen gewesen waren. Links oben an der
Brust hatte er eine auffällige Narbe, die etwa zehn Zentimeter
lang war, und vor allem hatte er eine Tätowierung am rechten
Oberarm. Das Tattoo fiel auf, ein Schädel mit gekreuzten
Knochen über einem Banner, das sich durch die Knochen
schlang und auf dem „oder Ehre" stand. Müsste er raten,
würde er auf ein Regimentsabzeichen tippen, allerdings
keines, das er kannte. Darunter las er einen Namen – Tilly.

„War Mayes beim Militär?", fragte Tom.

„Ja, war er", antwortete Cassie und schaute ihn an.
„Leichte Kavallerie. Wie bist du darauf gekommen?"

„Ins Blaue geraten", meinte Tom geistesabwesend. „Was
haben wir wegen seines Verschwindens unternommen?"

„Das übliche. Ein Beamter ist vorbeigefahren, hat Angaben
aufgenommen und die Beschreibung von Mayes in Umlauf
gebracht, du kennst das Prozedere ja. Zu diesem Zeitpunkt
wurde er für weniger als vierundzwanzig Stunden vermisst.
Außerdem ist er ein großer Junge."

„Hmmm", erwiderte Tom. „Sieht so aus, als wäre da doch
mehr dran gewesen. Mit wem werden wir es heute Morgen zu
tun haben?"

„Mit seiner Frau. Sie hat ihn als vermisst gemeldet."

DAS HAUS DER FAMILIE MAYES befand sich auf einem großen Grundstück weiter weg von der Straße und wurde von ausgewachsenen Bäumen umgeben, die die Sicht darauf blockierten. Als Cassandra und Tom sich über den großzügigen Zufahrtsweg dem Haus näherten, war er beeindruckt. Ein Haus zu haben hatte ihn nie interessiert, aber wenn er sich eines vorstellte, dann kam dieses hier seinem Traum sehr nahe.

Es hieß *The Old Rectory* und stammte aus der viktorianischen Zeit, obwohl das prachtvolle Gebäude offenbar in den letzten Jahren erweitert worden war. Das war nicht überraschend, wenn man bedachte, dass es nun einem Bauunternehmer gehörte. Rechts neben der Vorderseite erspähte er eine Garage für drei Fahrzeuge mit einem Carport, unter dem bequem zwei weitere Autos Platz hatten. Cassandra parkte den Wagen und sie stiegen aus. Tom bemerkte einen BMW Tourer neben einem zweisitzigen Mercedes. Beides keine billigen Fahrzeuge. Anscheinend gab es hier in der Gegend keinen Rückgang in der Baubranche.

Janssen und Knight gingen zur Haustür, doch bevor sie klingeln konnten, öffnete sie sich und eine Frau begrüßte sie. Ihre Körpersprache zeugte von Nervosität und Angst.

„Gibt es Neuigkeiten? Haben Sie ihn gefunden?", fragte sie und schaute von DS Knight zu Janssen. „Sie sind doch von der Polizei, oder?"

Janssen lächelte und nickte. „Mrs. Mayes?"

„Katrina Mayes, ja. Haben Sie ihn gefunden?"

„Ich bin Detective Inspector Janssen. Können wir bitte reinkommen?"

Offenbar wollte sie schon widersprechen, ihn drängen, ihre

Frage sofort zu beantworten, doch dann fiel ihr Blick auf die Akte in seinen Händen und sie schürzte die Lippen. Stumm nickte Katrina Mayes und signalisierte ihnen, dass sie eintreten sollten. Vom Eingangsbereich kamen sie in ein beeindruckendes Atrium, in dem eine Wendeltreppe hoch zu einer Galerie im oberen Stock führte. Durch das große Dachfenster direkt über ihnen strömte Tageslicht herein. Tom sah hoch und nahm an, dass es noch zum ursprünglichen Gebäude gehörte, denn er wusste, dass so etwas in einem modernen, ähnlich großen Haus nicht eingebaut wurde.

Katrina Mayes führte sie in ein Wohnzimmer. Dieses war ganz und gar nicht so eingerichtet, wie man es in so einem herrschaftlichen Haus erwarten würde. In dem hellen, modernen Raum standen zeitgenössische Sofas, die Lichtschalter waren verchromt und der Fernseher so groß, dass Tom sich nicht vorstellen konnte, ihn unter Deck seines Bootes zu bringen, geschweige denn, etwas darauf anzuschauen. Als Mayes ihnen einen Platz anbot, setzten sie sich.

Janssen musterte die Frau. Er schätzte sie auf Anfang vierzig, doch ganz sicher war er sich nicht. Sie sah müde aus, wahrscheinlich erschöpft. Unter den eingesunkenen Augen lagen dunkle Schatten. Anscheinend hatte sie nicht gut geschlafen. Das Haar trug sie hochgesteckt. Sie war blond, doch ihre Naturfarbe musste dunkler sein, und am Ansatz sah er graue Strähnen. Obwohl Janssen den Eindruck hatte, dass sie sich normalerweise sorgfältig herrichtete, fiel ihm auf, dass an zwei Fingernägeln die Farbe abgeplatzt war und diese nicht dunkelrot lackiert waren wie die anderen acht.

„Sie haben meinen Mann gefunden", sagte sie. Dieses Mal war es eine Feststellung, keine Frage. Janssen und Knight blickten sich an. „Ich bin nicht naiv", sagte Katrina Mayes. „Sie wären nicht hier, wenn es nicht ernst wäre."

„Wir haben eine Leiche gefunden", sagte Janssen. Die Frau

sog scharf die Luft ein. „Und wir glauben, dass es sich dabei um Ihren Mann handeln könnte. In der Kleidung steckte seine Geldbörse."

„Dann haben Sie seinen Führerschein. Er hatte ihn immer dabei."

„Ja. Den haben wir zusammen mit Kreditkarten und einer Menge Bargeld in der Geldbörse gefunden."

Mayes' Lachen klang humorlos. „Er hat immer etwas Kleingeld dabei, wie er es nennt. Er hat gern damit angegeben. Ist er es?"

Die Frage kam gezielt. Sie wappnete sich für die Bestätigung.

„Ich fürchte, das wissen wir nicht genau."

Als Katrina Mayes die Bedeutung dieser Worte bewusstwurde, begann ihre Unterlippe zu zittern, die Frau senkte den Blick und verschränkte die Hände so fest, dass die Finger weiß wurden und die Spitzen durch das aufgestaute Blut rot hervorstachen.

„Wir haben einige Fotos", sagte Janssen und öffnete langsam die Akte auf seinem Schoß, „die eindeutige Merkmale zeigen. Würden Sie sich die bitte ansehen?"

Erst sah Mayes zu ihm hoch, dann auf die Bilder in seiner Hand, bevor sie ihm wieder in die Augen blickte. Sie holte tief Luft und nickte. Janssen bewunderte ihren Mut. Das erste Foto, das er herauszog, war das einfachste, es zeigte die Tätowierung. Er gab es der Frau hinüber und als sie es in der linken Hand hielt, hob sie die rechte und presste sie sich auf den Mund. Sie ließ Kopf und Schultern sinken. Janssen sah zu DS Knight, die die Lippen schürzte. Sie hatten ihre Bestätigung. Katrina Mayes schloss die Augen. Als sie sie wieder öffnete, glänzten sie feucht, und als sie Janssen ansah, konnte sie die Annahme der Polizisten nur mit einem stummen Nicken bestätigen.

„Sind Sie sicher, dass es Ihr Mann ist?", fragte Janssen leise.

Wieder nickte Mayes kurz. „Ich bin sicher. Tilly ist unsere Tochter ... war unsere Tochter", sagte sie und nahm die Hand vom Mund. „Sie ist gestorben, als Freddie in Übersee war. Er hat sich ihren Namen ihr zu Ehren stechen lassen."

„Das war während seines Militärdienstes?", erkundigte sich DS Knight.

„Ja. Ich glaube, er hat es sich nie verziehen, dass er nicht für sie ... für mich dagewesen ist."

„Was ist passiert?", fragte Janssen.

„Autounfall", erwiderte Mayes. „Nächsten Monat vor fünfzehn Jahren. Morgen in drei Wochen."

Für einen Moment war Janssen überrascht, dass sie das so genau wusste, aber er nahm dann an, dass Eltern niemals den Tag vergessen würden, an dem sie ein Kind verloren hatten, egal, wie lange das zurücklag."

„Mein Beileid", sagte er, auch wenn die Worte in seinem Kopf hohl klangen.

„Danke", sagte Katrina Mayes und blickte sich suchend um. Da ihr Tränen in den Augen standen, ging Janssen davon aus, dass sie sich nach einem Taschentuch umschaute. Er sah welche auf einem Tisch in der Nähe und stand auf, um sie zu holen und ihr zu bringen. Dankbar nahm sie eines.

„Was können Sie uns über den Abend erzählen, an dem Ihr Mann verschwunden ist?"

Auch wenn die Frau mit Recht hätte sagen können, dass sie der Polizei schon alles mitgeteilt hatte, tat sie es nicht, sondern rang nur um Fassung und versuchte offenbar, ihre Gedanken zu ordnen.

„Er ist am Donnerstagabend wie immer nach Hause gekommen, vielleicht etwas früher als sonst", sagte Katrina Mayes und schaute hoch zur Decke. Janssen erkannte, dass sie nur mit Mühe die Beherrschung wahren konnte. „Wir hatten für später einen Tisch reserviert und ich wollte, dass wir genug Zeit hatten, um zum Restaurant zu fahren. Wie sich dann herausgestellt hat, war ein Fehler bei der Reservierung passiert und man hat uns angerufen, um die Reservierung zu ändern. Ich war wütend, aber Freddie, wie er nun einmal war, hat sich kaum aufgeregt." Katrina Mayes lächelte schwach.

„Was ist dann passiert?"

„Wir wollten stattdessen zu Hause essen, uns trotzdem einen schönen Abend machen. Also bin ich einkaufen gefahren, unsere wöchentliche Lieferung war noch nicht gekommen, und wir hatten nicht wirklich etwas im Kühlschrank."

„Und was hat Ihr Mann gemacht?"

„Er hat mich angerufen, während ich noch im Laden war", sagte sie und schaute Janssen mit zusammengekniffenen Augen an. „Er hat gesagt, dass er wegen eines Auftrags angerufen worden war, keiner, an dem er schon arbeitete, sondern etwas Neues. Er war aufgeregt, er hat gemeint, dass das eine tolle Chance wäre, aber der Kunde würde die Stadt verlassen und war von einem anderen Auftragnehmer sitzen gelassen worden. Freddie musste noch an diesem Abend zur Baustelle."

„Wo war das? Hat er das erwähnt?"

Mayes schüttelte den Kopf. „Nein, hat er nicht, aber die Baustelle war in der Gegend. Freddie hat gesagt, dass er bis neun wieder zurück wäre. Dann könnten wir noch essen. Ich war ein wenig verärgert, ich hatte die Hände voll, habe aber zugestimmt und aufgelegt."

„Und dann?"

„Dann nichts", sagte sie emotionslos. „Ich bin nach Hause gekommen, habe das Abendessen gekocht. Ich habe geduscht und mich umgezogen ... aber Freddie ist nicht gekommen."

„Haben Sie ihn angerufen?"

„Ja natürlich habe ich das, was glauben Sie denn?", sagte sie, unterdrückte die aufsteigende Wut und hob entschuldigend die Hand. Janssen winkte ab. Sie musste sich nicht entschuldigen. „In der Nacht habe ich mehrmals angerufen und am Morgen auch. Gegen zwei Uhr bin ich schlafen gegangen und habe gehofft, dass er mich wecken würde, wenn er nach Hause kommt, dass er mit den Jungs auf ein paar Bier war oder etwas in der Art. Ich … ich habe mir Hoffnungen gemacht … aber ich habe gewusst, dass etwas nicht stimmte. Deshalb habe ich bei der Polizei angerufen. Nicht, dass Sie irgendetwas unternommen haben."

Das klang giftig, doch Janssen störte sich nicht daran. Es war zu erwarten gewesen.

„Wo haben Sie ihn gefunden? Wo war Freddie?"

„Ihr Mann wurde gestern Abend in Sheringham gefunden."

Katrina Mayes sog scharf die Luft ein und riss Mund und Augen auf. Langsam schüttelte sie den Kopf und flehte Janssen mit den Augen an, dass das nicht stimmte.

„Doch nicht dieser Mann … der in den Nachrichten, beim Festival. Nicht er."

Bedächtig nickte Janssen. „Doch. Es tut mir leid."

Katrina Mayes vergrub den Kopf in den Händen und weinte bitterlich.

KAPITEL VIER

RÜCKWÄRTS und mit einem Tablett voller Tassen in den Händen kam DS Knight in das Zimmer. Sie hatten beschlossen, Katrina Mayes etwas Zeit zu geben, um sich zu sammeln, und Cassandra war in die Küche gegangen, um allen eine Tasse Tee aufzubrühen. Eigentlich würde sie das ungebeten nicht tun, aber in diesem Fall schien es ihr richtig. Wie schon vor fünfzehn Minuten saß Katrina Mayes mit zusammengefalteten Händen auf dem Sofa und umklammerte ein zerknülltes Taschentuch. Sie lächelte Cassandra Knight schwach an, als diese das Tablett auf dem Beistelltisch abstellte. Die DS reichte der Frau eine Tasse mit gesüßtem Tee. Ihre Mutter hatte immer gesagt, dass gezuckerter Tee bei einem Schock am besten half. Cassandra hatte keine Ahnung, ob das wirklich stimmte.

Tom Janssen stand vor dem Kamin und betrachtete mehrere eingerahmte Fotos auf dem Sims. Er wandte sich an Mayes.

„Darf ich?", fragte er und zeigte auf ein Bild. Mit einem kurzen Nickend erlaubte sie ihm, es zu nehmen. Janssen nahm es mit zum Sofa und setzte sich neben DS Knight. „Sind das Ihr Mann und sein Team?"

Janssen hielt das Bild erst Cassandra Knight hin, die es betrachtete, bevor er es weiter an Katrina Mayes gab. Lächelnd strich sie über den Mann ganz rechts. Das Foto zeigte sechs Männer in Militäruniform und mit Waffen in den Händen. Cassandra hatte bei Freunden zu Hause oft solche Bilder gesehen, die meisten, die bei einem Kampfeinsatz gewesen waren, hatten ähnliche Fotos.

„Ja. Das war Freddies Trupp", sagte Mayes, lehnte sich vor und hielt das Bild so, dass alle freie Sicht auf die Männer hatten. „Freddie ist der ganz rechts."

Der Mann, auf den sie zeigte, hatte nichts mit dem gemeinsam, der in der Leichenhalle lag. Cassandra Knight spürte immenses Mitleid mit der Frau vor ihr.

„Ist das in Afghanistan oder im Irak aufgenommen worden?", fragte die DS, um sie vom Bild abzulenken.

„Helmand, Afghanistan, bei seinem ersten Einsatz, glaube ich."

„Wie viele hat er abgeleistet?", erkundigte sich Janssen.

„Drei in Helmand", antwortete Katrina Mayes stolz. „Und davor noch zwei im Irak. Dass er … dass er all das überstanden hat … nur um …"

Mayes verfiel in Schweigen und eine betretene Stille folgte. Die Fragen, die sie stellen mussten, waren nicht einfach, aber Janssen fuhr ruhig und bestimmt fort.

„Mrs. Mayes, fällt Ihnen jemand ein, der Ihrem Mann schaden wollte?"

Die Frau starrte ihn an. „Nein, niemand. Freddie war ein toller Kerl. Jeder hat ihn gemocht. Mir fällt kein Grund ein, warum jemand ihm so etwas … so etwas Schreckliches antun würde."

„Hat er sich kürzlich mit jemanden gestritten, bei der Arbeit oder vielleicht im Pub?", erkundigte sich DS Knight.

Wieder schüttelte Katrina Mayes den Kopf. „Nein, nicht dass ich wüsste. Ich bin mir sicher, Freddie hätte davon erzählt, wenn etwas vorgefallen wäre."

„Was ist mit Ihrem Mann selbst?", fragte Janssen. „Hat er sich oder vielleicht seine Gewohnheiten verändert? Wie läuft sein Betrieb?"

Sie dachte gründlich über die Frage nach.

„Das Geschäft ist gut gelaufen. Nein, sogar besser, es ist einfach großartig gelaufen. Er tut … hat so viel dafür getan."

„Und was ist mit ihm selbst?", hakte Cassandra Knight nach.

„In letzter Zeit hat er mehr getrunken, das stimmt. Ich meine, er hat immer viel getrunken. Bei vielen Kameraden ist das immer der Fall, ja, aber mehr nicht. Mein Freddie war nie sonderlich gesprächig, außer, er ist mit seinen Kumpels unterwegs, dann ist alles etwas anders. Er scheint größer zu werden, fast schon eine Legende. Aber das war alles nur gespielt. In meiner Gegenwart war er immer zurückhaltend."

„Haben Sie eine Idee, warum er mehr getrunken hat?", fragte DS Knight. Katrina Mayes schüttelte den Kopf. „Gibt es sonst noch jemanden, dem er nahestand und der das vielleicht wissen könnte?"

„Sonst noch jemand?", wiederholte Mayes. „Wollen Sie mich damit höflich fragen, ob er eine Affäre oder Ähnliches gehabt hat?"

„Nein. Ganz und gar –"

„Nun, das hatte er nicht!", blaffte sie. Janssen fragte sich, ob sie unbeabsichtigt einen Nerv getroffen hatten. „Nicht mein Freddie. Er war ganz und gar nicht der Typ dafür."

„Ich hatte eher an Freunde gedacht", entgegnete Cassandra Knight und zeigte dabei auf das Foto. „Eventuell ehemalige Kameraden? War er noch mit ihnen in Kontakt?"

Mayes entspannte sich, hob wieder entschuldigend die Hand und schüttelte kurz den Kopf.

„Sie treffen sich oft", antwortete sie. „Oder zumindest einige."

„Jemand von hier?", erkundigte sich Tom.

Katrina Mayes lehnte sich vor und zeigte auf zwei Männer im Bild.

„Der ganz links ist Eddie, Edward Drew. Bei zwei Einsätzen war er Freddies Corporal, und der in der Mitte, der kniet …", sie tippte auf das Foto, „das ist Harry Oakes. Freddie hat sich oft mit den beiden getroffen. Ich glaube, die anderen sind auch noch hier, aber da können Ihnen Harry und Eddie sicher weiterhelfen."

„Vielen Dank, wir werden mit ihnen reden", erwiderte Janssen und warf einen Seitenblick auf seine Kollegin. Sie schrieb alles mit und ihm wurde bewusst, dass er nur zu ihr hinübergesehen hatte, um sicherzustellen, dass sie alles verstanden hatte. Sie wandte sich Katrina Mayes zu.

„Wissen Sie, wo wir die beiden finden können?", fragte Cassandra Knight.

„Harry besitzt die große Gärtnerei drüben in Burnham Market. In letzter Zeit habe ich ihn nicht oft gesehen, nicht, seit er und Tina die Kinder bekommen haben. Mit denen und dem Geschäft hat Harry beide Hände voll zu tun."

Janssen nickte, er wusste, wovon sie sprach. „Ist Eddie Drew der Mann, dem das Autohaus in Sheringham gehört?"

Mayes nickte bestätigend. „Ja. Freddie hat gesagt, dass er seine Sache ganz gut macht."

Auch wenn Cassandra Knight keines der beiden Geschäfte kannte, notierte sie sich die Namen. Sie kannte sich in der Gegend noch nicht so gut aus, aber das würde mit der Zeit besser werden.

„Ich denke, im Moment haben wir alles, was wir brauchen, Mrs. Mayes", sagte Janssen. „Ich fürchte, als Fred Mayes' nächste Verwandte müssen wir Sie um eine offizielle Identifikation bitten. Wenn wir das noch heute arrangieren könnten, wären Sie bereit dazu?" Sie nickte bedächtig, obwohl es offensichtlich war, dass der Gedanke daran sie furchtbar belastete. „Wir werden uns um die Organisation kümmern. Können wir inzwischen jemanden für Sie anrufen, eine Freundin oder Verwandte, die Ihnen vielleicht Gesellschaft leisten könnte?"

Mayes schüttelte den Kopf. „Nein, danke, Inspector. Das kann ich selbst erledigen."

„Ganz sicher?", fragte Janssen nach.

„Ja, aber danke. Das ist so eine Sache mit uns Soldatenfrauen, Inspector. Wir müssen so oft auf unsere andere Hälfte verzichten, wenn sie im Einsatz ist, dass wir unser eigenes Unterstützungsnetzwerk aufbauen. Ich weiß, wen ich anrufen kann, wenn ich Hilfe brauche."

Janssen nickte und schaute Cassandra Knight an. Diese lächelte Mayes zu, stand auf und ging voran nach draußen.

„Meine aufrichtige Anteilnahme für Ihren Verlust, Mrs. Mayes. Wir finden selbst hinaus", verabschiedete sie sich.

„Ich habe seine Militärakte, Tom", sagte Cassandra, als sie den Kopf in Toms Büro steckte. Er sah hoch.

„Sag' Eric, er soll alles stehen und liegen lassen, dann kannst du uns informieren", erwiderte er, während er vom Tisch aufstand.

Cassie nickte und ging wieder ins Einsatzzimmer. Eric saß über die Tastatur gebeugt an seinem Tisch und beachtete sie nicht. Sie nahm ein Blatt Papier, knüllte es zu einer Kugel und warf diese in seine Richtung. Die Kugel flog in hohem Bogen durch die Luft und traf den Constable mitten auf dem Hinterkopf.

„He!", rief er aus und drehte sich mit empörter Miene um, bevor ein Lächeln über sein Gesicht huschte. „Wofür war das denn?"

„Komm, Eric", sagte Tom, als er aus dem Büro kam. „Hör' auf, herumzualbern."

Eric warf Cassie einen wütenden Blick zu, und sie musste sich das Lachen verkneifen, als er protestieren wollte. Allerdings überlegte er es sich anders und ging in die Knie, um die anstößige Papierkugel aufzuheben.

„Okay", fing Cassandra an und zeigte auf das Whiteboard an der Wand. „Fred Mayes, fünfundvierzig Jahre alt, Geschäftsinhaber von FM Design and Build." Sie befestigte ein Foto des Mannes in einer Ecke. „Seit er vor gut zehn Jahren den Militärdienst quittiert hat, leitet er dieses Unternehmen."

„Bei welchem Regiment hat er gedient?", fragte Tom und verschränkte die Arme.

„Bei den Queen's Royal Lancers. Das war ein bewaffnetes Regiment, aber gegen Ende ihrer Dienstzeit wurden sie zu einem bewaffneten Aufklärungstrupp umfunktioniert. Diese Weiterentwicklung hat während der ersten Jahre im Afghanistankrieg stattgefunden, in dem Fred Mayes aktiv im Dienst und an drei Einsätzen beteiligt war. Allem Anschein nach hat er herausragende Dienste geleistet und zwei Tapferkeitsmedaillen erhalten."

„Du hast gesagt *gegen Ende*."

„Ja. Bei der letzten strategischen Überprüfung wurde das Regiment mit einer anderen Kavallerie-Einheit zusammengelegt, um die Royal Lancers zu bilden. Das passierte, nachdem der Einsatz in Afghanistan vorbei war."

„Was wissen wir über seine Freunde, wer waren die ... Eddie Drew und?"

„Harry Oakes", erwiderte sie.

Bei den Namen merkte Eric auf. „Eddie der Autohändler?", fragte er. Sie nickte. „Becca hat ihr Auto bei ihm gekauft. Nun, nicht direkt von ihm. Ich meine bei seinem Autohaus. Er ist viel zu beschäftigt, um selbst –"

„Schon gut, Eric. Wir haben verstanden. Und ich sehe da keinen Konflikt deinerseits, über den du dir Sorgen machen müsstest", fügte sie augenzwinkernd hinzu.

„Nein. Das habe ich nicht gemeint", erwiderte Eric, bevor er merkte, dass sie ihn nur veralberte. Er runzelte die Stirn.

„Wie ist Mayes' Geschäft gelaufen?", erkundigte sich Tom.

„Alles ist legal und es läuft gut", antwortete Cassandra. „Heute Morgen war ich auf dem Regierungsportal, er hat keine Einreichung versäumt. Anscheinend befindet sich das Unternehmen in einer finanziell stabilen Lage und ich konnte keine Gerichtsverfahren oder Probleme im Zusammenhang mit der Firma in den Medien finden. Allem Anschein nach hat Fred Mayes sich gut gemacht."

„Tja, aber irgendjemand hatte ein Problem mit ihm", warf Tom ein.

„Was ist mit der Verhaftung im letzten Monat?", fragte Eric. „Hast du vorhin nicht gesagt, dass er eine Auseinandersetzung mit jemandem hatte?"

„Ja, das stimmt", sagte Cassie, wandte sich wieder dem Whiteboard zu und heftete ein weiteres Bild in die gegenüberliegende Ecke. „Joe Woodly. Er wurde zusammen mit Mayes verhaftet, nachdem die beiden sich am 14. Januar im Stadtzentrum von Sheringham geschlagen hatten."

„Was wissen wir über Joe Woodly?", erkundigte sich Tom.

„Ein Junge aus der Gegend", sagte sie und schaute sich zu Tom um. „Vierundzwanzig Jahre alt, als Teenager hat er Probleme gemacht. Damals nichts allzu Ernstes: Vandalismus, eine Verwarnung wegen Drogenbesitzes. Aber ab ungefähr zwanzig wurde es schlimmer. Aktuell ist sein schwerstes Vergehen ein versuchter Einbruch. Offenbar hat er kein Talent dafür. Laut Akte konsumiert er regelmäßig Drogen, das erklärt so einiges."

„Um was ging es bei dem Streit eigentlich?"

Cassie schüttelte den Kopf. „Keiner der beiden wollte darüber reden. Für die Beamten, die sie verhaftet haben, war nicht ersichtlich, wer der Schuldige war, und es gab weder Belastungszeugen noch eine nachverfolgbare Beschwerde, also haben sie beide freigelassen und sie verwarnt, dass das in Zukunft nicht noch einmal passieren sollte."

Tom ließ die Arme sinken, setzte sich auf die Tischkante und verschränkte die Hände auf dem Schoß.

„Sonst noch etwas?"

„Ja, was den Streit zwischen den beiden betrifft", sagte sie. „Wir wurden von einer Passantin gerufen, die uns nicht ihren Namen nennen wollte. Sie hat gesagt, dass drei Männer an der Auseinandersetzung beteiligt waren. Allerdings waren nur noch Fred und der Junge, Joe Woodly, anwesend, als die Polizei ankam."

„Wissen wir, wer der dritte Mann war?"

Cassie schüttelte den Kopf.

„Nun, da Fred ein so verlässlicher und loyaler Freund ist, solltet ihr beiden losfahren und mit Joe Woodly reden und herausfinden, was er dazu zu sagen hat", meinte Tom.

„Machen wir", erwiderte Cassandra, schaute zu Eric und deutete mit einer Kopfbewegung zur Tür. „Und dieses Mal lassen wir Schweigen nicht durchgehen."

„Ich mache mich auf den Weg zu einem von Mayes' Freunden und mache mir ein Bild, was in seinem Leben passiert ist. Wenn sie sich so nahestehen, wie seine Frau behauptet hat, dann sollten seine Freunde das wissen. Wahrscheinlich vertrauen Veteranen alten Kameraden mehr an als ihrer besseren Hälfte."

Tom stand auf und ging zum Whiteboard, um die Informationen noch einmal konzentriert durchzulesen. Als Cassie ihre Jacke nahm, traf sie eine Papierkugel am Kopf. Sie schaute sich zu Eric um, der gerade mit einer Unschuldsmiene seine Jacke anzog.

KAPITEL FÜNF

„Hast du Joe Woodly schonmal getroffen?", fragte Cassie mit einem Seitenblick auf Eric, bevor sie nach draußen schaute. Sie fuhren die Küstenstraße entlang über Land. In vielerlei Hinsicht ähnelte es dem Nordosten, aber eben nicht ganz. Das Grün der Bäume und Felder schien heller als in Northumberland. Vielleicht lag es an ihr, vielleicht auch nicht. Sie konnte keinen Grund finden, warum das so sein sollte, außer der Tatsache, dass es in Norfolk mehr Sonnentage pro Jahr gab als sonst wo im Land. Zumindest hatte Eric ihr das erzählt, und sie hatte keinen Grund, seine Erklärung anzuzweifeln.

„Nein, nicht, dass ich wüsste", erwiderte Eric, ohne die Augen von der Straße abzuwenden, die sich in engen Kurven hinunter und durch ein Dorf schlängelte.

„Willst du etwa sagen, dass wir jemanden treffen werden, den du nicht kennst?"

Eric warf ihr einen Seitenblick zu. „Kommt manchmal vor."

Cassie lachte. Schnell hatte sie begriffen, wie umfangreich Erics Wissen über die Gegend und die Einheimischen war. Er war besser als die Polizeidatenbank, wenn es darum ging, zu verstehen, wie die Dinge hier lagen, wer mit wem zu tun hatte und wie frühere Ereignisse sich auf die aktuellen Begebenheiten auswirkten. Oft waren das die Details, die man nicht in Berichten oder Statistiken fand, egal, wie gut diese aufbereitet sein mochten. Im Prinzip war Eric Augen und Ohren des Teams. Falls er etwas nicht wusste, dann kannte er meist jemanden, der es tat.

Eric fuhr langsamer und betätigte bewusst den Blinker. Der Ablauf war stets der gleiche, er nahm eine Hand vom Steuer und bewegte mit drei Fingern den Hebel. Bei Kurven ließ er immer beide Hände auf zehn und zwei Uhr am Steuer und ließ es hindurchrutschen.

Jetzt befanden sie sich in einer mittelgroßen Siedlung, die gut ausgebaut und bei jungen Familien sehr beliebt war. Die Nachkriegshäuser aus Ziegel waren schlicht gehalten. Anscheinend lag der Anreiz darin, dass man sie auf großzügig bemessenen Grundstücken gebaut hatte. Die Häuser erstreckten sich in einer langen Linie nebeneinander, jedes davon, auch die Doppelhäuser, besaß einen großen Garten, und alle grenzten an Ackerland, soweit Cassie sehen konnte.

Sie erreichten Nummer vierzehn, die Meldeadresse von Joe Woodly. Im Garten vor dem Haus kümmerte sich eine Frau um die Blumenbeete. Eric stellte den Wagen am Straßenrand ab, wobei er sorgfältig darauf achtete, so nahe wie möglich am Bordstein zu parken, und reckte den Hals, um den Boden im Seitenspiegel zu begutachten. Erst, als er zufrieden war, stellte er den Motor ab und bemerkte dabei, dass Cassie ihn mit hochgezogener Augenbraue betrachtete.

„Was?", fragte er.

„Wie lange hast du schon den Führerschein, Eric?"

Er überlegte und überschlug die Zeit im Kopf. „Bald acht Jahre. Warum?"

Cassie neigte leicht den Kopf zur Seite und lächelte. „Einfach so. Komm."

Beide stiegen aus und gingen zur Einfahrt. Diese war bekiest, wie die meisten in dieser Reihe, und die Frau, die sich um den Garten kümmerte, sah hoch, als sie näherkamen. Auf ihrer Stirn glänzte ein Schweißfilm, obwohl das Wetter an diesem Februartag alles andere als warm war. Offenbar arbeitete sie schon länger, mindestens drei Meter des Blumenbeets waren gejätet und für die frischen Blumenpflanzen umgegraben worden. Die Frau zog die Spatengabel aus dem Boden und richtete sich auf, bevor sie die Zinken wieder in die Erde stieß und einen Fuß daraufstellte. Sie legte die Hände auf dem Griff übereinander und schürzte die Lippen.

„Was hat er nun wieder angestellt?", fragte sie.

Eric Collet und Cassandra Knight schauten sich an.

„Sie sind doch von der Polizei, oder?"

„Ja. DS Knight und DC Collet", erwiderte Knight, öffnete ihre Geldbörse und zeigte der Frau ihren Dienstausweis. Die Frau winkte mit einer wegwerfenden Handbewegung ab.

„Ist schon eine Weile her, seit er in Schwierigkeiten war. Seit fast einem Monat ist keiner von Ihnen vorbeigekommen. Aber normalerweise kommt die Polizei nicht in Zivilkleidung."

„Was glauben Sie, warum wir hier sind?", erkundigte sich DS Knight.

„Wegen meines Sohnes, Joe. Weswegen sonst?"

„Ja, aber er ist nicht in Schwierigkeiten. Zumindest nicht wegen eines erneuten Zwischenfalls. Sie sind Mrs. Woodly?"

„Sheila, ja. Ich glaube, mein Sohn wird mir immer Kummer bereiten, Detective Sergeant. Egal, wie oft er die Polizei an meine Tür bringt", sagte sie bedauernd. „Joe ist drinnen. Wahrscheinlich schläft er noch. Kommen Sie, ich wecke ihn."

Cassandra Knight schaute auf die Uhr. Es war Jahre her,

dass sie so lange geschlafen hatte. Sheila Woodly zog die Gartenhandschuhe aus, legte sie zusammen und auf einen Schubkarren neben sich. Dann winkte sie den beiden Polizisten, damit sie ihr ins Haus folgten.

„Sie werden nicht lange bleiben, oder?", fragte sie.

„Nein, eigentlich nicht. Warum fragen Sie?", erkundigte sich die DS.

„Oh, nur wegen Joes Vater. Unser Sohn ist alles andere als perfekt, das wissen Sie natürlich, sonst wären Sie nicht hier", sagte Sheila Woodly mit gespieltem Stirnrunzeln. „Aber er streitet oft mit seinem Vater und wenn der herausfindet, dass die Polizei schon wieder hier war … nun, ich will mir nicht vorstellen, was mein Mann dann sagen würde."

„Ich verstehe", erwiderte Cassandra Knight lächelnd. „Wir werden uns beeilen, wir haben nur ein paar schnelle Fragen."

„Wie immer, meine Liebe", meinte Woodly, klang aber so, als ob sie ihr nicht glauben würde.

Die Garagentür stand offen, darin stapelten sich Geräte: Garten- und verschiedene Elektrowerkzeuge. Die Garage war nicht direkt ans Haus angebaut, dazwischen verlief ein schmaler Durchgang. Da die Sicht nicht versperrt war, erhaschte Knight einen Blick auf die Felder dahinter, genau, wie sie vermutet hatte. Die Haustür öffnete sich und ein junger Mann erschien. Er wirkte überrascht, als sie zu dritt vor ihm standen, und ging einen Schritt zurück ins Haus, während er Knight und Collet misstrauisch beäugte.

„Die Polizei möchte mit dir reden, Joe", erklärte Sheila Woodly. Joe Woodly schaute von seiner Mutter zu den beiden Polizisten, dann blickte er zur Seite, weg von ihnen, und schüttelte dabei den Kopf.

„Ehrlich, ich habe nichts gemacht. Ich bin seit Tagen zu Hause."

Seine Mutter presste die Lippen zusammen und sah DS

Knight an. „Das stimmt. Außer am Samstag hat er das Haus kaum verlassen."

Diesen kleinen Einwurf fand Cassandra Knight interessant. „Wo waren Sie am Samstag, Mr. Woodly?", fragte sie beiläufig. Er schaute ihr in die Augen.

„In der Stadt. Um das Boot brennen zu sehen, wie alle anderen auch, schätze ich."

„Ist es nicht furchtbar, was diesem armen Mann zuge-stoßen ist", sagte Sheila Woodly stirnrunzelnd. „Das war schrecklich."

„Ja, das war es, Mrs. Woodly", erwiderte DS Knight. „Mr. Woodly, können wir reden? Es wird nicht lange dauern."

Ob es an ihrer sanften Art oder dem freundlichen Lächeln lag, Joe Woodly entspannte sich jedenfalls sichtlich. Er nickte und trat aus dem Haus.

„Wenn Sie gerade loswollten, könnten wir ein wenig die Straße entlang spazieren", sagte Cassandra Knight mehr in Richtung von Sheila Woodly als zu deren Sohn. Dieser nickte.

Sie spazierten über die Einfahrt zurück zur Straße. Es war keine Durchfahrtsstraße und während sie gingen, betrachtete die DS die umliegenden Äcker, Joe Woodly hingegen vergrub die Hände in den Taschen und schaute kaum vom Boden hoch. Rechts von Cassandra Knight lag zwischen den Bäumen eine Lichtung und sie konnte unten am Hügel die Felder und dahinter das Meer sehen.

„Sind die Häuser früher für die Landarbeiter gebaut worden?", fragte sie.

Der junge Mann blickte hoch und zuckte mit den Schultern.

„Wir müssen über den Vorfall reden, in den Sie vor ein paar Wochen im Stadtzentrum von Sheringham verwickelt waren."

„Äh … was, ernsthaft? Das wieder", sagte Joe Woodly und schüttelte heftig den Kopf.

Cassandra Knight betrachtete den jungen Mann. Er war Anfang zwanzig, schlank und schien sich nicht sonderlich um seine Erscheinung zu kümmern. Weder hatte er sich gekämmt noch in den letzten Tagen rasiert. Aber daran lag es nicht. Seine Augen wirkten stumpf und waren rot gerändert, und je weiter sie gingen, desto fahriger wurde er. Ständig fasste Woodly sich mit den Fingerspitzen an die Nase und beim Sprechen bewegte er ruckartig den Kopf. Wenn sie es nicht besser wüsste, würde sie auf eine Behinderung tippen. Ihre Erfahrung aber sagte ihr, dass die Entzugserscheinungen einsetzten.

„Wir müssen wissen, was an diesem Tag zwischen Ihnen und Fred Mayes vorgefallen ist. Weswegen haben Sie gestritten?"

„Haben wir nicht. Es war nur ein Missverständnis."

Cassandra Knight legte ihm sachte eine Hand auf den Unterarm, um den kleinen Spaziergang zu unterbrechen. Gerade waren sie am letzten Haus vorbeigekommen.

„Kommen Sie, Joe."

„Es war nichts!"

„Joe, Leute werden nicht wegen Nichts verhaftet", erwiderte die DS. Sie trat vor ihn und schaute ihm direkt in die Augen. „Also, ich weiß, dass Sie jetzt lieber woanders sein möchten, aber wir nicht. Verstehen Sie, was ich damit sagen will?" Stumm blickte Joe Woodly sie an. „Wir haben den *ganzen Tag* Zeit, wenn nötig", sagte sie, als der junge Mann wieder wegsah. Cassandra Knight neigte den Kopf so, dass er ihr in die Augen sehen musste. „Und ich weiß, dass Sie das nicht wollen, nicht wahr?"

Kopfschüttelnd atmete er tief aus. „Hören Sie, es war wirklich nichts. Freddie glaubt, dass er 'ne große Nummer ist, er schubst gern Schwächere herum. Sonst nichts."

„Er hat Sie bedroht? Ist so der Schlagabtausch entstanden, Sie haben sich gewehrt?"

„Nö, so war es nicht", meinte Woodly. „Er hat mich nicht herumgeschubst. Ich habe mich nur eingemischt."

„Also hat er sich mit jemand anderem angelegt", sagte Cassandra Knight mit einem Seitenblick auf Collet, der nickte.

„Genau, der andere Typ", sagte der Detective Constable. „Fred Mayes hat ihn herumgeschubst und Sie sind zwischen die Fronten gekommen?"

Joe Woodly schaute zu Collet. „Ja, es ging um den anderen Kerl, nicht um mich."

„Und wer war das?", hakte die DS nach. „Der andere Kerl. Wie heißt er?"

Mit offenem Mund und weit aufgerissenen Augen schaute Joe wieder sie an. „Ähh ... also, ich kenne ihn eigentlich nicht."

„Und trotzdem haben Sie sich eingemischt, um ihn zu schützen?", bohrte Cassandra Knight nach.

„Nicht, um ihn zu schützen, sondern, Sie wissen schon. Es ist ... alles so schnell passiert", meinte er breit lächelnd. „Sie wissen ja, wie das ist."

In gespielter Konzentration verzog die DS das Gesicht, dann schüttelte sie den Kopf. „Nein, eigentlich nicht, Joe."

„Naja ... so ist es aber passiert."

„Ich muss schon sagen, sonderlich überzeugend sind Sie nicht, Joe", erwiderte sie und ließ den jungen Mann nicht aus den Augen, während sie sich an Eric Collet wandte. „Überzeugt er dich, DC Collet?"

„Nein. Eigentlich nicht", sagte Collet kopfschüttelnd.

Woodly lachte, allerdings mehr aus Nervosität als Belustigung.

„Hören Sie ... ich ... w-weiß es nicht." Die gestammelte Antwort ließ darauf schließen, dass er log.

„Ich sehe da etwas Schweiß, Joe", sagte Cassandra Knight und betrachtete demonstrativ sein Gesicht, während sie den Kopf schüttelte. „Sie sehen blass aus. Sicher, dass wir Sie nicht mit aufs Revier nehmen und an einem gemütlicheren Ort weiterreden sollen?"

Joe Woodly wurde sichtlich nervös, trat von einem Fuß auf den anderen und rieb sich mit dem Zeigefinger unter der Nase.

„Nein, ganz im Ernst ... bitte, tun Sie das nicht."

„Dann erzählen Sie mir was Nützliches, Joe. Dann müssen wir uns nicht weiter auf die Nerven fallen und Sie können Ihren Plänen nachgehen."

Konzentriert sah Woodly sie an. Sie hielt den Blickkontakt. Gegenseitig versuchten sie abzuschätzen, wer den stärkeren Willen hatte.

„Okay, okay", gab er schließlich nach.

Die DS lächelte. „Guter Junge."

„Freddie hat einen Obdachlosen aufgemischt, okay? Darum ist es gegangen. Ich habe gedacht, dass er sich völlig danebenbenimmt, wie immer, und das hab' ich ihm gesagt."

„Und dann?"

Joe Woodly schüttelte den Kopf und sah hoch zum Himmel. „Woher sollte ich das wissen? Freddie ist auf mich losgegangen. Mich mag er auch nicht besonders. Diese Ex-Soldaten mögen Leute wie mich nicht."

„Ihr kennt euch, Sie und Fred Mayes?"

Er nickte. „Ja. Ist eine kleine Stadt. Ich hab' mal für Freddie gearbeitet ... Hilfsarbeiten und so Zeug. Er konnte manchmal ein Arsch sein, aber er hat gut gezahlt."

„Und die Schlägerei?"

„Es war keine Schlägerei! Wie oft muss ich das noch sagen?

Wir haben nur gestritten, wissen Sie. Das habe ich auch der Polizei gesagt, Freddie auch. Es ist nichts passiert."

Als die DS zu Eric Collet blickte, zog dieser die Augenbrauen hoch, um ihr mitzuteilen, dass er keine weiteren Fragen hatte. Dann wandte Cassandra Knight sich wieder Woodly zu.

„Wie heißt der obdachlose Mann und wo können wir ihn finden?"

„Ich habe keine Ahnung", erwiderte der junge Mann emotionslos. „Wirklich nicht."

„Okay, das genügt für den Moment", sagte die DS. „Wo waren Sie noch mal am Samstag zwischen vier und sieben?"

„Beim Festival, hab' mir die Prozession und den anderen Kram angeschaut."

Lächelnd nickte Cassandra Knight. „Stimmt, das haben Sie vorhin ja gesagt. Und haben Sie am Ende gesehen, was passiert ist?"

„Was? Der Kerl, der brennend von der Klippe gestürzt ist? Ja, hab' ich gesehen. Haben das nicht alle?"

„Wussten Sie, dass das Fred Mayes war?"

Woodly riss den Mund sperrangelweit auf, seine Lippen bewegten sich, aber es kam kein Wort heraus. Diese Neuigkeit hatte ihn völlig überrascht.

„Ich verstehe das als ein Nein, richtig?"

„Ja … ich meine, nein. Ich hatte keine Ahnung", antwortete er. DS Knight bemerkte, wie sich die Pupillen des jungen Mannes erweiterten, eine klassische Reaktion des autonomen Nervensystems bei enormem Stress, besser bekannt als Kampf-oder-Flucht-Reaktion. Allerdings konnte das genauso gut an den schnell schlimmer werdenden Entzugserscheinungen liegen. Sie hatte vorhin nicht übertrieben, Joe Woodly sah tatsächlich krank aus. „Kann ich jetzt gehen?"

Sie lächelte. „Ja, natürlich. Sollen wir Sie irgendwohin mitnehmen?"

„Nein, nicht nötig."

Woodly trat zur Seite und ging an der DS vorbei weiter den Weg entlang in Richtung der offenen Felder. Dort, wo sie standen, hörte der Asphalt auf, und so, wie der Boden dahinter aussah, fuhren hier nur landwirtschaftliche Fahrzeuge entlang.

„Was glaubst du, wo er so schnell hingeht?", fragte Eric, während er Joe Woodly nachschaute. „Außer zu seinem Dealer, das ist ja offensichtlich."

„Er hat einen recht ehrlichen Eindruck gemacht", meinte Cassandra leise. „Aber einem Junkie kann man nicht glauben, oder?"

Eric schüttelte den Kopf.

„Wie viele Obdachlose gibt es in Sheringham, Eric?"

„Es gibt immer ein paar, egal, wo."

„Stimmt. Sieht so aus, als müssten wir diesen Kerl finden."

„Wir könnten zu dem Ort fahren, an dem die Auseinandersetzung mit Fred Mayes stattgefunden hat. Wer weiß, vielleicht hat die Überwachungskamera von einem Laden etwas Nützliches aufgezeichnet", meinte Eric. Cassandra war der gleichen Meinung und zusammen gingen sie den kurzen Weg zurück zum Auto.

KAPITEL SECHS

Als Joe Woodly losging, spürte er die Blicke der beiden Polizisten im Rücken. Sein Gesicht lief rot an, die Wangen brannten in der Wintersonne, die nur wenig Wärme spendete. Er versuchte, sich aufzurichten, sicheren Schrittes zu gehen, aber damit erreichte er nur, dass er die Balance verlor und ständig über den aufgewühlten Boden stolperte. Bestimmt wirkte er schuldig. Er fühlte sich schuldig. Allerdings war das normal für ihn. Jedes Mal, wenn er in die Augen seiner Mutter sah, die Leere und Verzweiflung darin erblickte, spülte eine Welle der Beklemmung über ihn hinweg. Er wusste, dass er sie enttäuschte, dass er jeden enttäuschte, der sich um ihn sorgte.

Der Weg fiel ab und als er die nächste Steigung hinaufging, riskierte er einen Blick zurück. Die Polizisten waren weg. Er konnte noch die Häuser sehen, auch das seiner Eltern, das vierte von rechts. *Was wird Mum zu Dad sagen, wenn er nach Hause kommt?* Wahrscheinlich nichts. Sie würde ihn decken. Wenn sie die Chance dazu hatte, machte sie das immer. Er wandte sich um und ging wieder los, dieses Mal schneller. Als er die Hügelkuppe erreichte, sah er die Scheunen vor sich. Zwei riesige landwirtschaftliche Metallkonstruktionen, die nebeneinander mitten im Nirgendwo standen. Der Pfad führte rechts an ihnen vorbei. Da es Sonntag war, hatte man den Bereich abgesperrt. In der Erntezeit herrschte hier sieben Tage die Woche ein Betrieb wie in einem Bienenstock. Mit Bussen wurden Gastarbeiter von überall hergebracht und die Traktoren und Mähdrescher waren, wenn nötig, Tag und Nacht im Einsatz. Heute waren die Scheunen verschlossen und die umliegenden Felder leer.

Joe achtete kaum auf die Gebäude, als er an ihnen vorbeikam, und wandte sich nach rechts auf einen Nebenpfad zwischen den Feldern, der direkt zum Meer führte, anstatt geradeaus und zur Asphaltstraße runter nach Thornham weiterzugehen. Von hier, einem der höchsten Punkte der Gegend, konnte er kilometerweit in alle Richtungen sehen. Eigentlich war bewölktes Wetter vorausgesagt worden, doch an einigen Stellen brach die tiefstehende Sonne durch die Wolken und ihr Licht erhellte den Tag. Der Pfad, den er entlangging, war zu beiden Seiten von hohen Bäumen und Hecken gesäumt, die die Feldgrenzen markierten. In diesem Schatten wurde ihm kalt. Der Wind wehte direkt vom Meer herein und durch diesen Tunnel aus Bäumen genau in seine Richtung. Er zitterte und schlang die Arme um sich, während er weiterging. Wahrscheinlich lag es nicht nur an der Kälte.

Als Joe um die nächste Kurve kam, sah er sein Ziel vor sich. An diesem Punkt wurde der Pfad etwas breiter und hier, bevor es steil hinunter zum Dorf ging, standen die geparkten Fahrzeuge. Nicht, dass diese Beschreibung sonderlich gut passte. Jahrelang hatte sie keiner mehr gefahren. Sie würden sich nur bewegen, wenn man sie abschleppen würde. Als er sich der behelfsmäßigen Siedlung näherte, sah er nicht die kleinste Bewegung. Er wusste, dass nur eine Person hier lebte, früher waren es mehr gewesen, aber nun war nur noch einer übrig und der lebte allein.

Joe ging direkt auf den Wohnwagen zu. An den Fenstern hingen schwere Vorhänge, die neugierigen Augen den Blick nach drinnen versperrten. Moos bedeckte das Dach des alten Wohnwagens und an den Außenwänden wuchsen irgendwelche seltsamen Algen. Der Wohnwagen war auf Betonblöcken gelagert und stand schräg.

Er hämmerte gegen die Tür, die sich unter dem Druck bog. Als er nach rechts schaute, erspähte er weiter den Weg entlang die alten Ruinen von Scheunen aus Ziegeln und Kiesel. Er wusste, dass irgendwo dahinter Wohnhäuser standen, doch dorthin wollte er nicht. Alle hatten sich von diesem kleinen Feldlager ferngehalten, es hatte einen Ruf gehabt, dem es nicht länger gerecht wurde.

Mit erhobener Hand wandte Joe sich gerade wieder der Tür zu, als diese sich öffnete. Er trat zurück. Ein Mann starrte ihn aus müden Augen misstrauisch an.

„Was machst du hier, Joe?", fragte er und schaute nach links und rechts.

„Ich bin's nur, Johnny."

Im Wohnwagen bellte ein Hund. Ein kleiner Terrier erschien an der Schwelle und bedachte den jungen Mann mit begeisterter Aufmerksamkeit.

„Aye, aber das letzte Mal habe ich dir gesagt –"

„Ich weiß, ich weiß", protestierte Joe und hob abwehrend beide Hände. „Ich … ich … mir geht's gerade nicht so gut."

„Siehst nicht gut aus, das stimmt schon."

„Kannst du mir aushelfen? Bitte. Ich mach' keinen Ärger."

Johnny schnalzte mit der Zunge, dann atmete er aus und schüttelte langsam den Kopf.

„Hast du's schon gehört?", erkundigte sich Joe.

„Was gehört?"

„Von Freddie? Was gestern Abend beim Festival passiert ist."

Johnny kniff die Augen zusammen und verkrampfte sich. Joe fühlte sich fehl am Platz, sein Selbstvertrauen schwand.

„Nein, aber ich schätze, du wirst's mir erzählen."

„Er ist tot", sagte er. Anscheinend hatte diese Enthüllung keine Wirkung auf Johnny. Joe fragte sich, ob er ihn gehört hatte. „Du wirst's nicht glauben, jemand hat ihn angezündet ... vor allen Zuschauern."

Der Mann zog die Nase hoch und rieb sich mit Daumen und Zeigefinger übers Kinn. Dann deutete er mit einer Kopfbewegung nach drinnen.

„Komm rein. Ich schau' mal, was ich machen kann."

Joe grinste und Vorfreude durchströmte ihn. Nervös blickte er zurück in die Richtung, aus der er gekommen war, er hatte Angst, dass jemand ihn beobachten könnte, dann folgte er Johnny in den Wohnwagen und schloss die Tür.

KAPITEL SIEBEN

Die Gärtnerei der Oakes befand sich etwa sechshundert Meter außerhalb von Burnham Market. Vermutlich war Tom Janssen schon oft an ihr vorbeigefahren, ohne darauf zu achten. Als er auf den öffentlichen Parkplatz kam, war dieser kaum halb voll, was im Februar eigentlich keine Überraschung war. Sobald es wärmer wurde, konnte man sich an Orten wie diesem wahrscheinlich kaum bewegen. Nachdem er den Wagen geparkt hatte, schaute er sich um. Offenbar gab es keinen Haupteingang. Bei den Beeten sah er mehrere Zugangswege, die zu einem breiteren Pfad führten. Dieser verlief um das Hauptgebäude herum, das anscheinend auch als Wohnhaus diente.

Janssen entschied sich für diese Richtung und war erst ein paar Schritte weit gekommen, als er zu seiner Linken einen Mann erspähte, der ein Paar beriet. Da sonst niemand zu sehen war, ging er hinüber. Als er näherkam, hörte er, dass der Mann den beiden Pflegetipps für die gerade erworbenen Pflanzen gab. Janssen hielt sich im Hintergrund und gab vor, die Angebote zu studieren, aber er hatte keine Ahnung von Grünzeug. Schon bald bedankte sich das Paar und machte sich auf den Weg. Der Mann hatte Janssen bemerkt und kam zu ihm. Er war Ende dreißig, hochgewachsen, athletisch gebaut und bewegte sich für seine Größe erstaunlich geschmeidig. Janssen kannte die Probleme als hochgewachsener Mann und dieser Kerl war mindestens genauso groß wie er, was selten vorkam.

„Kann ich Ihnen weiterhelfen?", fragte er.

Janssen holte die Geldbörse heraus und zeigte seinen Dienstausweis. „DI Tom Janssen, Polizei Norfolk. Ich möchte zu Harry Oakes. Soweit ich weiß, führt er die Gärtnerei", erwiderte er und schaute sich um.

„Ja, das tue ich", meinte Harry Oakes lächelnd. „Sie gehört mir auch. Was kann ich für die Polizei tun?"

„Katrina Mayes hat mich an sie verwiesen. Sie sagte, ihr Mann, Fred Mayes, und Sie wären gute Freunde."

„Ganz genau", sagte Oakes strahlend. „Freddie und ich kennen uns schon lange, wir waren zusammen beim Militär."

„Bei den Lancers?"

„Ja, das stimmt. Drei gemeinsame Einsätze. Um was geht es denn?"

Janssen richtete sich auf. Eine solche Nachricht konnte man nicht schonend beibringen, im Laufe der Jahre hatte sich eine direkte Herangehensweise als die beste herausgestellt.

„Es tut mir leid, aber ich komme mit schlechten Nachrichten. Fred Mayes ist gestern verstorben."

Entgeistert sah Harry Oakes ihn an. Einen Moment lang wusste er nicht, was er sagen sollte. „Was? Wie ist das passiert?", fragte er, nachdem er die Fassung wiedererlangt hatte.

„Er wurde höchstwahrscheinlich ermordet."

„Ermordet? Das kann ich nicht glauben."

„Gestern Abend, gegen Ende des Wikingerfestivals –"

„Mein Gott! Das war Freddie?", fragte Oakes und lehnte

sich an den Tisch mit den Pflanzen. Tom nickte zur Bestätigung. „Mein Gott", wiederholte der Mann.

„Waren Sie dort?"

Oakes schüttelte den Kopf. „Nein. Leider. Wir hatten es uns überlegt, aber die Kinder sind noch klein und es ist ein langer Tag."

Erzähl' mir was Neues, dachte Janssen.

„Wir waren nachmittags dort und sind mit den Mädchen durch das Lager spaziert, aber bevor es dunkel wurde, sind wir gegangen."

Stimmen näherten sich. Am anderen Ende des Bereichs, in dem sie standen, tauchten zwei Mädchen auf. Sie glichen sich wie ein Ei dem anderen, beide hatten schulterlange, blonde Haare, blaue Augen und ein breites Lächeln. Sie rannten den Pfad entlang und warfen sich Harry Oakes in die Arme.

„Entschuldigen Sie mich", meinte dieser an Janssen gewandt, kniete sich nieder und umarmte die beiden. „Hallo, ihr Süßen. Hattet ihr eine schöne Zeit bei Oma?"

Vergnügt quietschten die beiden und versuchten, ihm von ihrem Tag zu erzählen, aber offensichtlich nicht vom gleichen Ereignis. „Halt, halt", sagte Oakes und legte ihnen die Hände auf die Schultern. Noch jemand näherte sich, dieses Mal eine Frau. Da die Mädchen ihr sehr ähnlich sahen, nahm Tom an, dass sie die Mutter war.

Sie kam zu ihnen, schlang einen Arm um Harry Oakes' Taille und lächelte Janssen an. „Das ist meine Frau, Tina", stellte Oakes sie vor. Sie und Janssen schüttelten die Hände. „Er ist von der Polizei, Schatz."

„Polizei? Was ist los?"

Harry Oakes schaute hinunter auf die Kinder, die nun rechts und links von ihm standen und seine Beine umarmten. „Ihr Süßen, geht doch schon vor in den Garten und spielt etwas, ich komme gleich nach, wenn ich hier fertig bin."

Die Mädchen sahen fragend hoch zu ihrer Mutter, die ihnen zunickte. Lachend rannten die beiden los.

„Reizende Mädchen", sagte Janssen. Oakes lächelte verlegen, doch seine Frau grinste.

„Danke", erwiderte sie. „Also, was ist so wichtig, dass die Mädchen es nicht hören dürfen?"

Harry Oakes drückte seine Frau fester an sich. „Es geht um Freddie. Er ist tot."

„Oh nein!", rief sie aus. „Wie?"

„Offenbar hat man ihn umgebracht."

„Wieso würde jemand so etwas tun? Wissen Sie, wer es war?", fragte Tina Oakes und schaute Janssen an.

„Die Ermittlungen laufen noch, Mrs. Oakes. Darum bin ich hier, ich möchte mehr über Fred Mayes erfahren."

„Ich selbst kannte ihn nicht so gut", sagte sie. „Verstehen Sie mich nicht falsch, wir verbringen Zeit mit Harrys alten Freunden von der Armee, aber das verbindet sie, ihre gemeinsamen Einsätze. Da bin ich außen vor. Aber ich bin sicher, dass Harry Ihnen weiterhelfen kann."

„Das wäre großartig, Mrs. Oakes."

Lächelnd drehte sie sich zu ihrem Mann, der nickend die Arme von ihrer Taille nahm. Sie verabschiedete sich von Janssen, drückte ihrem Mann einen Kuss auf die Wange und machte sich auf die Suche nach den Mädchen. Sobald sie außer Hörweite war, neigte Harry Oakes den Kopf zur Seite.

„Bitte denken Sie nicht schlecht von ihr, Inspector. Sie hat damit nichts andeuten wollen, aber wie sie gesagt hat, Freddie war mehr mein Freund als ihrer. Tina ist aus … wie soll ich sagen, sie ist aus einem ganz anderen Haus als ich und die Jungs vom Trupp. Ich schätze, sie hält sie mir zuliebe ein paar Mal im Jahr aus, aber ehrlich gesagt haben sie nicht viel gemeinsam."

„Ich hatte den Eindruck, dass Sie sich öfter mit Fred Mayes getroffen haben."

„Oh, ja. Habe ich. Ich habe mich oft mit ihm getroffen, aber nicht mit der Familie. Sie wissen schon, auf ein paar Drinks, eine Runde Billard und so."

„Wann haben Sie ihn das letzte Mal gesehen?"

Oakes überlegte. „Ich glaube, Anfang letzter Woche, Montag- oder Dienstagabend."

„Wie war er? Hat ihn irgendetwas bedrückt, wirkte er anders als sonst?"

Kopfschüttelnd zog Harry Oakes die Mundwinkel nach unten. „Mir ist nichts Ungewöhnliches aufgefallen. Er schien das blühende Leben zu sein. Das war er immer, wenn er unterwegs war."

„Wie war er im Privaten?", erkundigte sich Janssen, der zwischen den Zeilen von Oakes Aussage las.

„Er neigte zu Melancholie", erwiderte Oakes. „Manchmal. Das heißt nicht, dass er depressiv oder Ähnliches war." Der Mann verschränkte die Arme vor der Brust und schaute sich um. „Verdammt. Ich kann nicht glauben, dass er nicht mehr da ist. Und Sie sagen, dass es Mord war?"

„Ich fürchte, ja."

„Verdammt. Das ist … Himmel."

„Fällt Ihnen jemand ein, der einen Groll gegen Fred Mayes hegen könnte?", erkundigte sich Janssen.

„Viele", sagte Oakes und schaute ihn an. „Er hat gern im Mittelpunkt gestanden, vor allem, wenn er ohne seine bessere Hälfte unterwegs war, Sie verstehen? Er hat sich gern aufgespielt. Als Ausgleich für seine Unsicherheiten, habe ich immer gesagt – aber nicht ihm ins Gesicht. Verstehen Sie mich nicht falsch, Freddie war ein Teufelskerl, aber wenn man ihm zu nahe trat, hat man das zu spüren bekommen."

„Wäre jemand wütend genug, um ihn in Brand zu stecken?"

Harry Oakes richtete sich auf und ließ die Arme fallen. „Nein. Bestimmt nicht. Er hat zwar manchen Jungs die Hosen strammgezogen und sich gelegentlich mit Leuten angelegt, aber nichts, das so etwas rechtfertigen würde. Bestimmt nicht!"

„Was ist mit seinem Unternehmen? Wie lief es?"

„Fantastisch. Sein Auftragsbuch war voll."

„Mrs. Mayes hat gesagt, dass er am Donnerstag wegen eines Kostenvoranschlags wegmusste und seitdem nicht wieder aufgetaucht ist."

„Ja, sie hat mich am Freitag angerufen, wir haben geredet", sagte Oakes und schürzte die Lippen, während er sich an das Gespräch erinnerte. „Ich muss zugeben, dass ich ihr gesagt habe, dass er wahrscheinlich mit den Jungs um die Häuser zieht und zurückkommt, sobald er seinen Rausch ausgeschlafen hat. Das war nicht sonderlich überzeugend und ich habe gedacht, dass er vielleicht ...", er hielt inne, schaute nach links und rechts, um sicherzugehen, dass sie alleine waren, fuhr dann fort, „... dass er vielleicht jemanden aufgerissen hat, wissen Sie?"

„Hat er das öfter gemacht?"

Mit hochgezogenen Augenbrauen nickte Oakes langsam. „Ja. Das war zugegebenermaßen seine einzige Schwäche ... sein Laster, wenn Sie so wollen. Frauen."

„Gab es jemanden Besonderes?"

Harry Oakes schüttelte den Kopf. „Nein, nicht, dass ich wüsste. Er hat einfach eine dieser Dating-Apps verwendet. Tinder, glaube ich." Janssen nickte, obwohl er persönlich keine Erfahrung damit hatte. Harry Oakes beeilte sich zu betonen, dass es ihm genauso ging. „Ich kenne mich mit sowas nicht aus, aber Freddie. Er hat oft mit seinen Abenteuern geprahlt.

Auch wenn ich nie gewusst habe, wie viel davon wirklich passiert ist. Freddie liebte gute Geschichten."

„Ich verstehe. Wusste Mrs. Mayes davon?"

Der Mann runzelte die Stirn. „Da bin ich mir nicht sicher. Er hat es nie erwähnt und mir wäre nicht eingefallen, danach zu fragen."

„Schätze nicht, nein", erwiderte Janssen und notierte sich das. Laut dieser Enthüllung könnte es viele verärgerte Ehemänner oder Lebenspartner geben, die ein Problem mit Mayes hatten. „Könnte er Ihrer Meinung nach den anderen davon erzählt haben?"

Harry Oakes steckte die Hände in die Taschen und atmete hörbar aus, während er darüber nachdachte. „Das müssen Sie sie selbst fragen. Er hat nie viel davon erzählt, außer den Prahlereien über seine letzte Eroberung. Am besten gehen Sie zu Ed."

„Edward Drew?"

„Ja, Eddie. Oder Greg." Mit hochgezogener Augenbraue bat Janssen um mehr Informationen. Oakes kam der Bitte nach. „Greg Ellis. Er führt den Golfclub an der Küstenstraße Richtung Cromer. Kennen Sie den?"

Janssen schüttelte den Kopf. „Nein, ich spiele kein Golf."

„Egal. Gregg gehörte auch zu unserem Trupp. Er und Eddie standen Freddie am nächsten."

„Mrs. Mayes hat Mr. Ellis nicht erwähnt."

Oakes lächelte schief. „Verständlich. Katrina und Greg waren ein Paar. Allerdings lange bevor sie Freddie geheiratet hat. Sie haben einander Freddie zuliebe toleriert."

„Ich verstehe", erwiderte Janssen nickend, während er sich die Informationen notierte. „Okay, ich denke, das wäre für den Moment alles."

„Ich begleite Sie hinaus", meinte Oakes und ging neben Janssen her.

Sie verließen die Gärtnerei und machten sich auf den Weg zum Parkplatz. Gerade wollte Janssen sich verabschieden, als ihm noch etwas einfiel.

„Glauben Sie, dass Mr. Mayes' Verhalten Frauen gegenüber mit seiner Zeit im Militärdienst zu tun hatte?"

Harry Oakes überlegte. „Möglicherweise, ja. Ich meine, wir alle haben unseren eigenen Bewältigungsmechanismus entwickelt. Haben Sie gedient?" Janssen schüttelte den Kopf. „Nun, wir waren eine eingeschworene Truppe, vor allem nach Helmand. Das war eine stressige Zeit damals. Sie hat bei jedem Spuren hinterlassen. Bei mir ganz bestimmt."

Als Janssen einige Regentropfen spürte, blickte er nach oben. Den ganzen Tag schon war es bewölkt gewesen und der drohende Regen schien nun einzusetzen. Eine Frage fiel ihm noch ein.

„Wie sind Sie damit fertiggeworden?"

„Ich?" Oakes schaute sich um und ignorierte dabei den stärker werdenden Regen. „Ich habe die Gärtnerei, Tina und die Mädchen. Nachdem ich den Dienst quittiert hatte, war ich ziemlich durch den Wind. Rückblickend waren das einige von uns." Er wirkte geistesabwesend. „Dann habe ich Tina getroffen und wir haben geheiratet, trotz aller Widrigkeiten, wenn man bedenkt, was ich vorhin über ihre Familie und Herkunft gesagt habe. Die Gärtnerei gehörte ihrem Großvater, aber er hat kein gut gehendes Geschäft daraus gemacht. Die meiste Zeit hat sich niemand darum gekümmert und man hat sie verfallen lassen."

Mit dem Finger zeigte er hinter sich, an den Beeten vorbei, an denen sie vorhin gestanden hatten, in Richtung dreier Gewächshäuser. Eines davon war größer als die anderen, etwa drei Mal so breit wie das Wohnhaus, und erstreckte sich nach hinten außer Sicht.

„Hier gibt es so viel Verbesserungspotenzial. Das Geschäft

läuft gut und wir haben einiges geplant. Es ist eine enorme Verpflichtung, und ich muss zugeben, dass mir der aufgenommene Kredit einige schlaflose Nächte beschert hat." Stirnrunzelnd blickte er Janssen an. „Aber das ist es wert. Inzwischen passt mir das ruhigere Leben gut. Die Vorstellung, Dinge anzubauen, gefällt mir … anstatt von Tod umgeben zu sein. Das mag für Sie vielleicht komisch klingen, aber glauben Sie mir, davon habe ich mehr als genug gesehen."

Hinter diesen Worten steckte etwas Finsteres, auf das der Mann nur anspielte, über das er nicht direkt reden wollte, und Janssen fragte nicht weiter nach. Der Moment ging vorüber und Harry Oakes setzte ein Lächeln auf. Es wirkte gezwungen und eher höflich als alles andere. Oakes hielt Tom Janssen die Hand hin und dieser ergriff sie.

„Wenn ich Ihnen noch behilflich sein kann, Inspector, können Sie sich jederzeit melden."

„Ich werde daran denken, Mr. Oakes. Vielen Dank für Ihre Zeit."

Als Janssen zum Auto ging, regnete es immer stärker. Nachdem er eingestiegen war, blickte er zurück zur Gärtnerei, doch Harry Oakes war nirgends zu sehen.

KAPITEL ACHT

NUN REGNETE es beständig und immer stärker, sodass er den Abstand zum Auto vor sich vergrößern musste. Die Straße war spiegelglatt und das Wasser sammelte sich auf ihr, da es nicht schnell genug abfließen konnte. Das Auto vor ihm im Blick zu behalten, war einfach. Die roten Heckleuchten bildeten einen verschwommenen Fleck, die Scheibenwischer liefen mit höchster Geschwindigkeit und huschten über die Windschutzscheibe, allerdings hatte er nicht einmal eine Sekunde freie Sicht. Er nahm den Fuß vom Gaspedal.

Gleich würde es so weit sein.

Es war dunkel und das vorüberziehende Gewitter hüllte alle Orientierungspunkte ein, sodass er nur das erkennen konnte, was die Scheinwerfer beleuchteten. Das störte ihn nicht. Er kannte die Gegend. Selbst blind würde er sich zurechtfinden. Auf den nächsten drei Kilometern gab es nichts außer ein paar Bauernhäusern, und selbst diese waren ein Stück von der Straße entfernt. Weit genug, dass sie kein Problem darstellten.

Am Auto vor ihm leuchteten die Bremslichter auf, als es wie erwartet von der Straße in die Haltebucht einbog.

Während er langsamer wurde und vorbeifuhr, warf er einen schnellen Blick hinein. Der Kopf des Fahrers war nach unten in Richtung Schoß geneigt. Er wandte seine Aufmerksamkeit wieder der Straße zu und betrachtete die Kreuzung vor sich. Dann schaltete er die Lichter aus, bog nach rechts ab und parkte auf dem Grünstreifen. Der Regen hämmerte auf das Autodach, deshalb hörte er den Piepston des Handys nicht, aber er sah den Bildschirm aufleuchten. Er öffnete die Textnachricht. *Ich bin da. Wo bist du?*

Nachdem er eine Antwort eingetippt hatte, drückte er noch nicht auf Senden. Stattdessen griff er mit der rechten Hand auf den Rücksitz und holte die doppelläufige Schrotflinte hervor. Er zog sie nach vorne auf seinen Schoß und strich mit dem Daumen über die Enden. Die Läufe fühlten sich glatt an. So war die Waffe viel einfacher handzuhaben. Er klappte sie auf, um nachzusehen, ob sie geladen war. Das hatte er schon zwei Mal gemacht, bevor er losgefahren war, aber er bereitete sich immer gut vor. Ein Fehler wäre jetzt fatal.

Er zog die Kapuze über den Kopf, machte den Reißverschluss bis unter das Kinn zu und öffnete die Tür. Die Grasnarbe war weich und wurde schlammig, als er die Feldgrenze erreichte. Hier war die Hecke unterbrochen, damit die Landwirtschaftsfahrzeuge durchfahren konnten, und er betrat das Feld. Dann wandte er sich nach rechts und lief zu einer Stelle, von der aus er das geparkte Auto, dessen Scheinwerfer noch eingeschaltet waren, sehen konnte. Wegen des unebenen Bodens musste er langsamer gehen, bis er das Ende des Feldes erreichte und hinter einem weitläufigen Gebüsch zu stehen kam, durch das er das Auto und den Fahrer beobachtete. Dieser hatte die Innenbeleuchtung eingeschaltet und scrollte offenbar auf dem Bildschirm seines Handys, vermutlich, um sich die Zeit zu vertreiben. Hier in seinem Versteck konnte er definitiv nicht entdeckt werden.

Gebückt ging er nach links. Auch das tat er mehr aus Gewohnheit als aus Notwendigkeit. Bei einer Lücke im Unterholz bog er die Äste zur Seite und schlüpfte hindurch, sodass er etwa sechs Meter hinter dem Auto zur Haltebucht kam. Die Schrotflinte hielt er in der rechten Hand, mit der linken nahm er das Handy aus der Tasche und drückte auf Senden. Während er es wieder einsteckte, näherte er sich dem Wagen, unablässig trommelte der Regen auf die Kapuze seiner Jacke.

Als er nach vorne blickte, sah er, dass der Fahrer nach links und rechts schaute, bevor er sich umdrehte und einen Blick aus dem Rückfenster warf. Sogar jetzt noch, das wusste er, konnte er vom Insassen des Autos nicht gesehen werden. Er wartete in der Dunkelheit. Die Fahrertür öffnete sich und ein Mann stieg aus, der seine Jacke enger um sich schlang. Er wandte den Blick nicht von dem Mann ab und näherte sich dem Heck des Wagens.

„Warum zum Teufel wolltest du mich hier draußen treffen?", rief der Fahrer, schlug den Kragen hoch und neigte den Kopf nach vorne, um sich vom Regen abzuschirmen.

Er antwortete nicht und blieb auf das Ziel konzentriert. Als er weiterging, hörte er das Knirschen der losen Steine unter seinen Füßen in der Haltebucht. Jetzt gab es kein Zurück mehr, nicht, dass ihm dieser Gedanke überhaupt gekommen wäre. Sein Ziel runzelte die Stirn und starrte vergeblich in die Finsternis, während er näherkam.

„Was zum Teufel?", rief der Fahrer aus, als die Schrotflinte im Schein der Rücklichter seines Autos aufblitzte. Flehend hob er die Hände. „Nein! Nicht –"

Sein Bitten stieß auf taube Ohren und die Waffe wurde ein erstes Mal durchgeladen. Der Schuss traf mitten in die Brust, das Opfer wurde von den Füßen gerissen und landete auf dem Rücken neben der Fahrertür. Es gab keinen Schmerzensschrei oder weitere Proteste.

Während er zu ihm ging, bewegte er den Finger zum zweiten Abzug, und blieb über dem blutenden Mann stehen, dessen linker Arm weit von sich gestreckt war, der rechte lag über der Brust, über der klaffenden Wunde, die die Schrotflinte hinterlassen hatte. Den zur Seite geneigten Kopf rollte der Mann zurück in die Mitte, suchte den Blick seines Mörders. Schock und Angst wurden zu Erkennen und er riss die Augen auf … bevor ihn die zweite Ladung traf.

KAPITEL NEUN

DER NÄCHTLICHE WOLKENBRUCH war vorübergezogen und hatte reine Luft und das Versprechen eines schöneren Tages zurückgelassen. Tom Janssen blieb hinter den Polizeiautos stehen und schaltete den Motor ab. Die Fahrzeuge blockierten die Fahrbahn, allerdings störte das nicht, denn die Straße war an beiden Enden abgesperrt und der übliche Montagmorgenverkehr umgeleitet worden. Er stieg aus und ging zur zweiten Absperrung, die den äußeren Rand des Tatorts an der Einfahrt zur Haltebucht markierte. DS Cassandra Knight sah ihn kommen und ging ihm entgegen, als er sich unter dem blauweißen Polizeiabsperrband, das an zwei Bäumen zu beiden Seiten der Einfahrt befestigt war, hindurchduckte.

„Guten Morgen, Tom", sagte sie, während er sich ein Paar Nitrilhandschuhe überzog.

Er nickte ihr grüßend zu, verzichtete allerdings auf weitere Höflichkeiten. Seine Gedanken kreisten bereits um den Tatort. Nur ein Fahrzeug parkte in der Haltebucht, eine weiße Limousine der Marke Audi. Die Beifahrertür war offen und die Spurensicherung nahm sich schon den Innenraum vor. Auf der anderen Seite stand die Fahrertür nur einen Spalt offen und daneben lag eine Leiche auf dem Boden. Jemand von der Spurensicherung machte Fotos. Tom und Cassandra blieben neben der Leiche stehen.

Die Brust des Opfers war blutgetränkt. Das, was in die Kleidung gesickert war, begann bereits zu trocknen, wahrscheinlich, seit der nächtliche Regen nachgelassen hatte. Unter der Leiche hatte sich Blut gesammelt, war nach links das leichte Gefälle der Haltebucht entlang abgeflossen und hatte sich am Rand der Grasnarbe gesammelt, bevor es in einen flachen Graben auf dieser Seite des Gestrüpps am Feldrand gesickert war. Offensichtlich waren zwei Schüsse abgefeuert worden. Dem Opfer war einmal mitten ins Gesicht geschossen worden. Der Anblick war brutal und drehte einem den Magen um.

„Schrotflinte, würde ich sagen. Zwei Mal aus nächster Nähe", sagte Cassie. Tom musste ihr recht geben. Der Mörder hatte das Opfer schlimm zugerichtet. Er zeigte auf den Mann.

„Was wissen wir über ihn?"

Cassie nahm ihr Notizbuchheraus und las vor.

„Das Auto ist auf einen Andrew Lewis zugelassen. Achtunddreißig Jahre alt und wohnhaft in Hunstanton." Sie warf Tom einen Seitenblick zu. „Ich habe die Beschreibung aus der Polizeidatenbank ... aber es stellt sich die Frage, ob er das wirklich ist."

Langsam nickte Tom und verzog das Gesicht. „Unschön." Er betrachtete den toten Mann und bemerkte, dass die Beine an den Knöcheln überkreuzt waren. „Der Fall eines toten Mannes", sagte er und deutete auf die Füße.

„Bitte was?", fragte Cassie.

„Wenn eine Person in stehender Position stirbt oder lahmgelegt wird, überkreuzen sich die Beine beim Sturz auf diese

Weise. Das ist eine der Merkwürdigkeiten der Natur, die anscheinend immer vorkommt."

„Das habe ich nicht gewusst", erwiderte sie. „Ich würde sagen, dass das eine persönliche Angelegenheit war. Und du?"

„Wie kommst du darauf?", fragte er. Ihm war der gleiche Gedanke gekommen, aber er wollte wissen, wie sie zu diesem Schluss gelangt war.

„Aus mehreren Gründen. Der Kerl ist ausgestiegen, um mit dem Mörder zu reden. Er hat die Tür geschlossen, die Jacke zugemacht. Das heißt, er war nicht in Eile oder auf Streit aus. Das sind überlegte Handlungen, wenn man das Wetter und die Umgebung berücksichtigt." Cassie zeigte auf das Auto. „Dieser Wagen ist ein Vermögen wert, Geldbörse und Handy des Opfers befinden sich noch darin. In der Börse ist jede Menge Bargeld. Nichts davon wurde gestohlen. So, wie die Wunde auf der Brust aussieht, war das der erste Schuss."

„Ganz meine Meinung."

„Aus kurzer Distanz. Vielleicht zwei Meter, nicht mehr. Der Zweite ... war punktgenau." Sie kniete sich neben das Opfer, betrachtete das Wenige, was von Gesicht und Kopf übrig war, und sah dann wieder hoch zu Tom. „Der zweite Schuss wurde aus kürzester Distanz abgegeben, was auf Wut schließen lässt ... und das ist persönlich. Sehr persönlich."

Tom wandte seine Aufmerksamkeit einer Plastikbox in der Nähe zu, in der mehrere transparente Beweisbeutel lagen.

„Die Geldbörse. Gehört die Andrew Lewis?"

Cassie nickte. „Jupp", sagte sie, stand auf und ging zusammen mit ihm zur Box.

Sie nahm den Beutel mit der Geldbörse und reichte ihn Tom. Vorsichtig öffnete Tom ihn und zog eine kleine, schwarze Lederbörse heraus. Die Schnalle, mit der sie normalerweise verschlossen wurde, war kaputt und sie öffnete sich ohne sein Zutun. Darin befanden sich die üblichen Bank- und Kreditkarten, die Kundenkarte eines Supermarktes und zwei Mitgliedsausweise von einem Golfclub und einem Fitnessstudio aus der Gegend. Tom kannte letzteres, allerdings hielt er sich nie dort auf. Auf den Karten standen Variationen des Namens Andrew Lewis. Rasch blätterte er mit dem Daumen durch das Bündel Banknoten und schätzte, dass es mindestens zweihundert Pfund sein mussten. Schon jetzt war Tom klar, dass sie Raub als Motiv ausschließen konnten.

„Irgendwelche Anzeichen für ein weiteres Auto?", erkundigte er sich und schaute sich um. „Wenn der Fahrer ausgestiegen ist, dann, um mit jemandem zu reden. Das würde sonst keinen Sinn ergeben, nicht bei dem Wetter von gestern Nacht, wenn sie zusammen hergefahren wären."

„Ich habe einen Trupp zusammengestellt, um die Gegend genau abzusuchen", sagte Cassie. „Ich warte nur darauf, dass noch mehr Kräfte eintrudeln."

Tom nickte. „Gut. Nach letzter Nacht ist der Boden ziemlich weich. Da sollten Spuren zu sehen sein."

„Aber diese Haltebucht wird oft genutzt", warf Cassandra ein und zeigte auf den aufgewühlten Boden. Zwar war die Haltebucht bekiest, aber da gleich daneben Ackerland lag, fuhren anscheinend häufig Traktoren und andere Landwirtschaftsfahrzeuge darüber. Es würde schwer werden, zu unterscheiden, welche Spuren von letzter Nacht stammten und welche älter waren. „In den letzten Tagen war es kalt. Der Boden dürfte noch gefroren sein. Vielleicht hat der Regen gestern Nacht nicht ausgereicht, um ihn komplett aufzuweichen."

Diesen Gedanken fand Tom logisch. „Nun ja, uns bleibt nichts anderes übrig, als es zu versuchen. Du hast gesagt, er hatte ein Handy?"

„Ja, hatte er."

Cassie wühlte durch die Beweisbeutel und zog den mit

dem Handy heraus. Als sie Tom den Beutel gab, hielt dieser ihn hoch. Das Telefon sah brandneu aus. Weder das Gehäuse noch der Bildschirm wiesen sichtbare Kratzer oder Schrammen auf. Er öffnete den Beutel und nahm das Handy heraus.

„Es ist eingeschaltet und hat noch Akku, aber es ist gesperrt. Irgendwie habe ich gehofft, dass er das Passwort auf einem Stück Papier in seiner Geldbörse hat, aber ich habe nichts gefunden", sagte Cassandra.

„Machen die Leute das noch?"

Sie zuckte mit den Schultern. „Meine Mama macht das. Und die PIN für ihre Bankkarte." Missbilligend runzelte Tom die Stirn. „Ich weiß. Ich sage ihr andauernd, dass sie das nicht tun soll, aber sie will nicht auf mich hören."

Tom schüttelte den Kopf, drehte das Handy um und betrachtete die Rückseite. Dann ging er zum Auto zurück. Cassandra folgte ihm und blieb neben der Leiche stehen. Der Techniker der Spurensicherung sagte, dass er mit den Fotos fertig wäre, und Tom ging in die Hocke.

„Rechts- oder Linkshänder, was meinst du?", fragte er.

„Rechtshänder. Statistisch gesehen sind das die meisten Leute", antwortete sie und Tom deutete auf die rechte Hand des toten Mannes.

„Zeigefinger", sagte er. Auch Cassandra hockte sich nieder, griff nach der rechten Hand und streckte den Zeigefinger aus. Tom legte das Handy darunter und drückte den Fingerabdruckscanner flach auf die Fingerspitze. Nachdem er diesen ausgerichtet hatte, leuchtete der Bildschirm auf.

„Gute Idee", meinte Cassie und legte vorsichtig die Hand des Toten zurück auf die Brust.

Nachdem sie wieder aufgestanden waren, warf Tom einen schnellen Blick auf das Gerät. In der Anrufliste fand er die aktuellen erhaltenen und ausgehenden Anrufe. Seit dem letzten Morgen, nachdem er jemanden namens Charlie angerufen hatte, hatte der Besitzer keine Anrufe mehr getätigt. Dieser Anruf hatte etwas länger als fünf Minuten gedauert, daher nahm Tom an, dass es ein Freund war. Berufliche Gespräche dauerten meist viel länger oder viel kürzer, und da nur der Vorname in die Kontakte eingetragen worden war, deutete das auf eine engere Bindung hin.

„Hm, das ist interessant", sagte Tom, nachdem er die Textnachrichten aufgerufen hatte. „Letzte Nacht hat er mit jemandem geschrieben. In der ersten Nachricht wird er gebeten, sich hier um 10 Uhr zu treffen, und dass es dringend wäre, aber da steht nicht, was genau sie besprechen müssten. Er war ohne große Diskussionen einverstanden."

„Seltsam", meinte Cassie und schaute sich um. „Warum hier?"

Tom zuckte mit den Schultern. „Das steht da nicht. Die Nachricht war von ..." Er blickte zur Leiche. „Gehen wir davon aus, dass das Andrew Lewis ist, bis wir es mit Sicherheit bestätigen oder ausschließen können. Er hat geschrieben, dass er da ist, und fragt, wo der andere ist. Die Antwort kam ein paar Minuten später."

„Und in der Nachricht stand was?"

„*Ich bin genau hier*", sagte Tom, atmete tief aus und schaute zu der Stelle, an der seiner Meinung nach der Angreifer gestanden haben musste, als er den ersten Schuss abgegeben hatte. „Wenn das Opfer ausgestiegen und dem Mörder entgegengegangen ist, dann müsste er gestern um etwa zehn Uhr abends gestorben sein."

„Ja, das passt", sagte Cassandra. „Wer hat denn die Nachricht gesendet? Wen wollte er treffen?"

„Das ist der interessanteste Teil", entgegnete Tom und drehte das Handy so, dass Cassie den Bildschirm sehen konnte. „Fred Mayes hat sie geschickt."

„Echt jetzt?!", rief Cassandra aus und lehnte sich näher heran. „Verdammt."

„Ja, das wirft noch ein paar mehr Fragen für uns auf. Liegt tatsächlich Fred Mayes im Leichenschauhaus? Der Gerichtsmediziner wird uns das bestätigen müssen, und zweitens, wenn nicht, wer ist dann brennend von der Klippe gestürzt?"

„So oder so, die beiden Morde hängen zusammen. Katrina Mayes war sich ziemlich sicher, dass das die Tätowierung ihres Mannes gewesen ist, wegen des Namens ihrer Tochter unter dem Regimentsabzeichen und so weiter. Dass Lewis einfach so damit einverstanden war, ihn hier zu treffen, legt nahe, dass er und Mayes sich gut gekannt haben. Und Mayes hat sich oft mit seinen alten Kumpels vom Militär getroffen ... vielleicht haben sie zusammen gedient. Das würde dann je nachdem eine Verbindung mit Mayes' militärischer Vergangenheit bestätigen oder ausschließen."

Tom nickte, verstaute das Handy wieder im Beweisbeutel und verschloss ihn. Dann legte er den Beutel zurück in die Box zu den anderen, bereits katalogisierten Dingen. Als er zum Auto zurückblickte, erspähte er einen Aufkleber am Rückspiegel.

„Ist der dir aufgefallen?", fragte er und zeigte darauf.

Cassie schaute hin. Dieser Aufkleber wurde verkauft, um Spenden für die Wohltätigkeitsorganisation der Armee, *Help for Heroes*, zu sammeln. Das war alles andere als ein stichhaltiger Beweis, aber er deutete definitiv auf eine militärische Verbindung zwischen den beiden Toten hin.

„Wir sollten nach Hunstanton fahren, die nächsten Angehörigen benachrichtigen und uns das bestätigen lassen", meinte Cassandra. Tom nickte bedächtig. „Falls sie zusammen gedient haben, dann sollten wir jeden aus Mayes' Trupp aufspüren, der hier wohnt. Was auch immer das Motiv ist, es sieht so aus, als würde jemand Mayes und seine Kumpels jagen."

„Ja, aber behalten wir diese Möglichkeit noch für uns", erwiderte er. „Ich will nicht unnötig Leute erschrecken und hinausposaunen, dass eventuell ein Serienmörder sein Unwesen treibt."

KAPITEL ZEHN

Tom Janssen and Cassandra Knight traten zurück, als Sophie Lewis dem Techniker kurz zunickte. Die Bewegung wirkte widerwillig und als das Tuch über den linken Arm und die Hand gezogen wurde, wusste Tom, dass es tatsächlich Andrew Lewis war, der letzte Nacht erschossen und getötet worden war. Für einen Moment verharrte Sophie Lewis noch an Ort und Stelle und starrte auf die Leiche, die nun völlig vom Tuch bedeckt war. Der Verstorbene hatte auffällige Tätowierungen an beiden Unterarmen und der Ehering an der linken Hand war gemustert und ziemlich ungewöhnlich. Das waren die einzigen Körperteile, die ein Angehöriger unter diesen Umständen sehen durfte und die identifiziert werden konnten.

Janssen fragte sich, was der Frau durch den Kopf ging, in welcher Trauerphase sie sich befand. Als sie wankte, trat er zu ihr, da er einen Augenblick lang fürchtete, sie würde ohnmächtig werden, doch dann fing sie sich wieder, schaute zu ihm und deutete an, dass es wieder ging. Durch diesen kurzen Moment war der Bann gebrochen, sie starrte nicht mehr auf die Leiche und wandte sich ab. Janssen hielt ihr die

Hand hin und führte sie aus dem Raum zurück in den angrenzenden Flur. Ein junger Mann im Teenageralter, ihr Sohn, erhob sich von einem Plastikstuhl, auf dem er gewartet hatte, und kam erwartungsvoll auf sie zu. Er wirkte hoffnungsvoll, doch die Miene seiner Mutter setzte dem ein Ende.

„Mum?", fragte er. Sie schaute zu Boden, sie wollte die Worte nicht aussprechen und brachte nur ein Nicken zustande. Bestürzt vergrub Andrew Lewis' Sohn das Gesicht in den Händen und schüttelte den Kopf. Sein Vater war tot.

„Ich weiß, dass das ein furchtbarer Moment ist, Mrs. Lewis", sagte Tom Janssen, damit sie sich zu ihm umwandte. „Aber wir müssen Ihnen einige Fragen über Ihren Mann stellen. Das würde uns helfen, die Richtung der Ermittlungen zu bestimmen und den zu finden, der dafür verantwortlich ist. Glauben Sie, dass Sie das schaffen?"

„Ja, natürlich, Inspector. Ich mache alles, was ich tun kann, um zu helfen."

Janssen führte sie den Flur entlang zum Wartebereich für Familien. Dieser bestand lediglich aus einigen u-förmig angeordneten, gepolsterten Stühlen und verschiedenen Magazinen, die auf einem Tisch in der Nähe lagen. Als sie sich setzten, nahmen Mutter und Sohn nebeneinander Platz und hielten sich die Hände, um einander Halt zu geben.

„Wann haben Sie Ihren Mann zum letzten Mal gesehen, Mrs. Lewis?"

„Vor ein paar Tagen. Wir leben getrennt, wissen Sie, schon seit sechs Monaten. Allerdings ist das noch nicht offiziell oder so. Wir machen …", sie sah ihn an. „Wir haben das versuchsweise gemacht. Um zu sehen, ob ein bisschen Abstand hilft, die Dinge ins Lot zu bringen."

„Ich verstehe. Aber Sie haben trotzdem regelmäßig miteinander gesprochen?"

„Ja, natürlich. Wir haben uns ein paar Mal die Woche

getroffen. In letzter Zeit vielleicht häufiger", erwiderte sie und lächelte Janssen nervös an. „Andy war so aufgeregt, was die Zukunft, was unsere Zukunft betrifft."

„Weswegen war er aufgeregt?"

„Andy hatte das Gefühl, dass wir Fortschritte gemacht hatten, und bei seiner Arbeit ist es auch gut gelaufen."

„Was hat Ihr Mann gearbeitet?"

„Er ist so etwas wie ein Unternehmer", erklärte Sophie Lewis und blickte ihn schluckend und kopfschüttelnd an. „Aber fragen Sie mich nicht, was er getan hat, An- und Verkauf. Er hat oft von *Streckengeschäften* geredet, was auch immer das heißen soll. Für mich ist das alles ein spanisches Dorf, aber anscheinend hat Andy gewusst, was er getan hat. Aber ich habe keine Ahnung, wie er das gelernt hat. Das war ein ziemlicher Umbruch nach seiner Zeit beim Militär."

Bei dieser Bemerkung lächelte ihr Sohn, James. „Dad hätte nie einen Hedgefonds oder so etwas verwaltet, aber er hat immer gesagt, dass er mit den Prozenten gespielt hat, und das hat normalerweise funktioniert."

„Das stimmt", meinte Sophie Lewis. „Manchmal hatte Andy eine so schlimme Pechsträhne, dass ich mir Sorgen gemacht habe, aber dann hat er es plötzlich geschafft, alles zum Guten zu wenden. Wir sind so oft zur Feier des Tages Essen gegangen…"

„Seit wann hat er das gemacht?", erkundigte sich Janssen. Er wollte sich ein Bild von Andrew Lewis machen, indem er Frau und Sohn reden ließ, sie jedoch in eine bestimmte Richtung lenkte, damit er die gesuchten Informationen erhielt.

„Seit er herausgekommen ist", sagte Sophie Lewis.

„Aus der Armee?"

„Ja", meinte sie nickend. „Er war bei der Kavallerie. Das hatte so gar nichts mit Marktstrategien oder irgendwas von dem zu tun, was er dann gemacht hat. Heute wirkt es wie ein ganz anderes Leben, als er zum Einsatz aufgebrochen ist."

„Wie war der Militärdienst für ihn?", lenkte Janssen das Gespräch in die gewünschte Richtung.

„Er hat ihn geliebt, glaube ich. Als er jünger war, hat ihm das gut gepasst. Einige der Jungs waren natürlich besorgt, in ein Kriegsgebiet zu ziehen, aber Andy hat die Aufregung genossen. Und ehrlich gesagt, habe auch ich das aufregend gefunden. Er hat als Soldat so schneidig ausgesehen. All das hat er ohne einen Kratzer überstanden … körperlich zumindest." Mit einem kleinen Lächeln blickte sie zu ihrem Sohn. James drückte ihre Hand etwas fester, eine Geste, die sie dankbar annahm.

„Und psychisch?"

Langsam nickend wandte Sophie Lewis sich wieder Janssen zu.

„Ja. Andy hatte Probleme, als er nach Hause gekommen ist. Ich glaube, Afghanistan hat ihm zugesetzt, noch mehr, wenn er nicht im Einsatzgebiet war. Dort hatte er ein Ziel. Er war von Freunden umgeben und sie haben aufeinander aufgepasst. Doch zu Hause, wenn er Zeit hatte, um nachzudenken, dann wurde es schwer für ihn."

„Hat er sich bei der Armee Hilfe geholt?"

„Ja, irgendwann. Anfangs haben sie ihn unterstützt, aber am Ende haben sie vorgeschlagen, oder hat zumindest sein Berater vorgeschlagen, dass es am besten wäre, wenn er den Dienst quittieren würde. Und dann ging es richtig bergab." Entschuldigend schaute sie James an. In stummem Einverständnis sahen sie sich an, vielleicht erinnerten sie sich an etwas, dann wandte sie sich wieder an Janssen.

„Was ist dann passiert?"

„Andy hatte kein Ziel mehr, keinen Lebenssinn", sagte

Sophie Lewis. „Oder zumindest hat er das gedacht. Ich habe geglaubt, dass es ihm reichen würde, sicher zu Hause zu sein, bei mir … und den Jungs. Ganz schön naiv. Allerdings hat es lange gedauert, bis ich das realisiert habe, Inspector. Eine Zeit lang war es schwer, Andy hat unter Stimmungsschwankungen, chronischen Angstzuständen und Schlaflosigkeit gelitten. Sobald das Unterstützungsnetzwerk weg war, hat er sich verkrochen, sich komplett zurückgezogen. Wissen Sie, was ich meine?"

„Ja, ich kenne Leute, die dasselbe gemacht haben."

„Dann wissen Sie, wie schlimm es ist, zusehen zu müssen, wie jemand, den man liebt, sich hinter einer Flasche versteckt. Man tut alles, um zu helfen und dem ein Ende zu setzen, aber letztendlich tut man diesem Menschen genauso weh, wie er einem selbst."

„Haben Sie sich deshalb getrennt?"

Sophie Lewis überlegte konzentriert. „Es ging schon eine ganze Weile nicht gut. Andy ist gekommen und gegangen, wir haben gestritten." Wieder schaute sie James an und er lächelte ermutigend. „Aber wie gesagt, in letzter Zeit ist es viel besser gelaufen. Anscheinend befand Andy sich auf dem aufsteigenden Ast. Das habe ich schon öfters gehört, aber dieses Mal wirkte es irgendwie anders. Normalerweise hat Andy in Bezug auf die Arbeit immer von *sicheren Sachen* gesprochen und wenn wir dringend auf ihn angewiesen waren, hat er es immer geschafft. Ich schätze, ich hätte seine Glückssträhne nie anzweifeln sollen, nachdem er unbeschadet aus Afghanistan zurückgekommen war."

„Sie haben gesagt, dass er bei der Kavallerie war, richtig?", erkundigte sich Janssen. Sie nickte. „Hat er jemals darüber geredet, was er da draußen durchgemacht hat? Ich weiß, dass viele das nicht tun."

Sophie Lewis neigte den Kopf zur Seite. „Er hat nicht viel

davon erzählt, nein. Nur beiläufige Geschichten, die einem vielleicht ein Lächeln entlocken, Dinge in der Art."

„Er hat oft darüber gewitzelt, dass sie zu den Zwanzigminütern gehört haben", warf James lächelnd ein.

„Den Zwanzigminütern?", hakte Janssen nach.

„Ja, aus Blackadder."

„Der Fernsehserie?"

„Genau", sagte James, der nun grinste. „Erinnern Sie sich an die Folge mit der Luftwaffe, die Mitglieder des Fliegerkorps wurden *Zwanzigminüter* getauft, weil das ihre durchschnittliche Lebenserwartung war?"

Lächelnd erinnerte sich Janssen an die Folge. „Ja, das weiß ich noch."

„Naja, Dad hat sich immer darüber lustig gemacht, dass sein Trupp jedes Mal, wenn sie die Basis verlassen haben, innerhalb von zwanzig Minuten Feindkontakt hatte." Als James vom Militärdienst seines Vaters erzählte, schwang unverkennbar Stolz in seiner Stimme mit. „In Helmand waren sie ein vorgelagerter Aufklärungstrupp. Er hat immer gewitzelt, dass sie für die Taliban ein Kugelmagnet gewesen sind."

Janssen lächelte freundlich. James' Augen wurden glasig und er drückte die Hand auf eines, damit sich keine Träne herausstahl.

„Ist Ihr Mann mit jemandem aus dem Dienst in Kontakt geblieben, nachdem er ausgetreten war?", erkundigte sich Janssen.

„Ja. Er hat sich noch mit ein paar Jungs von seinem alten Trupp getroffen. Viele leben immer noch hier. Andy hat immer gesagt, dass wenn man zusammen einen Krieg miterlebt hat, dann weiß man erst richtig, auf wen man sich im Leben verlassen könnte, und dass das für immer so bleiben würde."

„War er mit Fred Mayes befreundet?"

„Freddie? Ja, natürlich", antwortete Sophie Lewis und

nickte schnell. „Für Andy war Freddie wie ein Fels in der Brandung. Für viele der Jungs, glaube ich. Er hat sie zusammengehalten. Manchmal habe ich geglaubt, dass er zu viel in Andys Leben zu sagen hatte."

„Wie das?"

„Nun ... Andy ist immer gesprungen, wenn Freddie ihn um etwas gebeten hat. Jetzt macht es wahrscheinlich keinen Unterschied mehr, aber früher ist es mir auf die Nerven gegangen."

„Zum Beispiel?"

„Ich konnte ihn wochenlang nicht dazu bewegen, einen Küchenschrank zu reparieren, aber Freddie, oder auch einer der anderen, musste nur mit den Fingern schnippen und er ist losgerannt! Es wäre untertrieben zu sagen, dass mich das zur Weißglut getrieben hat, Inspector."

Als er hörte, wie bereitwillig Andrew Lewis alles für Mayes machte, schien es Janssen nicht abwegig, dass er einverstanden gewesen war, seinen Freund an so einem abgelegenen Ort und zu dieser Uhrzeit zu treffen. Noch jemand hatte das gewusst und ihn in den Tod gelockt.

„Hat Ihr Mann irgendwelche Probleme erwähnt, die er in letzter Zeit gehabt hat? Sie haben ja von seinen Trinkgewohnheiten und der posttraumatischen Belastungsstörung erzählt, aber gibt es etwas, das ihm in letzter Zeit Sorgen bereitet hat? Irgendwelche Streitigkeiten mit Bekannten oder Geschäftsfreunden?"

Sophie Lewis schaute zu ihrem Sohn, der ihren Blick mit ausdrucksloser Miene erwiderte. Kopfschüttelnd wandte sie sich wieder Janssen zu.

„Nein. Tut mir leid, mir fällt nichts ein. Das letzte Mal, als wir geredet haben, war er so aufgeregt wegen der Zukunft. Ich erinnere mich, dass er gesagt hat, dass nun alles abbezahlt ist und es nun an der Zeit wäre, dass alles gut werden würde. Wieder so eine *sichere Sache*."

„Wissen Sie zufällig, was er damit gemeint hat?"

Wieder schüttelte Sophie Lewis den Kopf. „Ich habe angenommen, dass es um die Arbeit geht, dass alles gut läuft und er einige ordentliche Investitionen oder Ähnliches gemacht hat."

Janssen war bemüht, sich die Enttäuschung nicht anmerken zu lassen. Andrew Lewis hatte gedacht, dass es aufwärts ginge, dass eine rosige Zukunft auf ihn wartete, doch jemand hatte andere Pläne für ihn gehabt. Für ihn und Fred Mayes. Allmählich sah es so aus, als würde Cassandras Theorie stimmen. Die Verbindung musste im Militärdienst liegen oder in dem, was sie getan hatten, seit sie die Armee verlassen und sich in Norfolk niedergelassen hatten.

„Sagen Sie, Mrs. Lewis, wo hat Ihr Mann aktuell gewohnt? Als seine Adresse ist immer noch Ihr Haus gemeldet, aber offenbar hatte er eine andere Unterkunft."

„Er hat eine Wohnung gemietet, nicht weit weg von uns in Hunstanton."

„Prima. Könnten Sie mir bitte die Adresse geben?"

James setzte sich aufrecht hin und griff in seine Tasche. „Ich habe etwas Besseres. Dad hat mir Zweitschlüssel gegeben."

Er zog einen Schlüsselbund aus der Jackentasche. Von den zwei Ringen nahm der Junge einen mit drei Schlüssel herunter und reichte sie ihm herüber. Im letzten Moment zögerte er, zog die Hand zurück und entfernte einen der drei Schlüssel vom Ring.

„Entschuldigung", sagte James, während er ihm die anderen beiden gab, die Janssen dankend entgegennahm.

„Wann warst du zum letzten Mal dort, James?", fragte Janssen.

Der Junge überlegte und runzelte die Stirn. „Schon länger

nicht. Dad hat mir die Schlüssel gegeben, falls ich einen Platz zum Übernachten brauchen würde und er nicht da war, aber die Gelegenheit hat sich nie ergeben. Ich glaube, er hat mir die Schlüssel nur gegeben, damit ich weiß, dass er mich gern bei sich hat. Symbolisch, verstehen Sie?"

Janssen nickte. „Du bekommst sie wieder. Inzwischen rufe ich einen Wagen, der Sie beide heimbringt. Wir können jederzeit reden."

Noch einmal bekundete er sein Beileid, dann stand er auf und die beiden blieben allein im Wartebereich zurück. Cassandra kam zu ihm.

„Draußen steht ein Streifenwagen, um sie nach Hause zu bringen", sagte sie leise. „Der Gerichtsmediziner wartet. Er will mit dir reden."

KAPITEL ELF

Tom sah Sophie und James Lewis nach, wie sie zusammen mit einem uniformierten Constable hinausgingen. Dann holte er zu Cassandra auf, die ihn durch eine Tür und zum ersten Büro links führte. Als sie anklopfte, wurden sie hineingebeten. Dort wartete ein gelehrt aussehender Mann Ende fünfzig geduldig auf sie. Obwohl Tom eigentlich alle aus Norfolk kannte, die in den gerichtsmedizinischen Abteilungen arbeiteten, war er ihm fremd.

„Michael Roberts", sagte der Mann, als er sich hinter seinem spartanisch ausgerüsteten Tisch erhob und ihm die Hand entgegenstreckte.

Janssen schüttelte sie und stellte sich ebenfalls vor. Der Gerichtsmediziner bat die beiden, Platz zu nehmen. Normalerweise würde die Leiche, in diesem Fall Fred Mayes, zur Autopsie nach Norwich gebracht werden, aber auf Janssens Bitte war die Erstuntersuchung beschleunigt worden und der Gerichtsmediziner an die Küste gekommen.

„Wie ich sehe, bemüht sich Ihr Team redlich, mich noch eine Weile an der Küste zu behalten, Inspector Janssen", meinte Dr. Roberts trocken.

„Der Eindruck könnte entstehen, ja."

„Da Sie schon hier sind, dachte ich, wir könnten genauso gut meine Erstuntersuchung von Mr. Mayes besprechen", fuhr Dr. Roberts fort und öffnete eine Akte vor sich. „Soweit ich weiß, haben Sie den Sturz des Opfers von der Klippe mitangesehen, stimmt das?"

„Leider, ja, das habe ich."

„Nun, dann wird es Sie nicht überraschen, dass der Sturz mit Sicherheit die Todesursache war. Das war nicht schwer zu erraten", sagte der Gerichtsmediziner und richtete seine Brille, die fast auf der Nasenspitze saß, dann schaute er über den Rand hinweg Janssen und Knight an, bevor er sich wieder seinen Unterlagen widmete. „Tod durch eine massive Impressionsfraktur am Schädel. Er ist Kopf voraus aufgeschlagen, Inspector. Der Tod muss sofort eingetreten und unter diesen Umständen vermutlich eine Art Erlösung gewesen sein."

„Die Verbrennungen?", fragte Janssen und Dr. Roberts nickte.

„Ja, an den entblößten Körperstellen sind sie ziemlich schwerwiegend. Mr. Mayes erlitt Verbrennungen dritten Grades an sechsunddreißig Prozent des Körpers", erläuterte der Gerichtsmediziner, nachdem er in den Unterlagen nachgelesen hatte. „Ich bin sicher, dass es Sie nicht überraschen wird, dass die schwersten an den Extremitäten zu finden sind. Kopf, einschließlich Gesicht, neun Prozent, die Hände machen weitere neun Prozent aus und der Rest am vorderen Rumpf, vorwiegend an der oberen Brust und im Schulterbereich. Unschöne Angelegenheit."

„Konnten Sie herausfinden, was das Feuer verursacht hat?"

„Nein, nicht mit letzter Sicherheit. Zweifellos wurde er mit einer Art Brandbeschleuniger übergossen. Ich würde auf leicht verfügbares Benzin tippen, nicht auf etwas Exotisches. Außerdem ist der Geruch davon noch in den Kleidern des

Opfers feststellbar, es ist nicht alles verbrannt, da er flach im Sand gelegen hat. Die Hitze und die Flammen sind nach oben gestiegen, dadurch blieb die Rückseite des Torsos vom schlimmsten Schaden verschont. Natürlich wird das Labor das alles noch bestätigen, sobald die Proben zurück sind. Ich konnte Blutproben für die toxikologische Untersuchung und zur Identifikation senden. Sobald Sie die militärische Verbindung bestätigt hatten, konnte ich die Akten des Opfers von der Datenbank des Verteidigungsministeriums zum Vergleich abrufen."

„Ist es Fred Mayes?", fragte Janssen und lehnte sich dabei vor.

„Ja, eindeutig. Zweifellos", sagte Roberts. „Mr. Mayes hat sich während seiner Zeit bei der Armee mehreren Eingriffen unterzogen und für die Einsätze in Übersee impfen lassen. Außerdem wird Sie die toxikologische Überprüfung, die wir durchgeführt haben, interessieren. In seinem Blutkreislauf befand sich eine hohe Dosis Diazepam, eine sehr viel höhere, als man beispielsweise bei einer Verschreibung gegen Depressionen, Stress oder Angstzustände erwarten würde. Wissen Sie eventuell, ob Mr. Mayes wegen dieser Dinge oder damit zusammenhängender Schlaflosigkeit oder Ähnlichem in Behandlung war?"

„Bisher gehen wir davon aus, dass das nicht der Fall war, nein", meinte Janssen. „Sie sagten, eine hohe Dosis, was genau heißt das, bitte?"

Dr. Roberts fuchtelte mit der Hand in der Luft, um eine lästige Fliege oder ein anderes Insekt zu verscheuchen. „Hoch genug, um ihn körperlich zu beeinträchtigen. Nach den Schilderungen seiner letzten Momente kurz vor dem Tod scheint es, als hätte die Wirkung nachgelassen, auch wenn man wahrscheinlich davon ausgehen kann, dass die erhöhte Adrenalinausschüttung als natürliche Reaktion des Körpers auf das

Feuer die Wirkung des Diazepams gehemmt haben könnte. Das allerdings ist eine subjektive Einschätzung."

Knight und Janssen schauten sich an. Es war nicht bekannt, wo sich Fred Mayes vom Zeitpunkt seines Verschwindens am Donnerstagabend bis zu seinem Tod am Samstagabend aufgehalten hatte. Durch die Verabreichung eines Schlafmittels wäre es viel einfacher gewesen, ihn irgendwo festzuhalten.

„Besteht eine Chance, herauszufinden, wo das Medikament gekauft wurde?", erkundigte sich DS Knight in der Hoffnung, dass die Antwort zu einer schnell aufspürbaren Bezugsquelle führen würde.

„Leider ist Diazepam leicht zu bekommen", erwiderte Dr. Roberts verdrießlich. „Ich wünschte, ich könnte mehr für Sie tun, aber sämtliche Ärzte im ganzen Land greifen oft darauf zurück. Sie können höchstens darauf hoffen, einen Verdächtigen zu finden, und dann zu überprüfen, ob er Zugang zu Diazepam hatte, aber selbst das würde wenig beweisen. Dieses Medikament ist eines der am häufigsten verschriebenen gegen Stress und Depressionen."

„Das heißt, bei jedem Verdächtigen besteht die hohe Wahrscheinlichkeit, dass er jemanden kennt, der Zugang dazu hat", stellte Janssen klar. Dr. Roberts nickte, stützte die Ellenbogen auf dem Tisch ab und verschränkte die Finger.

„Es tut mir leid, dass ich in dieser Sache nicht mehr bieten kann", sagte der Gerichtsmediziner. „Aber ich habe Abschürfungen und Einschnitte an Hand- und Fußgelenken gefunden. Vor allem an letzteren, da die Verbrennungen in diesem Bereich bei weitem nicht so erheblich waren. Die Male sehen einheitlich aus, weniger als zehn Millimeter breit, und die Haut war an mehreren Stellen eingerissen."

„Kabelbinder?", fragte Tom.

„Das wäre auch meine Einschätzung, ja, und sie dürften eine recht lange Zeit angelegt und dadurch äußerst schmerzhaft gewesen sein, wie ich mir vorstellen kann. Allerdings nicht so schmerzhaft wie die Verbrennungen, die waren unerträglich. Die Kleidung, die er getragen hat, bestand aus Kunst- und Naturfasern und hat dadurch die Hitze noch verstärkt." Dr. Roberts hielt inne und betrachtete die ernsten Gesichter vor sich. „Wie gesagt, unschöne Angelegenheit."

„Vielen Dank, Dr. Roberts. Hatten Sie schon Gelegenheit, sich die Leiche vom Tatort heute Morgen anzusehen?"

„Nur oberflächlich. Ich muss morgen Früh vor Gericht aussagen und diese Leiche daher heute zurück nach Norwich überstellen lassen."

„Ich verstehe", erwiderte Janssen. „Gibt es irgendwelche Hinweise, denen wir nachgehen könnten?"

„Solange Sie mich nicht darauf festnageln, die Dinge könnten sich noch ändern, wenn ich die Untersuchung abgeschlossen habe", sagte Dr. Roberts. Janssen nickte. „Ich denke, die Todesursache ist ziemlich offensichtlich, Inspector. Ich schätze, schon der erste Schuss hätte gereicht, um ihn zu töten. Wenn nicht durch den Schuss selbst, dann wäre er mit ziemlicher Sicherheit innerhalb von zehn oder fünfzehn Minuten verblutet. Falls er noch bei Bewusstsein war, als der zweite Schuss, zweifellos aus kürzerer Distanz als der erste, abgefeuert wurde, hätte er nicht viel davon mitbekommen. Ich habe die Reaktion der nächsten Angehörigen durch das Sichtfenster beobachtet und ich schätze, die Identität des Toten wird bald auf dieselbe Art wie bei Fred Mayes bestätigt werden.

„Vielen Dank, Dr. Roberts", sagte Janssen, schaute zu Cassandra Knight und erhob sich. „Wir überlassen Sie nun der Organisation des Transfers zurück nach Norwich. Ich weiß es zu schätzen, dass Sie so kurzfristig gekommen sind und den Mayes-Fall dazwischengeschoben haben."

„Eines noch, Inspector", sagte Roberts. Auf dem Weg zur

Tür drehte Janssen sich um. „Ich habe mit Ihrer DS hier gesprochen", sagte er und deutete auf Knight. „Ich interpretiere vielleicht zu viel hinein und möchte meine Kompetenzen nicht überschreiten, aber ich denke, beide Fälle lassen darauf schließen, dass der Mörder äußerst planvoll handelt."

Janssen sah zur DS hinüber, doch ihre Miene verdeutlichte, dass sie ihr Gespräch über einen möglichen Zusammenhang der beiden Fälle nicht erwähnt hatte.

„Und ausgehend von der geringen Anzahl an Morden, die Sie in dieser Gegend haben, ich weiß, und wenn, dann kommt es dicke, aber ich halte einen solchen Zufall für unwahrscheinlich. Ich wage zu behaupten, dass wenn Sie in diesem Fall nicht bald Fortschritte machen, es mich nicht überraschen würde, wenn ich mich … wie soll ich sagen, eher früher als später wieder an der Küste wiederfinden würde."

Janssen lächelte höflich. Er war es nicht gewöhnt, dass Gerichtsmediziner ihre Meinung zu den Motiven eines Mörders kundtaten, aber er musste zugeben, dass der Mann scharfsinnig war.

„Danke für Ihre Zeit, Dr. Roberts", sagte er, öffnete die Tür und hielt sie Cassandra auf.

„WIE SOLLEN wir nun weiter vorgehen, Tom?", fragte Cassie, während sie das Gebäude verließen und die Stufen zum Parkplatz hinuntergingen. „Sollen wir die restlichen Mitglieder von Mayes' Trupp unter die Lupe nehmen und sie vorwarnen?"

Tom hielt inne und steckte die Hände in die Taschen, während er sich umschaute und überlegte. Einen Augenblick später schüttelte er den Kopf. „Nein, das möchte ich nicht tun. Finden wir heraus, wer und wo sie sind, und reden wir mit ihnen, aber wir müssen aufpassen, was wir sagen. Im Moment wissen wir ehrlich gesagt nicht, warum der Mörder es auf diese beiden abgesehen hatte. Ja, die Verbindung ist ihre gemeinsame Militärzeit, aber der Mörder könnte jemand aus ihrem Trupp oder genauso gut jemand sein, der ein Problem mit ihnen hat. Vielleicht wäre es gut für uns, sie nicht wissen zu lassen, dass wir in diese Richtung ermitteln."

„Und was, wenn inzwischen noch einer als Leiche endet? Dann steht uns das Wasser bis zum Hals", sagte Cassie.

Tom hörte die Besorgnis in ihrer Stimme. Allerdings, und da war er sich sicher, mehr die Sorge um ein potenzielles Opfer als um sich selbst.

„Ich versteh' dich."

„Aber du bist anderer Meinung?"

„Nicht unbedingt", erwiderte Tom stirnrunzelnd. „Lass Eric eine Liste der Leute, die mit Mayes und Lewis zusammen gedient haben, mit denen abgleichen, die hier leben. Dann wissen wir, mit wie vielen wir es zu tun haben. Danach müssen wir mit ihnen reden, ein bisschen auf den Busch klopfen und sehen, was sich ergibt. Ich bin einer Meinung mit Dr. Roberts. Wer auch immer das getan hat, war wütend … und nicht auf die Gesellschaft im Allgemeinen. Ich denke, dass es persönlich war. Planvoll. Sadistisch."

„Militärisch durchgeplant, könnte man sagen", fügte Cassie hinzu.

„Und deshalb will ich uns nicht in die Karten schauen lassen. Wenn du mit Eric redest, sag' ihm, er soll die Finanzen von Andrew Lewis überprüfen. Während er das macht, sehen wir beide uns seine Wohnung an."

KAPITEL ZWÖLF

Tom Janssen blieb vor dem Haupteingang des Wohnblocks stehen. Es war ein breites, allerdings nicht besonders hohes Gebäude mit nur vier Stockwerken, befand sich jedoch an einer erhöhten Stelle mit Sicht über das Meer und direktem Blick entlang der Promenade in Richtung Stadt. Der einfallslose Baustil der Sechzigerjahre ließ erkennen, dass es kein neuer Wohnblock war.

Cassandra parkte den Wagen neben einem Platz, einem kleinen Flecken Erde zwischen dieser und der parallel verlaufenden Straße, auf dem gepflegter Rasen und Bäume wuchsen. Der Ort war großartig. Die breiten Straßen hatte man in einem Raster angelegt und sogar mit den parallel dazu parkenden Autos hatte man noch genug Platz. All das war das komplette Gegenteil zur viktorianischen Altstadt in der Nähe, in der die kreuz und quer verlaufenden Straßen schmal waren und in spitzen Winkeln aufeinandertrafen. Die Altstadt stammte noch aus der Zeit vor dem motorisierten Verkehr, dadurch hatten es sowohl die Einheimischen als auch die Besucher nicht leicht.

„Bereit?", fragte Cassie, als sie neben ihn trat.

Er nickte und drehte sich um, während er die Schlüssel aus

der Tasche nahm. Am Ring hingen zwei Schlüssel, beide waren handelsübliche Yale-Fabrikate. Er steckte den ersten ins Schloss und dieser glitt widerstandlos hinein. Die Tür öffnete sich und als sie hindurchtraten, sahen sie auf der anderen Seite des Eingangsbereichs eine Treppe. Da es keinen Aufzug gab, gingen sie die Stufen hoch und ihre Schritte hallten auf den polierten Oberflächen des Treppenhauses wider. Der Wohnblock wurde gut instandgehalten, trotzdem sah man ihm das Alter an. Die Wohnung von Andrew Lewis befand sich im dritten Stock auf der Vorderseite des Gebäudes.

Bei der Wohnung angekommen, hämmerte Janssen mit der Faust gegen die Tür. Soweit sie wussten, lebte Lewis allein, aber sicher waren sie sich nicht. Sie warteten, doch wenig überraschend öffnete niemand und Janssen schloss die Tür mit dem zweiten Yale-Schlüssel auf, den James, der Sohn von Lewis, ihm gegeben hatte. Als ihm einfiel, dass James einen dritten Schlüssel vom Ring genommen hatte, bevor er Janssen den Bund ausgehändigt hatte, fragte er sich kurz, wofür dieser sein konnte. Vielleicht würden sie in der Wohnung eine Antwort darauf finden. Sie traten ein und ein Schwall abgestandener Luft kam ihnen entgegen. Da die Zentralheizung eingeschaltet war, herrschte im Inneren eine angenehme Wärme. Ein Flur führte mitten durch die gesamte Wohnung, am Ende lag ein Wohnzimmer mit Doppelfenstern, die einen Panoramablick über Hunstanton und die Küste boten. Links und rechts des Flurs befanden sich eine kleine Küche, ein Badezimmer und zwei Schlafzimmer.

Eines davon war mit der notwendigsten Möblierung für Gäste eingerichtet, der Kleiderschrank war leer. In diesem Zimmer herrschte ein muffiger Geruch, der Tom aus irgendeinem Grund an den oberen Stock des Hauses seiner Großmutter erinnerte. Vielleicht rochen ungenutzte Räume so. In ihrem Haus hatte es einige davon gegeben, vor allem, als sie gebrechlich geworden war und nicht mehr die Treppen steigen konnte.

Als er die Küche betrat, empfing ihn Chaos. In der Spüle stand schmutziges Geschirr, ganz oben befand sich ein kleiner Topf, der halb mit Wasser und den Resten eines Currys gefüllt war. Die überfüllten Arbeitsflächen sahen ähnlich aus. Ein Stapel Aluminiumboxen von einem Lieferservice stand in einer weißen Plastiktüte links von der Spüle. Der restliche Platz in der beengten Küche war mit leeren Schnaps- und Weinflaschen und Bierdosen angefüllt. Diese standen anscheinend schon einige Tage oder länger da, sie gaben den abgestandenen Geruch eines Altglascontainers von sich. Janssen erinnerte sich, dass Lewis seiner Frau gegenüber behauptet hatte, sein Leben in den Griff bekommen zu haben, allerdings traf das anscheinend nicht auf seinen Alkoholkonsum zu. Tom trank nicht mehr, das war nicht immer so gewesen, aber sogar in seiner Jugend wäre es ihm schwergefallen, diese Menge an leeren Flaschen anzusammeln. Nachdem Cassie den Schrank im Flur inspiziert hatte, kam sie zu ihm und meinte, sie hätte nichts Auffälliges gefunden. Mit wissend hochgezogener Augenbraue warf sie einen Blick auf die Flaschen, bevor sie den Kühlschrank öffnete und einen Schritt zurücktrat, während sie den Inhalt begutachtete.

„Typische Junggesellenbude", sagte sie und zuckte vor einem Plastikbecher zurück, den sie herausgenommen und geöffnet hatte, um daran zu schnuppern. „Was soll das sein?", fragte sie und hielt ihn Tom so hin, dass er hineinblicken konnte. Er runzelte die Stirn und sie stellte den Becher eilig wieder zurück und schloss die Kühlschranktür.

„Nicht alle Junggesellen leben so", meinte Tom mit einem schiefen Lächeln.

„Hm, aber du bist stubenrein", erwiderte Cassie zwinkernd. „Ich weiß nicht, wer dir das beigebracht hat, aber diese Person hat recht gute Arbeit geleistet."

„Recht gute Arbeit?"

Sie lachte und Tom drehte sich um, zwängte sich an ihr vorbei und ging zurück in den Flur. Cassies Handy klingelte, deshalb blieb sie stehen, um den Anruf entgegenzunehmen, dann formte sie tonlos *Eric* in Toms Richtung. Dieser nickte und ging weiter ins Hauptschlafzimmer. Es war größer als das Gästezimmer und bot Blick auf den Platz. In den Schränken hingen und lagen ordentlich zusammengefaltet Kleidungsstücke. Allerdings nicht viele. Andrew Lewis hatte weniger Auswahl als er selbst und Tom wusste, dass er alles andere als modebewusst war. Oft schon hatte Alice versucht, seinen Kleidungsstil aufzupeppen, weniger was sein Modebewusstsein betraf, sondern einfach in Richtung einer breiteren Auswahl. Sie hatte noch immer nicht aufgegeben.

Tom zog die Hemden beiseite, um nachzusehen, was sich sonst noch, wenn überhaupt, dahinter verbarg, doch abgesehen von einem Paar Sportschuhen und einem Paar Abendschuhen fand er nichts. Die Kommode war ähnlich aufschlussreich. Abgesehen von Unterwäsche und Socken befand sich nichts in den Schubladen. Als er die letzte schloss, quietschte der Mechanismus protestierend. Tom legte sich auf den Boden, um unter das Bett zu sehen, doch das führte lediglich dazu, dass er eine beträchtliche Menge Staub aufwirbelte, der in Augen und Nase brannte. Er ging zurück in den Flur und wandte sich nach rechts ins Wohnzimmer, das sich über die ganze Breite des Apartments erstreckte. An einem Ende standen ein großer Fernseher und davor zwei Sofas, am anderen ein runder Esstisch und vier Stühle. Keines der Möbelstücke war besonders ausgefallen und das ganze Apartment sah aus wie eine typische Mietwohnung: funktional, nichts Überflüssiges.

Als Tom zum Sofa ging, bemerkte er einige Magazine auf dem kleinen Beistelltisch. Sie behandelten Filme und Musik, nichts, was irgendwie interessant wäre. Er hörte, wie Cassandra sich von Eric verabschiedete, während sie ins Wohnzimmer kam, und dann ihr Handy einsteckte.

„Das ist alles ein bisschen merkwürdig", sagte Tom.

Cassie schaute sich um. „Was genau?"

„Alles hier. Sieht das für dich nach einer Wohnung von jemanden aus, der auf dem aufsteigenden Ast ist?"

„Nein, eigentlich nicht", erwiderte sie.

„Und wenn er von hier aus ein Unternehmen führt, dann hätte er sicherlich das Equipment dafür. Ich habe nicht einmal einen Laptop gefunden."

„Aber andererseits", meinte sie nachdenklich, „sind manche Menschen ein wenig wahnhaft. Vielleicht wollte er vor seiner Frau gut dastehen, um sich bei ihr einzuschmeicheln und wieder ein Paar zu werden. Er wäre nicht der erste Kerl, der versucht, seine Frau hinters Licht zu führen, oder?"

„Du bist viel zu jung für diesen Zynismus."

Sie lachte. „Das heißt aber nicht, dass ich falsch liege. Eric hat angerufen, er hat die Finanzen und Konten von Lewis überprüft."

„Irgendetwas Auffälliges?"

„Ja, vor allem das, was fehlte, mehr als alles andere."

Tom runzelte die Stirn. „Ich verstehe nicht ganz."

„Eric hat mit dem Bankkonto angefangen. Es ist ein ganz normales Girokonto mit einem Guthaben von knapp dreihundert Pfund. Eric hat gesagt, dass in den letzten drei Jahren nie mehr als tausend auf dem Konto waren. Keine monatlichen Gehälter, die eingezahlt werden, keine Abbuchungen für Betriebskosten und Ähnliches."

„Also muss er noch ein anderes Konto haben?"

„Ja, das habe ich auch gesagt", erklärte Cassie und öffnete

ihr Notizbuch. „Eric schwört, dass er das nachgeprüft hat. Es gibt keine anderen Konten auf den Namen Andrew Lewis."

„Ein gemeinsames Konto mit seiner Frau?"

Cassandra schüttelte den Kopf. „Auch das hat Eric überprüft. Das gemeinsame Konto ist schon vor einer ganzen Weile ausschließlich auf Sophie Lewis übertragen worden. Vermutlich hat sie ihm nicht vertraut."

„Was ist mit einem Geschäftskonto? Für den An- und Verkauf würde er eines brauchen. Dropshipper arbeiten als Mittler zwischen Käufer und Verkäufer eigentlich online, sie haben kein Warenhaus. Er könnte das nicht mit Bargeld machen."

„Wiederum, nichts. Eric hat das Unternehmensregister nach dem Namen Andrew Lewis durchsucht und er ist nicht eingetragen." Sie schaute sich um. „Ich denke, wir können mit Sicherheit davon ausgehen, dass er nicht von hier gehandelt hat. Vielleicht hat er irgendwo anders ein Büro?"

Tom holte tief Luft und betrachtete das Wohnzimmer. „Vielleicht. Was ist mit den Finanzen, Darlehen und diesen Dingen. Vielleicht ist er ein Walter-Mitty-Typ."

„Bisher hat Eric nichts gefunden. Das Auto, das er gestern Abend gefahren ist, ist auf ihn angemeldet und eine Überprüfung der Ratenzahlungsverträge hat ergeben, dass keine Zahlungen ausständig oder Kredite damit abgesichert sind. Weder ist Andrew Lewis bei der Steuer- und Zollbehörde steuerlich gemeldet noch hat er in den letzten drei Jahren eine Einkommenssteuererklärung abgegeben. So, wie es aussieht, sollte Lewis eigentlich fast völlig mittellos sein."

„Wir müssen die Suchkriterien erweitern. Überprüft Verwandte, vor allem ältere, auf deren Konten er möglicherweise Zugriff hat. Seht euch auch die Gemeindesteuer und die Grundsteuer an, vielleicht besitzt er noch eine Immobilie oder bezahlt dafür. Sophie Lewis hat mir gesagt, dass er finanziell immer gut ausgestiegen ist, wenn es nötig war, dass er immer Glück gehabt hat, wenn sie es gebraucht haben. Das hier …", in einer weit ausholenden Geste zeigte er auf die Wohnung, „passt nicht zu dieser Beschreibung. Wenn sie die Wahrheit gesagt hat, und den Eindruck hatte ich, dann stimmt hier etwas nicht."

„Eric war dir einen Schritt voraus, Tom. Heute Morgen war er im Grundbuchamt. Letztes Jahr hat diese Wohnung den Besitzer gewechselt und gehört jetzt einer Mabel Reid. Da er die alten Unterlagen online aufrufen konnte, hat er den Makler kontaktiert, der für den Verkauf verantwortlich war. Der hat gesagt, dass es ein direkter Kauf war, es gab keine Belegkette oder eine Hypothek. Er erinnert sich nicht, den Käufer getroffen zu haben, und der Makler, der für die Besichtigung zuständig war, arbeitet nicht mehr für dieses Immobilienbüro."

„Ein Barkauf?"

Cassandra nickte. „Ist durchgegangen, nachdem die Grundstücksprüfung abgeschlossen war, laut dem Makler hat das weniger als fünf Monate gedauert. Es muss irgendeine Verbindung zwischen Mabel Reid und Andrew Lewis geben, wenn er hier wohnt. Wir haben die Dame noch nicht gefunden, aber wegen der Anti-Geldwäschevorschriften muss sie sich ausgewiesen haben."

„Wo kriegt er dann das Geld her?"

„Genau das frage ich mich auch", sagte Cassandra. „Vielleicht hat er alles schwarz gemacht. Du weißt schon, Steuerhinterziehung. Wenn er sein Unternehmen klein genug gehalten hat, dann hätte er keine Aufmerksamkeit erregt."

„Aber trotzdem würde es dann Spuren geben, Konten, Computer … irgendetwas."

„Vielleicht kann einer seiner Freunde mehr Licht auf diese Angelegenheit werfen."

„Hoffen wir, aber bis dahin lass' Eric weitersuchen. Bis jetzt haben wir nur einen funktionierenden Alkoholiker mit zweifelhaften Finanzen und die Tatsache, dass Mayes sich gern mit Frauen eingelassen hat, ansonsten aber ein anständiger Kerl war, der sich um seine Freunde gekümmert hat. Irgendetwas sagt mir, dass wir gerade einmal an der Oberfläche gekratzt haben." Tom runzelte die Stirn. „Außerdem könnte es sich auszahlen, noch einmal mit James Lewis zu reden. Anscheinend ist er hilfsbereit und er hatte die Schlüssel für die Wohnung. Vielleicht war sein Vater ihm gegenüber ehrlicher als zu seiner Frau."

„Den Versuch ist's wert", pflichtete Cassandra ihm bei.

„Aber zuerst fahren wir zu einem weiteren engen Freund von Mayes, Edward Drew, und unterhalten uns mit ihm. Mal sehen, was er zu sagen hat."

KAPITEL DREIZEHN

„GUTEN TAG" begrüßte sie die Dame am Empfangstisch mit einem breiten Lächeln. Tom Janssen würde sie als herausgeputzt beschreiben. Die Frau trug ein Kostüm, eine perfekt sitzende Frisur und ebenso makelloses Make-up. „Wie kann ich Ihnen helfen?"

Dabei lächelte sie unentwegt weiter, es musste so gut einstudiert sein, dass es ihr in Fleisch und Blut übergegangen war. Diskret zückte Janssen seinen Dienstausweis und zeigte ihn ihr.

„Wir möchten mit Mr. Edward Drew sprechen, wenn er hier ist."

Sie schaute sich um und hoch zu einem Fenster im Halbgeschoss über dem Verkaufsraum. Als sie sich wieder Janssen zuwandte, neigte sie immer noch lächelnd den Kopf zur Seite.

„Ich frage nach, ob er Zeit hat."

Janssen erwiderte das Lächeln. „Danke. Wir warten inzwischen."

Er trat vom Empfangstisch zurück und ging hinüber zu Cassandra, die das Herzstück der präsentierten Autos, ein Cabrio, beäugte. Jeder einzelne Wagen stammte von einer teuren Marke. Durch die drei hohen Glaswände und die spiegelnden, schwarzen Bodenfliesen machte der Verkaufsraum einen weitläufigen Eindruck. An einem Ende wurden mehrere SUV-Modelle präsentiert, dann verschiedene Familien-Limousinen und Kombis und schließlich die Sportmodelle, neben denen sie standen. Cassie beugte sich vor und betrachtete das Innere des Flitzers, als Tom neben ihr stehen blieb.

Er senkte die Stimme. Zwar hatte er keine Sorge, belauscht zu werden, doch die Umgebung schien zum ruhigen Meditieren einzuladen.

„Kannst du dich in einem davon vorstellen?"

Lächelnd schaute sie zu ihm hoch. „Ich glaube nicht, dass mein Gehalt für eines reichen würde. Außer, du gibst mir eine Gehaltserhöhung."

„Vielleicht ein älteres Modell", erwiderte er und blickte nach draußen zu den aufgereihten Gebrauchtwagen. Selbst die meisten davon wären über ihrem Budget, keiner sah älter als drei Jahre aus.

„Nee", meinte Cassie und richtete sich auf. „Die sind alle ein bisschen zu protzig. Das passt nicht zu mir, oder?"

Bevor er antworten konnte, kam die Empfangsdame zurück.

„Mr. Drew empfängt sie gleich", sagte sie und zeigte auf eine Treppe in der Ecke des Gebäudes.

Die teils umschlossenen Stufen führten hoch zu einem Absatz, von dem aus man den Verkaufsraum überblicken konnte. Als sie oben angekommen waren, öffnete sich die einzige vorhandene Tür. Ein Mann in den Vierzigern begrüßte sie. Im teuren, maßgeschneiderten Anzug machte er eine beeindruckende Figur. Die Krawatte mit dem perfekt gebundenen Knoten saß exakt in der Mitte. Sein Haar wurde von viel zu viel Gel in einzeln angeordneten Strähnen hinten gehalten.

Der Mann sprach mit ruhiger Autorität und durchdringender Stimme.

„Detectives. Edward Drew", stellte er sich vor und hielt Janssen eine Hand hin. Während sie sich die Hände schüttelten, stellte Janssen sich und Knight vor, die zwar grüßend nickte, ihre Hand jedoch nicht ausstreckte. „Bitte, kommen Sie herein."

Drew führte sie in sein Büro, indem er zur Seite trat und sie hineingehen ließ, bevor er die Tür schloss.

„Was kann ich für die Polizei von Norfolk tun?", erkundigte er sich und bat die beiden, vor seinem Tisch Platz zu nehmen. Allerdings stand nur ein Stuhl da, deshalb holte er schnell einen, der an der Wand stand, stellte ihn vor Cassandra Knight hin und bot ihr mit offener Hand den Sitzplatz an. Sie lächelte höflich, wartete aber, bis Drew auf seiner Seite des Tisches war, bevor sie sich setzte.

Während Edward Drew sich in seinen hochlehnigen Ledersessel sinken ließ, nahm auch Janssen Platz. Als der Mann sich den Detectives zuwandte, stützte er die Ellenbogen auf dem Tisch ab und verschränkte die Finger.

Janssen warf einen Seitenblick auf die DS, die schon Notizbuch und Stift gezückt hatte.

„Soweit wir wissen, sind Sie ein guter Freund von Fred Mayes", begann Janssen.

„Ja, Freddie und ich kennen uns schon lange", sagte Drew, dessen freundliches Auftreten bei der Nennung dieses Namens verschwand. „Katrina hat mich gestern angerufen. Was für ein Albtraum für sie. Für uns alle. Wissen Sie schon mehr darüber, wer das getan haben könnte?"

„Die Ermittlungen laufen noch", erwiderte Janssen. Offensichtlich war Drew unzufrieden mit dieser Antwort.

„Nun, wer auch immer dafür verantwortlich ist, sollte aufgeknüpft werden!"

Janssen neigte den Kopf zur Seite. „Ich verstehe Ihre Gefühle –"

„Gefühle?", wiederholte Drew, ohne sich um einen leiseren Tonfall zu bemühen. „Freddie war ein anständiger Mann, er hat seinem Land gedient. So aus dem Leben zu treten ist eine Schande."

„Vielleicht können Sie uns behilflich sein, das Leben von Fred Mayes besser zu verstehen? Das könnte nützlich sein, um den Mörder zu finden."

„Ja, ja, natürlich. Ich helfe gerne."

„Wir suchen noch nach einem Motiv für den Mord. Bisher scheinen alle eine hohe Meinung von Fred Mayes zu haben."

„Das stimmt. Er war einer von den Guten."

„Es wurde angedeutet, dass Fred Mayes eine Schwäche hatte, dass er … privat mehrere Affären hatte. Was können Sie dazu sagen?"

Edward Drew richtete sich auf, verschränkte die Arme vor der Brust und holte tief Luft. „Hören Sie, niemand ist perfekt. Glauben Sie, dass er deshalb ins Visier geraten ist?"

„Es ist möglich", erwiderte Janssen. „Hat er sich mit jemandem öfters getroffen?"

Drew ließ sich wieder zurücksinken und schüttelte langsam den Kopf. „Ich nehme an, Katrina wusste wahrscheinlich davon, sie ist nicht dumm. Außerdem wird es sowieso ans Licht kommen."

„Was genau?"

„Dass Freddie gern zwanglose Beziehungen einging. Ich meine, jeder von uns, von seinen Freunden, wusste das. So schnell, wie er von der einen zur anderen ist, hätte Katrina schon blind sein müssen, um das nicht zu bemerken."

„Haben Sie Namen für uns?"

Wieder schüttelte Drew den Kopf. „Er hat eine von diesen Dating-Apps verwendet." Er kicherte trocken. „Und mit

Dating meine ich Abschleppen. Ich glaube nicht, dass irgendwer sich der Illusion hingegeben hat, dass es etwas für Länger war. Freddie ganz sicher nicht."

„Wäre es möglich, dass eine dieser Frauen anderer Ansicht war oder einen Partner gehabt hat, der mit Fred Mayes' Annäherungen nicht einverstanden war?"

Geräuschvoll atmete Edward Drew durch den Mund aus. „Wer weiß? Er hat mir nie von Problemen erzählt. Aber ich weiß, dass ein paar von seinen Affären verheiratet waren, Freddie hat das gesagt, also nehme ich an, dass es gut möglich ist."

„Aber Sie kennen keine Namen?"

Drew schüttelte den Kopf. „Nein, keine Namen. Tut mir leid."

Janssens Blick glitt zu einem gerahmten Foto auf dem Tisch links neben dem Mann. Er kannte das Bild, dasselbe hatte er im Haus von Mayes gesehen. Als Drew den Blick bemerkte, nahm er das Foto und hielt es ihm hin.

„So viele Jahre im Dienst, mehrere Einsätze … und dann stirbt er im guten alten verschlafenen Norfolk", sagte er kopfschüttelnd und reichte Janssen das Bild, der es dankend entgegennahm und betrachtete. „Alle von uns Jungs haben dieses Foto, Inspector. Es ist eine ständige Erinnerung für uns."

„Eine Erinnerung an was?", fragte Janssen, während er das Bild zurückgab.

Drew behielt es in der Hand und starrte darauf. „Waren Sie bei den Streitkräften?" Janssen schüttelte den Kopf. „Nun, lassen Sie sich das gesagt sein, drüben in Helmand war das etwas ganz anderes. Sie würden es nicht glauben. Wir waren abhängig voneinander, um jeden einzelnen Tag zu überleben. Und das ist keine Übertreibung. Es tut mir leid, ich wollte Ihnen keinen Vortrag halten, Inspector. Ich kann mir vorstellen, dass Sie bei Ihrer Arbeit auch solche Situationen erleben, in denen Sie sich auf den Mann oder die Frau", er betrachtete Cassandra Knight, „neben Ihnen verlassen müssen. So etwas vergisst man nicht."

„Sie sind noch in engem Kontakt mit Ihrer Einheit?"

„Dem Trupp, ja", erwiderte Drew und verbesserte leichthin Janssens Wortwahl.

„Haben Sie eine Idee, wer Fred Mayes schaden wollte?"

Edward Drew lehnte sich vor, und während er Janssen in die Augen sah, schüttelte er den Kopf. „Nein, ich habe absolut keine."

„Wie läuft das Geschäft?", fragte Janssen, um das Thema zu wechseln.

Der Mann nickte. „Es läuft gut."

„Und den anderen geht es wie?", fragte Janssen und deutete mit einer lässigen Handbewegung auf das Bild, das sie gerade betrachtet hatten. Wieder nahm Drew es in die Hand und sah sich lächelnd die Gesichter an.

„Dem einen besser, dem anderen schlechter", sagte er. „Harry Oakes macht sich gut. Ich und Freddie auch. Vor einer Weile haben wir Woody verloren. Das war eine Schande."

„Woody?", hakte Janssen nach. Diesen Namen hatte er noch nie gehört.

„Carl", sagte Drew, drehte das Foto zu Janssen und zeigte auf einen der zwei knieenden Männer. „Carl Woodly, hier links."

„Woodly. Ist er zufällig mit Joe verwandt?"

Drew nickte. „Ja. Joe ist Carls jüngerer Bruder, allerdings haben sie bis auf den Namen nichts gemeinsam."

„Also halten Sie nicht viel von Joe?"

Der Mann lächelte. „Nein. Joe ist ein Taugenichts, das war er immer. Carl hat oft davon geredet, ihn auf den rechten Weg zu bringen, Arbeit für ihn zu finden, er hat sich schützend zwischen seinen kleinen Bruder und seinen Vater gestellt, aber soweit ich das sagen kann, hat es kaum Fortschritte gegeben."

„Okay. Was sagten Sie ist Carl zugestoßen?"

Drew holte tief Luft, drehte das Bild um und starrte es an. „Er ist gestorben … vor ein oder zwei Jahren", sagte er stirnrunzelnd. „Ich weiß es nicht genau." Drews Blick glitt hoch zu Janssen und dann zu Knight, bevor er das Foto wieder an seinen Platz stellte. „Ein Hausbrand. Carl hat geschlafen, er hatte keine Chance."

„Ich verstehe", meinte Janssen und er und die DS schauten sich kurz an. „Wissen Sie von der Schießerei gestern Abend?"

„Ich habe gehört, dass eine Leiche gefunden wurde", erwiderte Drew mit gerunzelter Stirn. „Aber ich wusste nicht, dass es eine Schießerei war."

„Wir konnten heute die Identität des Toten feststellen. Es war Andrew Lewis."

Janssen ließ den Mann nicht aus den Augen und wartete, wie er reagieren würde. Drew öffnete den Mund und riss die Augen auf, sein selbstsicheres Auftreten löste sich in Luft auf. Das war ihm neu.

„Andy? Sind Sie sich sicher?", fragte er. „Ich meine … wirklich sicher?"

„Er wurde von seiner Frau identifiziert."

„Mein Gott", sagte Drew leise, ließ den Kopf hängen und presste eine Hand auf Mund und Nase. „Ich hatte keine Ahnung."

„Jemand hat ihn unter falschen Angaben dorthin gelockt und ihn dann kaltblütig erschossen. Es sieht so aus, dass das gleiche letzte Woche mit Fred Mayes passiert ist. Haben Sie eine Idee, wieso jemand Ihren alten Trupp ins Visier nehmen könnte, Mr. Drew?"

Drew faltete die Hände vor dem Gesicht und legte die

Zeigefinger an die Nasenspitze. Langsam atmete er aus, bevor er zu Janssen sah.

„Nein", sagte er leise und ließ die Hände sinken. „Ich wünschte, ich wüsste es."

„Eines kommt mir merkwürdig vor, Mr. Drew", sagte Janssen und fixierte den Mann, „alle, mit denen wir über Sie und Ihre Freunde sprechen, betonen, wie eng befreundet Sie sind, und trotzdem macht es den Anschein, als würde jemand grundlos ein Riesenproblem mit Ihnen haben. Nach allem, was wir wissen, möchte diese Person Sie einen nach dem anderen ausschalten. Aber keiner von Ihnen scheint eine Ahnung zu haben, warum."

Drew hielt Janssens Blick stand. „Ich kann verstehen, wieso Sie das wundert, Inspector. Glauben Sie mir, wenn ich wüsste, was vor sich geht, würde ich es Ihnen sagen."

„Würden Sie das? Das hoffe ich, Mr. Drew. Das hoffe ich wirklich. Denn vielleicht sind Sie der Nächste auf der Liste, verstehen Sie?"

Diese Bemerkung entlockte Drew ein herzhaftes Lachen. Auf Janssen wirkte es theatralisch, viel zu gespielt.

„Ich denke nicht, dass Sie darüber lachen sollten", sagte der Inspector. „Wenn ich Sie wäre, würde ich Vorsichtsmaß-nahmen treffen."

Edward Drew richtete sich auf. „Und ich denke, ich kann ganz gut auf mich aufpassen, Inspector Janssen. Glauben Sie mir."

„Ich frage mich, ob Fred Mayes und Andrew Lewis das Gleiche gesagt hätten, wenn ich letzte Woche mit ihnen gesprochen hätte."

Laut zog Drew die Nase hoch und atmete tief aus. „Sie könnten recht haben, aber ich bezweifle das. Außerdem habe ich einen Vorteil, den sie nicht hatten."

„Der da wäre?"

„Dank Ihnen bin ich vorgewarnt", sagte Drew kühl. „Aber ich kann es mir nicht vorstellen. Andy und Freddie waren tolle Kerle, solche, die man gern an seiner Seite hat. Ich muss es ja wissen. Schätze, Sie sind hier auf dem Holzweg, aber … ich kann verstehen, warum Sie fragen."

„Trotzdem werden wir mit jedem Mitglied des Trupps reden, das hier lebt", sagte Janssen. „Und anscheinend tun das die meisten von Ihnen. Kommt Ihnen das nicht auch ungewöhnlich vor? Ich meine, dass Sie alle sich entschieden haben, nach der Militärzeit in Norfolk zu leben."

Edward Drew reckte den Kopf hoch und zog die Mundwinkel nach unten. „Vielleicht, ich kann nicht für alle reden, aber wie gesagt, Inspector, dort drüben standen wir mächtig unter Druck. Das war kein normaler Einsatz, verstehen Sie. Als ich wieder zu Hause war, habe ich gesehen, wie die Leute den Krieg in Afghanistan wahrgenommen haben, und glauben Sie mir, das ist bei weitem nicht so organisiert abgelaufen, wie Sie vielleicht denken. Die meiste Zeit waren wir bei den Einsätzen auf uns allein gestellt. Also macht es Sinn, dass wir auch danach zusammengeblieben sind. Ich bezweifle, dass Sie das wirklich verstehen können, wenn Sie es nicht erlebt haben."

Nickend schaute Janssen zu Cassandra Knight. Sie gab ihm zu verstehen, dass sie nichts hinzuzufügen hatte, und der Inspector wandte sich wieder Edward Drew zu, griff in die Tasche und zog eine Visitenkarte heraus. Er gab sie dem Mann, der einen schnellen Blick darauf warf.

„Ich bewundere Ihr Selbstvertrauen, aber sollten Sie etwas Auffälliges oder Ungewöhnliches bemerken, rufen Sie uns bitte an, Mr. Drew. Es bleibt abzuwarten, ob Ihr Trupp tatsächlich das Ziel ist, aber Sie sollten trotzdem vorsichtig sein."

Drew hielt die Karte hoch und nickte Janssen zu. „Ich werde daran denken, danke. Halten Sie mich auf dem Laufenden, wenn sich etwas ergibt?"

„Wenn sich etwas ereignet, von dem wir denken, dass Sie es wissen sollten, melden wir uns."

„Das weiß ich zu schätzen, Inspector."

Nachdem sie sich verabschiedet hatten, begleitete Edward Drew sie zur Tür und hielt sie den beiden Detectives auf. Janssen und Knight hörten, wie sich die Tür wieder schloss, bevor sie die Treppe erreichten. Während sie hinuntergingen, warf Cassandra Tom einen Seitenblick zu.

„Für einen Haufen Kerle, die so eng befreundet sind, bekommen sie aber nicht viel davon mit, was um sie herum passiert. Und die Sache mit Carl Woodly ist interessant. Ich denke, wir sollten uns den Hausbrand ansehen, in dem er umgekommen ist."

Tom war geneigt, ihr zuzustimmen. Er senkte die Stimme, als sie den Verkaufsraum erreichten und ihre Schuhe auf dem polierten Fliesenboden quietschten.

„Ich frage mich, wie viele noch sterben müssen, bevor einer zu reden anfängt."

KAPITEL VIERZEHN

MIT DER RECHTEN Hand schob Eddie Drew die Jalousie am Bürofenster auseinander. Er beobachtete die Detectives, während sie durch den Verkaufsraum gingen und durch die Doppeltür außer Sicht verschwanden. Dann ging er zum Tisch hinüber und lehnte sich mit verschränkten Armen an die Kante, während er überlegte, was er nun tun sollte. Detective Inspector Janssen hatte auf ihn den Eindruck eines scharfsinnigen Ermittlers gemacht. Offenbar sagte er nicht alles, was er sich dachte. Und die Detective Sergeant schien genau zu beobachten. Mehrere Male hatte er sie dabei erwischt, wie sie ihn betrachtete, seine Körpersprache entschlüsselte. Die beiden waren nicht dumm, doch gleichzeitig hatte er nicht den Eindruck gehabt, dass sie ihn belogen. Die Umstände von Freddies und Andys Tod gaben ihnen tatsächlich Rätsel auf.

Eddie nahm das Handy vom Tisch, entsperrte es und drückte auf die Kurzwahlkachel auf dem Startbildschirm. Der Anruf ging durch und wurde fast sofort angenommen.

„Eddie, wie geht's dir?", fragte eine fröhliche Stimme.

„Alles in Ordnung", erwiderte dieser bewusst gut gelaunt.

„Hör mal, tut mir leid, dass ich nach deinem Anruf am Sonntag nicht zurückgerufen habe, aber es war ... ein bisschen chaotisch."

„Schon okay. Ich habe wegen Freddie angerufen."

„Ja, das habe ich mir gedacht", sagte Eddie Drew und tigerte mit der freien Hand in der Tasche durch das Büro. „Sieht nicht gut aus. Die Polizei war gerade bei mir und hat Fragen darüber gestellt."

„Was hast du gesagt?"

„Was hätte ich denn sagen sollen?", gab Eddie zurück. „Seit Mitte letzter Woche habe ich ihn nicht mehr gesehen. Soweit ich weiß, war alles in Ordnung. Was ist mit dir?"

„Nein, ich habe auch nicht mitbekommen, dass etwas nicht gestimmt hätte."

Drew holte tief Luft. „Es hat so geklungen, als hätten sie schon mit ein paar vom Trupp geredet."

„Dann werden sie wohl auch zu mir kommen. Wie sind sie?"

„Schlau. Energisch", sagte Eddie Drew. „Versuch nicht, ihnen etwas vorzumachen. Darauf fallen sie, glaube ich, nicht herein. So, wie ich das sehe, arbeiten sie sich durch alle von uns durch, aber im Moment haben sie keine Ahnung, was Sache ist."

„Was glaubst *du*, was Sache ist?"

Sein Tonfall änderte sich. Jetzt klang er definitiv besorgt.

„Du weißt das von Andy noch nicht, oder?"

„Was ist mit ihm?"

„Er ist tot."

Am anderen Ende der Leitung herrschte Schweigen. Es hielt mindestens eine halbe Minute an, bevor er weitersprach.

„Wie?"

„Jemand hat ihm aufgelauert. Irgendwer hat ihn mitten ins

Nirgendwo gelockt und erschossen." Er hörte die Anspannung in der eigenen Stimme und spürte die Beklemmung in der Brust. „Die Polizei hat es mir gesagt. Es ist ganz sicher Andy, aber ich glaube nicht, dass sie es schon offiziell gemacht haben."

„Sonst noch etwas?"

„Ja, sie haben nach den anderen vom Trupp gefragt … und nach Joe."

„Woodys Bruder?"

„Ja. Sie müssen über Joe gestolpert sein, aber ich weiß nicht, wie. Sie haben aufgehorcht, als ich Woody erwähnt habe. Vielleicht die Sache mit Catton letzten Monat", mutmaßte Eddie Drew.

„Hat Freddie nicht gesagt, dass das erledigt wäre?"

„Ja … aber jetzt bin ich mir nicht so sicher. Ich meine, wie können wir das nun sein?" Er wartete, ließ die Informationen sinken, bevor er die nächste Frage stellte. „Was glaubst du, was wir machen sollen?"

„Ich denke, wir müssen uns treffen, die Sache ausdiskutieren."

Drew war verunsichert. „Bist du dir sicher, dass das unter diesen Umständen eine gute Idee ist?"

„Ja, natürlich. Es wäre auffällig, wenn wir uns unter diesen Umständen nicht treffen, glaubst du nicht auch? Außerdem müssen wir das klären, und es wäre schlauer, das persönlich zu erledigen, als digitale Spuren zu hinterlassen."

„Guter Einwand", erwiderte Eddie. „Ich schaue bei Harry vorbei und frage nach, ob er dabei ist."

„Lassen wir es gemütlich angehen. Treffen wir uns wie sonst auch auf ein Bier, selber Ort, selbe Zeit. So ist es weniger verdächtig."

„In Ordnung. Bis dann", sagte Drew. Schon wollte er auflegen, doch dann fragte er noch schnell: „Greg, ist dir … in letzter Zeit in deiner Umgebung etwas Merkwürdiges aufgefallen?"

„Nein, eigentlich nicht. Sag bloß nicht, dass du deswegen paranoid wirst."

„Zwei von den Jungs sind tot, also ja, ich mache mir Sorgen. Das ist doch normal."

„Die Polizei hat dich aufgeschreckt, Eddie, das ist alles. Das ist nichts, womit wir nicht fertigwerden. Wir haben Schlimmeres durchgemacht. Ich bin sicher, dass da nichts dran ist, und deshalb brauchst du dir auch keine Sorgen zu machen."

„Letzten Monat hat Freddie das Gleiche gesagt, erinnerst du dich? Jetzt ist er tot", sagte Drew und bereute seinen aggressiven Tonfall, sobald die Worte ausgesprochen waren.

„Wie gesagt, du bist aufgeschreckt. Ich verstehe das. Atme durch, sprich mit Harry, und was du auch tust, bleib ruhig. Verstanden?"

Mit dem Blick zur Decke gerichtet holte Eddie Drew tief Luft und schloss die Augen.

„Okay. Ich rede mit Harry und wir treffen uns wie immer."

Nachdem er aufgelegt hatte, steckte er das Handy in die Tasche. Greg hatte recht, er war aufgewühlt. Als Katrina angerufen hatte, war er besorgt gewesen und hatte sich gefragt, in welches Schlamassel Freddie sich manövriert hatte. Und jetzt auch noch Andy. Das alles ging ihm viel zu sehr an die Nieren.

Eddie durchquerte das Büro und öffnete eine Schranktür. Hinten, an der Wand des obersten Fachs, befand sich ein kleiner Safe. Kurz schaute er zurück zur Tür, um sicherzugehen, dass sie geschlossen war, dann wandte er sich wieder dem Tresor zu und gab den sechsstelligen Code ein. Bei jeder Ziffer, die er drückte, piepste es, der anschließende längere Ton signalisierte, dass der Safe nun entriegelt war. Eddie Drew öffnete die schwere Metalltür und fasste hinein. Seine Finger krümmten sich um den Griff einer Pistole, die er herauszog.

Das Gefühl, eine Waffe in der Hand zu halten, beruhigte ihn. Er betätigte den Schlitten, sah nach, ob die Pistole geladen war, und steckte sie dann hinten in den Hosenbund.

Nachdem Eddie den Safe wieder geschlossen hatte, nahm er seine Jacke vom Haken an der Bürotür und zog sie an. Mit der rechten Hand am Türgriff hielt er inne, legte die linke flach auf die Tür und lehnte sich mit der Stirn dagegen. So stand er einen Moment lang da und atmete zwei oder drei Mal bewusst ein und aus, um sich zu beruhigen. Das Klingeln des Bürotelefons riss ihn aus der Meditation, doch er ignorierte es und öffnete die Tür. Von unten drangen Stimmen herauf und er ging die Treppe hinunter.

Im Verkaufsraum nahm Natalie, die Empfangsdame, den Hörer vom Ohr und rief in seine Richtung.

„Mr. Drew, ich habe hier einen Anrufer für Sie!"

„Er soll eine Nachricht hinterlassen", erwiderte er, ohne zu ihr hinzusehen. Stattdessen verließ er das Gebäude und ging über den Parkplatz zu seinem Auto. Das Fahrzeug registrierte seine Anwesenheit und schloss sich auf, als er näherkam. Eddie Drew zog die Jacke wieder aus, warf sie auf den Beifahrersitz und schaute zurück zum Verkaufsraum. In der Werkstatt hatten die Mechaniker viel zu tun und auf dem Parkplatz selbst befand sich niemand. Erst dann nahm Eddie die Waffe aus dem Hosenbund, verstaute sie im Ablagefach der Fahrertür, stieg ein und startete den Motor. Er schnallte sich an, legte den ersten Gang ein und fuhr über den Parkplatz zur Hauptstraße.

Weder von links noch rechts näherte sich ein Fahrzeug, und er wollte gerade abbiegen, als jemand vor sein Auto trat. Drew bremste so hart, dass der Motor stotternd abstarb. Der Mann blieb vor dem Auto stehen und blockierte ihm den Weg. Es dauerte einen Moment, bis Eddie ihn erkannte. Das letzte Mal, als sie sich getroffen hatten, hatte er anders ausgesehen. Jetzt hingen ihm die Haare bis zu den Schultern und im Gesicht stand ein wilder Bart. Er sah schmutzig und unordentlich aus, doch seine Augen hatten sich nicht verändert, kalt und stechend starrte er ihn an. Der Mann beugte sich vor und legte die Hände flach auf die Motorhaube, allerdings sagte er nichts. Mit unbewegter Miene schaute er Eddie Drew starr in die Augen. Die Wildheit in seinem Blick machte Drew Angst.

Eddie griff nach der Pistole, dann eilig nach dem Türgriff, doch der Gurt hinderte ihn am Aussteigen. Bis er sich abgeschnallt hatte und aus dem Auto war, hatte der Mann die andere Straßenseite erreicht und zwängte sich durch das Unterholz der Bäume hinter der Grasnarbe. Eddie Drew rannte los und wurde beinahe von einem Lieferwagen erfasst, den er übersehen hatte. Der Fahrer riss den Wagen zur Seite, um ihm auszuweichen, und hupte dann wütend, doch Eddie achtete nicht darauf, nahm die Verfolgung auf und brach durch das Unterholz.

Die Zweige zerkratzten sein Gesicht und zwei Mal stolperte er kurz nacheinander über den unebenen Boden, bevor die Vegetation spärlich genug wurde, sodass er sich nach seinem Ziel umsehen konnte. Eddie befand sich auf einer kleinen Lichtung. Diese befand sich wahrscheinlich etwa zwanzig Meter von der Straße entfernt, denn der Verkehrslärm wurde von den Büschen und Bäumen gedämpft. Außer den Zweigen, die sich sanft im Wind wiegten, bewegte sich nichts. Über sich hörte er das Krächzen der Krähen und in der Nähe ein Rascheln in den Büschen, aber er konnte nicht feststellen, wer oder was es verursacht hatte. Rechts von ihm lag ein umgestürzter Baum, die Büsche links waren mehr oder weniger undurchdringlich, mehr konnte er nicht erkennen.

Trotz der Pistole in seiner Hand fühlte er sich ungeschützt, seine kopflose Verfolgungsjagd in den Wald war dumm gewesen, und jetzt stand er allein da und wusste nicht, wo seine

Zielperson war oder welche Absicht sie hatte. Umsicht schien angebracht und Eddie trat einen Schritt zurück, um den Weg zur Straße wiederzufinden. Weiter rechts von ihm knackte ein Zweig und er drehte sich mit der Waffe im Anschlag in diese Richtung um. Er entsicherte die Pistole und wartete, während er auf das Unterholz starrte und versuchte, etwas dahinter zu erkennen.

„Ich sehe dich, Catton!", rief er. Er wartete ab, doch es kam keine Antwort. Konzentriert lauschte Eddie Drew, suchte das Gebüsch ab und hielt die Waffe immer in Blickrichtung gerichtet. „Wir alle sehen dich!"

Seine dröhnende Stimme ließ die Vögel in den Bäumen verstummen. Immer noch keine Antwort.

„Wenn du mir noch einmal zu nahekommst, kriege ich dich!", blaffte er. „Hörst du mich, Catton? Dann bist du dran!"

Drew zog sich einige Schritte zurück, sicherte die Pistole wieder und steckte sie erneut in den Hosenbund. Beinahe war er sich sicher, dass Catton schon längst weg war, aber es fühlte sich gut an, die Drohung laut auszusprechen. Am Rand der Lichtung bog er mit beiden Händen die Zweige zur Seite und bemerkte erst in diesem Moment, dass vorhin einer seine Wange zerkratzt hatte. Drew verfluchte seine Dummheit. Innerhalb von fünf Minuten nach Ende des Telefongesprächs hatte er genau das gemacht, was er nicht hätte tun sollen. Er hatte sich ködern lassen. Dieses Mal war er mit heiler Haut davongekommen. Das nächste Mal vielleicht nicht mehr.

KAUM ZEHN METER von der Position entfernt, an der Eddie Drew gestanden hatte, trat John Catton hinter einem großen Ahornbaum hervor. Er sah Eddies weißes Hemd, als dieser sich durch das Unterholz wieder in Richtung Straße bewegte.

Catton lehnte sich zurück und den Kopf gegen den Baum, während er die vorbeiziehenden Wolken über sich betrachtete, die er durch die Lücken im Blätterdach sah. Erst jetzt atmete er ruhiger. Eddie Drew würde bekommen, was er verdiente.

Es war nur eine Frage der Zeit.

KAPITEL FÜNFZEHN

Tom Janssen stellte das Auto am Bordstein ab und den Motor aus. Das Standlicht leuchtete noch, als er zum Haus blickte. Obwohl es erst viertel vor sieben am Abend war, herrschte schon Dunkelheit. Ab jetzt würden die Tage länger werden, aber im Moment fühlte es sich später an, als es war, vor allem wegen der Wolken am Himmel. Nachdem er am Boot die Post durchgesehen hatte, war er zu Alice gefahren, bei der er neuerdings immer mehr Zeit verbrachte, doch auf dem Weg dorthin hatte er beschlossen, noch bei den Woodlys vorbeizuschauen. Das Haus der Familie befand sich zwischen seinem Boot und Alice, und sowohl Cassandra als auch Eric hatten das Gespräch mit Joe Woodly als interessant beschrieben. Erst danach war ans Licht gekommen, dass sein Bruder, Carl Woodly, zusammen mit Fred Mayes und dem restlichen Trupp gedient hatte.

Da Tom unbedingt wissen wollte, warum diese Verbindung nie angesprochen worden war, juckte es ihn, mit Joe Woodly zu reden. In der letzten Zeit war die Auseinandersetzung mit dem Jungen die einzige Auffälligkeit im Leben des Ex-

Soldaten gewesen. Sonst verlor niemand ein schlechtes Wort über den Mann, mit Ausnahme potenzieller wütender, noch unbekannter Ehemänner.

Der Großteil des Hauses lag im Dunkeln, nur unten brannte in einem Raum an der Rückseite ein Licht. Neonlicht leuchtete aus der offenen Garage. Darin bewegte sich ein Mann, höchstwahrscheinlich nicht Joe. Es war ein älterer Mann, vermutlich Joes Vater. Janssen stieg aus und ging die Einfahrt hoch. Da ein Radio lief, hörte der Mann Janssen nicht kommen. Er war Mitte fünfzig, stämmig und hatte eine hohe Stirn. Die Kleidung, die er trug, war perfekt für Bastelarbeiten in einer Garage – ein mit Farbspritzern bedeckter Overall und alte Turnschuhe, die schon fast auseinanderfielen.

„Guten Abend", sagte Janssen, als er ins Licht trat, die Hände hatte er noch in den Taschen, denn der Wind war schneidend kalt. Der Mann schreckte zusammen. Mit Schleifpapier in der Hand sah er Janssen aus zusammengekniffenen Augen an. Janssen zückte seinen Dienstausweis, doch Woodly wandte sich von ihm ab und dem Holz zu, das auf der Werkbank vor ihm in einen Schraubstock eingespannt war.

„Polizei. Ja, das habe ich mir schon gedacht", sagte er und fuhr in zwei gleichmäßigen Bewegungen mit dem rauen Papier über das Holz, bevor er sich hinunterbeugte, um das Ergebnis zu betrachten. Mit dem Daumen strich er langsam über die Kante. „Sheila hat mir gesagt, dass Sie wegen Joe hier gewesen sind." Er sah hoch zu Janssen, dann warf er das Schleifpapier zur Seite und wischte sich das Sägemehl von den Händen. „Sie hat gesagt, dass er nichts angestellt hat, aber ich habe ihr gesagt, dass Sie zurückkommen werden. War nur eine Frage der Zeit."

„Zwei meiner Detectives haben gestern mit Ihrem Sohn gesprochen", erwiderte Janssen. „Ich wollte nur ein paar Dinge klären. Gegen Ihren Sohn besteht kein Verdacht."

„Vielleicht jetzt noch nicht", sagte Woodly und trat mit ausgestreckter Hand auf Janssen zu, der sie schüttelte. „Paul Woodly", stellte der Mann sich lächelnd vor.

„DI Tom Janssen."

Woodly zog eine Augenbraue hoch. „Wenn das so weitergeht, steht am Ende der Woche der Chief Constable vor unserer Tür."

Janssen lächelte höflich.

„Ist Joe zu Hause?"

Paul Woodly schüttelte den Kopf. „Ich hab' ihn nicht gesehen, seit ich nach Hause gekommen bin. Ich glaube nicht, dass er zurückgekommen ist, seit Ihre Leute mit ihm geredet haben."

„Ist das ungewöhnlich? Wo hält er sich auf, wenn nicht hier?"

Woodly zuckte mit den Schultern, drehte sich wieder zum Schraubstock um und nahm das Holz, das er gerade bearbeitete, heraus. Für Janssen sah es nach einer Spindel für ein Geländer aus, allerdings war es dafür zu kurz. „Er bleibt bei Freunden ... aber ehrlich gesagt, weiß ich nicht, wer sie sind oder wo sie wohnen. Ich werde nicht schlau aus dem Jungen. Worum geht es denn eigentlich?"

Janssen schaute sich in der Garage um, die mit den Werkbänken und den verschiedensten Werkzeugen an den Wänden mehr wie eine Werkstatt aussah. Weiter links stand eine Drehbank, darunter hatte sich ein Berg Sägemehl angesammelt. „Letzten Monat hatte er eine Auseinandersetzung mit einem Mann. Ich muss ein paar Dinge klären", sagte Janssen, der absichtlich vage blieb. Er nickte in Richtung der Maschine. „An was arbeiten Sie?"

Paul Woodly warf einen Blick auf die Drehbank, dann sah er wieder zu Janssen. „An einer Esszimmergarnitur, Tisch und

Stühle." Er zeigte nach hinten und signalisierte dem Inspector, dass er ihm folgen sollte.

Die Garage war mit einer Trennwand in zwei Bereiche unterteilt, der größere wurde für abschließende Arbeiten genutzt. Hier standen mehrere fast fertige Möbelstücke. Eine Tischplatte lehnte in Plastik eingeschweißt an der hinteren Wand, die gusseisernen Beine lagen daneben. Auch diese waren bereits transportfertig verpackt. Vier Stühle standen nebeneinander da und brauchten allem Anschein nach nur noch einen Deckanstrich mit Holzbeize oder Lack.

„Sonderanfertigungen", sagte Woodly stolz, während Janssen die Details an den Stühlen betrachtete. „Wenn Sie einfach einen Esstisch und Stühle brauchen, können Sie die überall im Land, in jedem Möbelgeschäft kaufen, aber nicht, wenn Sie etwas Einzigartiges wollen."

Bewundernd musste Janssen zugeben, dass sein handwerkliches Können herausragend war.

„Sie sind wunderschön", meinte Janssen anerkennend. „Es wäre mir lieb, wenn Sie bei meinem Boot Hand anlegen könnten. Da gibt es tonnenweise Arbeit."

„Mein Auftragsbuch ist für die nächsten paar Monate ziemlich voll, aber danach kann ich mich gerne darum kümmern. Ich liebe Sonderaufträge."

„Vielleicht melde ich mich dann", erwiderte Janssen lächelnd.

„Die Auseinandersetzung, die Sie erwähnt haben. War das die Sache mit Freddie Mayes letzten Monat?"

Janssen nickte. „Ja. Was können Sie mir darüber sagen?"

„Eigentlich nicht viel", erwiderte Woodly stirnrunzelnd. „Joe wollte nicht darüber reden. Wahrscheinlich hätte ich nichts davon erfahren, wenn nicht eine Bekannte meiner Frau den Vorfall beobachtet hätte. Mir hätte Joe sicher nichts davon gesagt."

„Warum nicht?", erkundigte sich Janssen.

Die Falten auf Woodlys Stirn wurden noch tiefer. „Joe ist nicht gerade redselig. Meistens muss man ihm alles aus der Nase ziehen. Er war nicht immer so, zumindest war es früher nicht so schlimm. Verstehen Sie mich nicht falsch, er war immer ein ruhiges Kind, das im Schatten seines Bruders gestanden hat."

„Carl?"

Woodly schaute ihn an und nickte stumm.

„Ich nehme an, Ihr Sohn Joe kannte Fred Mayes über Carl. Stimmt das?"

„Ja, natürlich. Joe kannte Freddie gut. Wir alle taten das. Carl und die anderen sind eng in Kontakt geblieben."

„Eine Art verschworene Gemeinschaft?", erkundigte sich Janssen.

Paul Woodly kniff die Augen zusammen, als hätte er den Verdacht, Janssen würde sich über ihn lustig machen, und der Detective Inspector fühlte sich unter diesem Blick unwohl.

„Sie haben nie gedient, nicht wahr?"

Janssen schüttelte den Kopf.

„Dann würden Sie es nicht verstehen. Was für Sie eine kitschige Kameradschaft ist, geht in Wahrheit viel tiefer. Wenn Sie anderen Ihr Leben und die Ihnen ihres anvertraut haben, dann hält das ein Leben lang. Glauben Sie mir, das bedeutet etwas."

„Ich wollte nichts Gegenteiliges damit sagen. Ich nehme an, Sie waren ebenfalls in der Armee?"

Woodly nickte. „Kavallerie. Drei Einsätze im Irak, beide Feldzüge im Golf und kurz zur Friedenssicherung in Bosnien. Man kann sagen, Carl ist in meine Fußstapfen getreten. Der Junge hat mich stolz gemacht." Bei der Erwähnung seines anderen Sohnes wurde seine Miene traurig und er wurde nachdenklich. „Verdammt, ich vermisse den Jungen.

Ich wünschte er wäre noch hier und könnte uns mit Joe helfen."

„Carl war also ein guter Einfluss für Joe, eine Art Halt?"

Woodlys Gesichtsausdruck hellte sich auf und er lächelte kopfschüttelnd. „Ja, könnte man so sagen. Die beiden waren wie Tag und Nacht. Bis heute verstehe ich nicht, wie zwei Jungs, die zusammen aufgewachsen sind, die gleichen Eltern haben, zur gleichen Schule gegangen sind ... so verschieden sein können. Rückblickend war Joe immer eher zurückgezogen, aber er ist seinem großen Bruder wie ein Schatten gefolgt. Als Carl sich gemeldet hat und eingerückt ist, hat sich Joe scheinbar völlig in sein Schneckenhaus verkrochen."

„Er hat nicht daran gedacht, auch zur Armee zu gehen?"

Paul Woodly lachte. „Niemals, Joe ist nicht der Typ dafür. Das war mir schon früh klar. Viel zu verweichlicht." Der Mann schaute nach hinten durch das Fenster zum Haus. In der Küche brannte Licht und Tom sah eine Frau darin werkeln. „Sheila würde widersprechen, aber das ist der Knackpunkt. Joe und Carl sind nicht aus demselben Holz geschnitzt."

„Sie haben Ihre Schwierigkeiten mit Joe gehabt."

Woodly nickte. „Sicher haben Sie seine Akte durchgesehen. Er war ein anständiges Kind, tief drinnen ist er das immer noch, aber er ist in schlechte Gesellschaft geraten. Ich weiß, das klingt wie eine Ausrede, wahrscheinlich hören Sie das oft, aber es ist die Wahrheit. Und ehrlich gesagt, ich fühle mich deshalb schuldig. Ich war immer unterwegs ... Sheila war mit den Jungs allein zu Hause. Als ich den Dienst quittiert habe, war es schon zu spät. Joe steckte zu tief drinnen. Nicht, dass wir es nicht trotzdem versucht haben." Mit verschränkten Armen lehnte Woodly sich gegen die Werkbank. „Auch Carl hat sich bemüht. Seit er aus der Schule ist, hat Joe es nicht geschafft, eine Arbeit zu behalten, er hat sich treiben lassen. Carl hat ihm über Freunde Stellen beschafft."

„Wie Fred Mayes?"

Wieder nickte Paul Woodly. „Unter anderem, ja. Eddie Drew, Greg … sogar Harry hat ihn eine Zeit lang Hilfsarbeiten in der Gärtnerei verrichten lassen. Carl hat von allen und jedem Gefallen eingefordert, aber es hat nichts genützt. Wie gesagt, Sie müssen nur seine Akte lesen. Mein Jüngster ist eine wandelnde Katastrophe, Inspector."

„Und Sie wissen nicht, um was es bei der Auseinandersetzung zwischen Joe und Mayes gegangen ist?"

Woodly schüttelte den Kopf. „Wie ich Joe kenne, hat er Freddie wahrscheinlich um Geld angehauen, und es schmerzt mich, das sagen zu müssen. Das ist es, was er tut, Tag für Tag schmarotzt er sich durch. Sobald jemand die Schnauze voll hat, macht er beim Nächsten weiter, bis er wieder von vorne anfängt in der Hoffnung, dass alle ein schlechtes Gedächtnis haben. Anscheinend hat er ein Talent dafür, denn obwohl ihm sein Ruf vorauseilt, kommt er irgendwie damit durch."

Janssen grübelte darüber nach. Diese Gegend war nicht sonderlich groß und alles sprach sich schnell herum. Wenn man einmal einen gewissen Ruf hatte, wurde man den nur schwer wieder los.

„Wie war Carl?"

Woodlys Haltung veränderte sich sichtlich, er ließ die Arme herunterhängen und die Hände in den Taschen verschwinden. Er hatte kein Problem damit, über seinen anderen Sohn zu erzählen.

„Stark, tapfer und sehr klug", meinte Woodly mit einem stolzen Lächeln. „Das hat er nicht von mir, ist alles von seiner Mutter. Als Teenager war er ein kleiner Rabauke, aber die Armee hat ihm die Flausen ausgetrieben. Der Dienst hat ihn verändert, er ist als anderer Mann zurückgekommen. Er hat sich in der Zeit gemacht."

„Soweit ich weiß, ist er bei einem Hausbrand umgekommen. Stimmt das?"

Woodly nickte und wurde melancholisch. „Zweifelhafte Elektrik und ein Gasleck. So eine Sache, die einfach nicht passieren dürfte." Er seufzte tief und schüttelte den Kopf. „Ich habe ihm gesagt, er soll einen Neubau kaufen, nicht den alten Häusern vertrauen, und er ist meinem Rat gefolgt. Vielleicht wäre er besser dran gewesen, wenn er ein Altes gekauft und selbst saniert hätte. Ich schätze, lose Kabel findet man überall, was?"

„Das war die Ursache?", erkundigte sich Janssen.

Paul Woodly nickte. „Carl hatte einen draufgemacht. Die Explosion war so enorm ... es ist so schnell gegangen, dass er nichts gespürt hat, immerhin etwas."

„Ich dachte, ich hätte Stimmen gehört", sagte eine Frauenstimme hinter ihnen. Keiner der beiden Männer hatte sie kommen gehört.

„Tut mir leid, Liebes", sagte Paul Woodly. „Das ist Inspector Janssen." Dieser lächelte, als er vorgestellt wurde, Sheila Woodly erwiderte es. „Er möchte zu Joe ... schon wieder."

„Ich weiß nicht, wo er sich herumtreibt", sagte sie.

„Der Inspector hat nach Carl gefragt", sagte Woodly eine Spur weicher. Einen Moment lang verlor seine Frau die Fassung, die immer noch tiefe Trauer wurde sichtbar.

„Es tut mir leid", entschuldigte Janssen sich, als er ihren Gesichtsausdruck sah. „Ich möchte keine alten Wunden aufreißen."

„Nein, nein, bitte, Sie müssen sich nicht entschuldigen", erwiderte Sheila Woodly und lächelte nervös. „Manchmal glaube ich, dass wir Carl nicht mehr oft genug erwähnen. Kommen Sie doch herein, Sie können sein Zimmer ansehen."

Mit einem breiten Lächeln bat sie Janssen nach drinnen.

„Sheila, ich bin sicher, der Inspector hat Besseres zu –"

„Nein, ich würde es gerne sehen", sagte dieser, „natürlich nur, wenn Ihnen das nichts ausmacht?"

Paul Woodly atmete tief durch und breitete die Arme aus. „Tun Sie sich keinen Zwang an."

Aufgeregt signalisierte seine Frau, dass Janssen ihr folgen sollte, und ging mit federnden Schritten voraus ins Haus.

KAPITEL SECHZEHN

Sheila Woodly hielt Tom Janssen die Tür auf und sobald er eingetreten war, eilte die Dame des Hauses zurück zum Herd, um zwei Platten kleiner zu stellen. Der Geruch von duftenden Gewürzen erfüllte den Raum und Janssen bekam ein schlechtes Gewissen.

„Wenn ich ungelegen komme …", setzte er an, doch sie winkte seine Bemerkung ab und drehte sich stattdessen um, ging aus der Küche und bat ihn erneut, ihr zu folgen.

Als er zurückblickte, sah er, dass Paul Woodly sich wieder der Arbeit in der Garage widmete. Janssen holte Sheila Woodly am Fuß der Treppe ein. Die mit Teppich überzogenen Stufen knarrten, als sie nach oben gingen, und als er sich am Geländer festhielt, wackelte es. Im schmalen Flur zweigten vier Türen ab. Hinter einer lag das Badezimmer, das sich im vorderen Teil des Hauses befand, und hinter der nächsten sah er ein Doppelbett. In diesem Schlafzimmer war alles in Himmelblau gehalten. Sheila Woodly führte ihn zu einem der zwei Räume, von denen aus man den hinteren Garten sehen konnte. Beide Türen waren geschlossen und die Frau zögerte, als sie den Griff der rechten umfasste.

Doch sie besann sich, öffnete die Tür und ging einen Schritt zur Seite, damit er eintreten konnte, dann folgte sie ihm gleich nach. Das Erste, das Janssen auffiel, war die jugendliche Einrichtung. An den Wänden hingen mit Klebestreifen befestigte Poster, die sich unter dem eigenen Gewicht wölbten. Anscheinend waren sie schon vor Jahren aufgehängt worden. Sie zeigten ältere Filme, frühere Fußballspieler und militärische Szenen, die eher aus Shooter-Spielen zu stammen schienen als aus der Realität.

An einer Wand befanden sich mehrere Regale, in denen Sporttrophäen standen, und an Haken unter ihnen hingen Medaillen. Janssen ging hinüber und betrachtete sie. Alle trugen Plaketten in Messingoptik mit Inschriften. Die Trophäen selbst waren aus Plastik und teils in Folie verpackt. Im Lauf der Jahre hatte er viele davon gesehen, Preise für Teenager, die von Schulen und Sportteams vergeben wurden.

„Carl war schon immer ein Gewinnertyp", erklärte Sheila Woodly hinter ihm. Lächelnd schaute er sich zu ihr um. „Die Preise wurden ihm schon fast nachgeworfen."

Neben dem Bett befand sich ein kleiner Tisch mit einer Spielekonsole, doch auch diese sah alt aus. Das Einzelbett stand seitlich an der Wand unter dem Fenster, damit der Besitzer möglichst viel Platz im Zimmer hatte. Anscheinend hatte vor Kurzem jemand im Bett geschlafen. Sheila Woodly bemerkte, dass Janssens Blick etwas länger darauf verweilte, und spielte geistesabwesend mit ihrer Halskette.

„Manchmal schlafe ich hier", gestand sie leise. Als er sie anschaute, war ihr diese Enthüllung offenbar peinlich, und er fragte sich, warum sie es überhaupt erwähnt hatte. „So fühle ich mich ihm näher."

Da Janssen keine passende Antwort einfiel, schwieg er und schaute lächelnd weg.

„Kommt Ihnen das seltsam vor, Inspector?"

Ihr Tonfall weckte seine Neugier. Es klang nicht herausfordernd, sondern eher, als würde sie von ihm eine Bestätigung erwarten. Wieder wusste er nicht, was er antworten sollte. Sheila Woodly hatte noch keinen Weg gefunden, um den Verlust ihres Sohnes zu bewältigen. Das war eine Art der Trauer, die er nur schwer verstehen konnte.

„Ich denke, wir alle hängen an Dingen, die uns vielleicht an jemanden erinnern, den wir verloren haben", sagte er. Erneut schaute er sich im Zimmer um. „Nach dem Gespräch mit Ihrem Mann habe ich angenommen, dass Carl ein eigenes Haus hatte."

„Hatte er", bestätigte Sheila Woodly, setzte sich ans Fußende des Bettes und verschränkte die Hände im Schoß. „Seit Carl zur Grundausbildung eingerückt ist, hat er nicht mehr hier gewohnt, nicht mehr wirklich. Manchmal ist er an seinen freien Tagen nach Hause gekommen, aber meistens ist er dann mit Freunden losgezogen. Durch die Armee wurde ihm klar, was die Welt alles zu bieten hatte. Und das hat er nicht hier in Norfolk gesucht."

Janssen neigte den Kopf zur Seite. Das verstand er nur zu gut.

„Wie alt war er, als er eingerückt ist?"

„Ach, Carl hätte sich schon an seinem sechzehnten Geburtstag gemeldet, wenn ich es erlaubt hätte. Sein Vater war natürlich mehr als einverstanden, wahrscheinlich nicht überraschend, wenn man bedenkt, dass er über nichts als die Armee geredet hat, als die Jungs aufgewachsen sind. Ich wusste, dass Carl diesen Weg einschlagen würde, seit er sieben Jahre alt war." Sheila Woodly starrte in die Ferne. Dann zwang sie sich in die Gegenwart zurück. „Ich habe nachgegeben, als er siebzehn geworden ist. Ich dachte, er würde sich ohnehin nicht davon abbringen lassen, und es hätte auch zu nichts geführt, nichts zu tun, nachdem er die Schule abgeschlossen hatte.

Wäre er nicht eingerückt, hätte er vielleicht denselben Weg wie sein Bruder genommen."

„Aber er ist nicht gleich in einen Einsatz geschickt worden, oder?", erkundigte sich Janssen, dafür kam ihm Carl zu jung vor.

„Oh, nein, das konnte er nicht, solange er noch unter achtzehn war. Als er den Dienst quittiert hat, war ich so froh, dass er nach Hause gezogen ist. Nun, zumindest nach Norfolk."

„Hat Sie das überrascht?", fragte er. „Vor allem, weil Sie ja vorhin über die Möglichkeiten gesprochen haben, die die Welt zu bieten hat."

Einen Moment lang dachte Sheila Woodly mit gerunzelter Stirn nach. „Ja und nein. Als er immer seltener zu Besuch gekommen ist, habe ich gedacht, er würde nie mehr nach Hause kommen. Hier hat es nichts für ihn gegeben. Schließlich sind fast alle seine Schulfreunde auf der Suche nach Arbeit oder Vergnügen weggezogen, aber er ist zurückgekommen und ich war dankbar dafür."

„Wie alt war er damals?"

„Er hat mit sechsundzwanzig den Dienst quittiert."

Janssen schaute sich um. Sheila Woodly erriet seine Gedanken.

„Es sieht noch so aus wie damals, als er sich gemeldet hat, Inspector. Wie gesagt, danach ist er kaum hier gewesen und wenn, dann haben ihn die Poster und alles andere nicht gestört. Er ist aus allem herausgewachsen", sagte sie und sah sich um. „Er ist diesem Zimmer, diesem Haus und allen seinen Freunden entwachsen." Sie schüttelte den Kopf. „Aber wenn ich mich an ihn erinnere, dann an diese Zeit. Ich sehe noch immer den Teenager vor mir, der begeistert seinen eigenen Weg gegangen ist, sich der Welt gestellt hat, ich erinnere mich lieber daran als an die ruhelose, abgestumpfte Hülle, die aus Afghanistan zurückgekehrt ist."

Davon hatte Paul Woodly nichts gesagt, was Janssen überraschte. Vielleicht war es nicht nur Sheila Woodly, die noch nicht über den Verlust ihres Sohnes hinweg war.

„Manchmal", fuhr sie fort, „glaube ich, dass das auch ein Grund war, wieso er nach Norfolk zurückgezogen ist, an einen Ort, an dem er sich sicher gefühlt hat. Es war langweilig, aber er war immer sicher. An Ihrem Gesichtsausdruck kann ich sehen, dass Ihnen das alles neu ist, Inspector."

„Mir war nicht klar, dass ich so leicht zu durchschauen bin", erwiderte Janssen.

Sheila Woodly lachte bitte auf. „Ich fürchte, mein Mann verschließt die Augen vor dieser Realität. Er schätzt seine eigenen Erfahrungen so sehr, dass er nicht wahrhaben möchte, dass die seines Sohnes so anders gewesen sind. Verstehen Sie mich nicht falsch, ich bin unglaublich stolz auf Carl, das sind wir alle, aber da draußen zu sein ... das hat ihn verändert. Vielleicht hätte er sich mit der Zeit wieder gefangen, aber ... es hat nicht sein sollen."

„Sagen Sie, hat Carl je über die anderen Mitglieder seines Trupps gesprochen? Über die, die auch nach Norfolk gezogen sind, nachdem sie den Dienst quittiert haben?"

„Ja, die ganze Zeit. Sie haben sich sehr nahegestanden", sagte sie. „Ich nehme an, Sie fragen aus einem bestimmten Grund."

„Hat er jemals Bedenken über sie geäußert, oder Probleme angesprochen, die er hatte?"

„Nein!", sagte Paul Woodly, der an der Schwelle stand.

Weder seine Frau noch Janssen hatte ihn die Treppe heraufkommen gehört und Janssen fragte sich, wie lange er schon im Flur gewartet hatte, bevor er hereingekommen war.

„Nein", wiederholte Woodly, dieses Mal etwas leiser. „Sie waren eine eingeschworene Truppe, die immer aufeinander aufgepasst hat, wie ich Ihnen vorhin gesagt habe."

„Ja, das haben Sie", erwiderte Janssen unbeirrt. „Sie haben einige mit Namen genannt. Wie gut kennen Sie sie persönlich?"

Paul Woodly trat ins Zimmer. Obwohl Sheila Woodly auf dem Bett saß, wirkte das Zimmer klein und beengt, als sie sich nun zu dritt darin aufhielten. Ihr Mann sah sich um, als wäre er zum ersten Mal hier. Wahrscheinlich war es schon längere Zeit her.

„Sie sind eine eingeschworene Gemeinschaft. Jeder kennt jeden", sagte er.

„Haben Sie einen von ihnen in letzter Zeit getroffen?"

„Nein, eigentlich nicht", erwiderte Paul Woodly. Seine Frau machte keine Anstalten, etwas zu sagen, und er sprach ohnehin gleich weiter. „Ich habe mich in diesem Jahr ein paar Mal mit Freddie getroffen. Er wollte Joe wieder Arbeit verschaffen. Ich war sehr erfreut darüber, vor allem, weil Joe ihn davor so im Stich gelassen hat. Ich denke, er hat das aus Respekt für Carl getan. Dasselbe gilt für Greg."

„Greg Ellis?", hakte Janssen nach.

Paul Woodly nickte. „Er ist Ende letzten Sommers mit einem Angebot für Joe vorbeigekommen."

„Was für Arbeit?"

Woodly zuckte mit den Schultern. „Im Clubhaus von seiner Golfanlage, glaube ich. Ich weiß nicht genau, ob hinter der Bar oder in der Küche. Aber es war nicht von Dauer."

„Greg musste ihn entlassen", sagte seine Frau und erntete dafür einen finsteren Blick ihres Mannes. Sie sah ihm direkt in die Augen. „Nun, es macht nicht viel Sinn, es schönzureden, oder? Der Inspector wird Greg ohnehin selbst fragen!"

Seufzend schüttelte Paul Woodly den Kopf. „Ja. Es stimmt." Er wandte sich an Janssen. „Joe wurde beim Stehlen erwischt."

„Aus der Kasse?", erkundigte sich Janssen.

„Nein, schlimmer. Von den Kunden", meinte Woodly niedergeschlagen. „Greg hat sich mit ihnen geeinigt, aber glücklich war er nicht. Das kann man ihm nicht verübeln. Er hat es geschafft, Ihre Leute da rauszuhalten, wofür wir sehr dankbar waren." Er warf einen Seitenblick auf seine Frau, die ihn halbherzig anlächelte. „Joe hat viele Probleme, Inspector. Carls Tod war ein schwerer Schlag für ihn … ein sehr schwerer. Ich glaube, das ist uns nicht ganz bewusst gewesen, nicht wahr, Liebes?"

Sheila Woodly schüttelte den Kopf. „Wir waren so auf uns konzentriert, dass wir nicht bemerkt haben, wie schlimm es für Joe war. Er hatte davor schon Probleme, doch die sind durch Carls Tod nur noch größer geworden. Und ich glaube nicht, dass wir sie schon überwunden haben."

„Wir finden zu viele Entschuldigungen für den Jungen, Inspector", sagte Paul Woodly, während er sich aufrichtete und kurz seine militärische Unnachgiebigkeit durchkam. „Aber ich fürchte, nun ist es zu spät."

Janssen betrachtete die beiden, wie sie ihren Erinnerungen nachhingen.

„Was ist mit den anderen, haben sie sich bei Ihnen gemeldet?"

Paul Woodly schüttelte den Kopf. „Nein, ich könnte mich nicht daran erinnern. Ein paar haben sich in den Tagen und Wochen nach Carls … nach dem Feuer gemeldet. Aber außer Greg und Freddie –"

„Was ist mit John?", fragte Sheila Woodly und hob den Kopf. „Er war ein paar Mal hier."

„John?", hakte Janssen nach.

„John Catton", erwiderte sie und sah ihren Mann an. „Du erinnerst dich doch, Paul."

„Ja, stimmt, er war da", bestätigte Paul Woodly und

schaute nach oben, während er versuchte, sich zu erinnern. „Vor ein paar Monaten, vor Weihnachten, glaube ich."

„Nein, so lange ist das noch nicht her", warf seine Frau ein. Die Berichtigung verärgerte ihn sichtlich. „Das war an Neujahr, da bin ich mir sicher."

Woodly verzog das Gesicht, während er überlegte. „Du könntest recht haben, aber er war nicht lange da. Ich habe ihn schnell wieder weggeschickt."

„Warum", fragte Janssen. „Was wollte er?"

„Ich fürchte, ich habe ihm nicht die Gelegenheit gegeben, sich zu erklären, Inspector. John Catton ist ein seltsamer Kerl, wissen Sie. Ich erinnere mich, dass Carl ihn mitgebracht hat, als sie zurück in die Heimat versetzt worden sind. Schon damals war John ein schräger Vogel. Manche Leute kommen mit Einsätzen zurecht, und andere … nun, sie halten einfach nicht durch. Ich habe das am Balkan selbst miterlebt. Es ist nicht ihre Schuld, das möchte ich hinzufügen, aber das Leben unter solchen Umständen kann einigen Leuten zu viel werden."

„Wollen Sie damit sagen, dass John Catton psychisch labil ist?"

„Ein eindeutigerer Fall wird Ihnen so schnell nicht unterkommen, ja. Der Junge brauchte Hilfe und … ich hoffe natürlich, dass er sie inzwischen erhalten hat, ansonsten ist es aus mit ihm, fürchte ich."

„Und Sie wissen nicht, was er gewollt hat?"

„Geld, schätze ich, so, wie er ausgesehen hat", erwiderte Paul Woodly. „Er hat den Eindruck gemacht, als würde er unter freiem Himmel schlafen. Er hat übel ausgesehen."

„Wir hätten ihm helfen sollen, Paul. Ihn nicht einfach so wegschicken", sagte Sheila Woodly.

„Ich habe getan, was ich für das Beste gehalten habe", meinte ihr Mann nachdrücklich, während er den Kopf in ihre

Richtung neigte, sie dabei aber nicht anschaute. „So, wie John beisammen war … hätte das Joe aufgeregt und er hat schon genug zu bewältigen … wie wir alle."

„Wissen Sie zufällig, wo ich Catton finden könnte?", fragte Janssen, während er sich den Namen notierte. Er blickte von Paul zu Sheila Woodly. Die beiden sahen sich an, dann schüttelten sie den Kopf.

„Tut mir leid, Inspector", meinte Paul Woodly achselzuckend. „Sie könnten die Pubs abklappern … oder vielleicht die Hostels. Eventuell haben Sie Glück. Er ist nicht von hier, möglicherweise ist er weitergezogen. Wer weiß?"

„In Ordnung, danke. Von wo stammt er?"

„Aus Schottland", antwortete Paul. „Mitte des Landes. Fife, wenn ich mich richtig an das erinnere, was Carl erzählt hat, aber das ist lange her."

„Können Sie mir den Mann beschreiben?"

„Knapp einen Meter achtzig, schlank, vor allem jetzt. Braune Haare, wilder Blick … Sie würden ihn bestimmt erkennen, wenn Sie ihm über den Weg laufen würden."

„Okay, vielen Dank", sagte Janssen. Er nahm eine Visitenkarte heraus und gab sie Paul Woodly. „Wenn er noch einmal auftaucht, rufen Sie mich bitte an, und ich muss trotzdem auch noch einmal mit Joe reden. Wäre prima, wenn er mich anrufen könnte, damit ich ihm nicht nachlaufen muss. Wie gesagt, er ist kein Verdächtiger, aber ich muss mit ihm sprechen."

Die beiden nickten und Paul Woodly zeigte mit der Visitenkarte auf Janssen.

„Ich werde mein Bestes für Sie geben, Inspector."

KAPITEL SIEBZEHN

Paul Woodly trat von der Veranda zurück ins Haus und schloss die Tür. Am Fuß der Treppe wartete Sheila auf ihn, die Arme hatte sie ablehnend vor der Brust verschränkt. Er hielt inne und sah ihr kurz in die Augen, doch keiner der beiden sprach ein Wort, stattdessen atmete er tief durch, bevor er in die Küche ging.

„Du hättest mehr sagen sollen."

Vor dem Eingang zur Küche blieb Paul wie angewurzelt stehen. Er drehte sich nicht um, fühlte aber den Blick seiner Frau im Nacken.

„Und was hätte ich sagen sollen … und noch dazu ausgerechnet der Polizei?"

„Die Wahrheit wäre ein guter Anfang gewesen."

Als er sich schließlich umdrehte, stand sie ihm gegenüber im Flur, den Rücken der Eingangstür zugewandt. Noch immer hatte sie die Arme verschränkt. Ihre Haltung ärgerte ihn. Ihre ganze Einstellung ärgerte ihn, aber er schluckte die Bemerkung, die ihm als Erstes einfiel, hinunter.

„Was soll das jetzt heißen?"

„Das weißt du ganz genau", sagte sie und ließ die Arme

sinken. „Du weißt, dass Johnny vor Kurzem hier war. Warum hast du deswegen gelogen?"

„Ich habe nicht gelogen", erwiderte Paul, obwohl seine Stimme auch in seinen Ohren wenig überzeugend klang. Er schüttelte den Kopf. „Ich habe es vergessen, das ist alles."

Mit zur Seite geneigtem Kopf starrte Sheila ihn an. Sie kannte ihn besser als jeder andere, das hatte sie immer.

„Was hat Johnny gewollt?"

„Hab' ich doch gesagt, Geld. Catton ist ein Schatten seines früheren Selbst und würde wahrscheinlich alles, was wir ihm geben, für Drogen verschwenden. Er ist nicht mehr derselbe Kerl, den Carl uns vorgestellt hat, Sheila, das musst du verstehen."

„Trotzdem hättest du ihm helfen sollen", meinte sie mit abgewandtem Blick. „Für Carl, wenn schon aus keinem anderen Grund."

Nun klang sie weniger aggressiv, sie war nicht mehr auf Streit aus. Dafür war ihr Mann dankbar.

„Was auch immer wir für ihn getan hätten, es wäre nie genug gewesen. Verstehst du das nicht?"

Seufzend verdrehte Sheila die Augen, was sie immer tat, wenn sie nicht seiner Meinung war.

„Außerdem", fuhr er fort, „dass ausgerechnet du auf die Wahrheit pochst."

„Was soll das heißen?"

Sie nahm wieder eine ablehnende Haltung ein.

„Du siehst Carl noch immer durch eine rosa Brille. Er ist nicht so, wie du ihn haben willst, nicht mehr."

„Weil er tot ist, Dad."

Als Paul sich umdrehte, stand Joe hinter ihm. Er wusste nicht, wie lange sein Sohn schon da war. Unter dem wachsamen Blick seines Vaters schien Joe in sich zusammenzusinken und trat nervös von einem Fuß auf den anderen. Paul konzentrierte sich auf seinen Sohn, kniff die Augen zusammen und ging vom Flur in die Küche und auf ihn zu. Daraufhin trat Joe einen halben Schritt zurück.

„Das ist mir durchaus bewusst, Junge", sagte er. „Ich erinnere mich jeden Tag daran, wenn ich aufwache … und wenn ich dich sehe."

„Es reicht, Paul!", sagte Sheila, als sie hinter ihm die Küche betrat.

„Tut es das?", fragte Paul und drehte sich zu ihr um. Langsam hob er die Hand und zeigte mit ausgestrecktem Finger auf Joe, ohne ihn anzusehen. „Carl war nicht mehr derselbe, als er zurückgekommen ist, nicht nach Afghanistan. Aber er war trotzdem noch zweimal mehr Mann, als der hier jemals sein wird."

Sheila sah an ihm vorbei zu Joe, der noch kleiner geworden war.

„Das ist nicht fair", sagte sie, „und das weißt du."

„Nein, es ist nicht fair, dass ich …", er warf einen Seitenblick auf Joe, „dass *wir* uns anhören *müssen*, wie du uns jeden Tag daran erinnerst, wie toll Carl war. Es stimmt einfach nicht und das hat es vermutlich auch nie."

„Du hast ihn geliebt!"

„Ja, das habe ich … und das tue ich immer noch, Sheila, aber ihn die ganze Zeit besser zu machen, als er war …", er deutete nach oben, „und einen verdammten Schrein für ihn zu errichten, das ist völliger Blödsinn. Wir müssen einen Schlussstrich ziehen. Er wird nicht zurückkommen, weißt du. Du musst mehr von deinen Tabletten nehmen, Sheila."

Seine Frau trat vor und verpasste ihm eine Ohrfeige. Wut kochte ihn ihm hoch und er ging mit erhobener Hand auf Sheila zu. Jemand umklammerte sein Handgelenk, hielt ihn zurück und davon ab, es ihr mit gleicher Münze zurückzuzahlen. Als Paul herumwirbelte, ließ Joe sofort los und trat einen Schritt zurück.

„Nicht, Dad", sagte er kleinlaut mit abgewandtem Blick.

Paul sah die Angst in den Augen seines Sohnes und gleichzeitig auch denselben Trotz wie bei seiner Mutter. Joe kam definitiv nach ihrer Seite, nicht nach seiner Familie. Paul senkte die erhobene Hand und als er sich zu seiner Frau umdrehte, verrauchte seine Wut, stattdessen schämte er sich, dass er beinahe die Beherrschung verloren hatte.

„Es bringt nichts, immer nur in der Vergangenheit zu leben", sagte er leise. Dann drehte er sich zu Joe um und bedachte ihn mit einem wütenden Blick. „Du brauchst für mich nicht zu kochen. Ich habe keinen Hunger. Ich bin in der Garage, wenn mich jemand braucht."

Paul ging los und blieb neben Joe stehen. Nachdem er Janssens Visitenkarte aus der Tasche gezogen hatte, gab er sie seinem Sohn, der sie zögernd nahm.

„Was ist das?", fragte Joe.

„Der Inspector will mit dir reden", sagte Paul kühl. „Ich schlage vor, du rufst ihn lieber früher als später an. Und pass auf, was du sagst, Junge. Er ist schlau. Viel schlauer als du."

Joe warf einen kurzen Blick auf die Karte, dann auf seine Mutter und schließlich auf den Rücken seines Vaters. Als Paul die Tür erreichte, schaute er sich zu ihnen um und legte dabei eine Hand auf den Rahmen.

„Ich glaube, sie suchen nach jemandem, dem sie Freddies Tod in die Schuhe schieben können", sagte er und sah seinem Sohn in die Augen. „Nichts leichter als das bei einem Junkie, mit dem sie noch ein Hühnchen zu rupfen haben."

Joe sah weg und Paul verließ wortlos die Küche. Vielleicht war er zu hart mit Joe umgesprungen, heute und früher, weil er von ihm erwartet hatte, mehr wie sein älterer Bruder zu sein. Das war nicht fair. Die beiden waren aus einem anderen

Holz geschnitzt und Joe konnte das einfach nicht. Offensichtlich besaß er dieselbe Motivation und Entschlossenheit, doch diese zeigten sich auf andere Weise, nämlich in geschickten Täuschungen, Manipulation und Selbsttäuschung. Eigennützige Charakterzüge, wie sie bei Drogenabhängigen auf der ganzen Welt zu finden waren. Als er die Garage betrat, ließ er die Tür zuknallen.

Von einer der Werkbänke nahm Paul einen Lappen, der verloren im Sägemehl lag. Er schüttelte ihn aus, bevor er ihn zusammenknüllte und auf die andere Seite der Werkbank warf. Dann legte er die Hände flach auf die Arbeitsfläche, starrte auf den Boden und schloss die Augen.

„Warum musste es so kommen, Carl?", flüsterte er zu sich selbst.

KAPITEL ACHTZEHN

Tom Janssen hielt sich mit beiden Händen am Bauzaun fest, während er den Bereich dahinter betrachtete. Das eingezäunte Gebiet war recht groß, er schätzte es auf etwa zweitausend Quadratmeter. Darauf befanden sich größtenteils Büsche, Steine und zerbrochene Ziegel. Da und dort spross Unkraut, teilweise war es gut einen halben Meter hoch und blühte. Wahrscheinlich wegen des wechselhaften Wetters in der letzten Zeit, in der es manchmal eiskalt und dann wieder ungewöhnlich warm gewesen war.

Die Umzäunung diente der Sicherheit und dem Schutz. Allerdings gab es hier nichts, was sich zu stehlen lohnte. Die Schutthaufen hatten für niemanden einen Wert und es war unwahrscheinlich, dass hier jemand sein Lager aufschlagen würde. Tom hob einen der Bauzäune aus dem Betonblock und schlüpfte durch die Lücke auf das Grundstück. Als er zurück zum geparkten Auto sah, beendete Cassandra Knight einen Telefonanruf und warf einen Blick auf den Bildschirm, bevor sie das Handy wieder in die Tasche steckte und zu ihm den Hügel heraufkam. Mit der Hand zeigte Tom auf die Lücke im Zaun und gleich darauf stand Cassandra neben ihm.

„Hübsche Lage", sagte sie, während sie sich umdrehte und seinem Blick folgte.

Sie hatte recht. Von ihrem Standort, an dem der Eingang zum Haus gewesen sein musste, hatten sie einen Ausblick auf das Meer und die Küste in Richtung Norden. An diesem Tag wehte ein starker Wind von der Nordsee zu ihnen und hatte die Wolken landeinwärts getrieben. Im Moment war der Himmel wolkenlos und die Sonne schien, doch wegen des Windes wurde es ihnen nicht warm.

„Was hat das Immobilienbüro gesagt?", erkundigte sich Tom.

Am Zaun rund um das Grundstück hingen mehrere „*Zu verkaufen*"-Schilder. Das Gelände befand sich in erstklassiger Lage mit einem herrlichen Blick auf die Küste, doch offenbar hatte es in den letzten zwei Jahren niemand gekauft.

„Es hat Interessenten gegeben und man glaubt, dass es bald schon Angebote geben wird", las sie ihre Notizen vor.

„Irgendwelche Informationen, wieso es bis jetzt dauert? Normalerweise wird ein Grundstück wie dieses verkauft, lange bevor es auf den offenen Markt kommt."

In Norfolk war es schwierig, an eine Baugenehmigung zu kommen. Durch die vorwiegend landwirtschaftlich geprägten kleinen Gemeinschaften wurde die Grundstücksentwicklung eingeschränkt. Jede lokale Gemeinde verfügte über einen Bebauungsplan, doch die oft angeforderten Genehmigungen wurden selten gewährt, um die Verstädterung einzudämmen. Cassie sah sich um.

„Das Gerichtsverfahren hat die Sache verzögert. Anscheinend hatte Carl Woodly keine ausreichende Versicherungsdeckung für die Bauarbeiten und das hat zu einem Streit zwischen der Bank und den Anwälten geführt, die als Nachlassverwalter für Woodlys Grundbesitz agieren."

„Was für eine Art Streit?"

„Woodly hat eine Eigenbau-Hypothek aufgenommen, der Kreditgeber streckt die Etappen-Zahlungen für den Bau vor. Irgendwo in diesem Verfahren hat jemand versäumt, die Unterlagen zu prüfen und ordentlich zu unterschreiben", sagte Cassie, nachdem sie ihre Notizen gelesen hatte. „Wahrscheinlich hätte das keiner bemerkt, wenn er weiter pünktlich zurückgezahlt hätte, aber durch das Feuer und Woodlys Tod ist es aufgeflogen."

Tom stieg über den Schutt, kaum mehr als trockene Erde und Betonstücke. Die Fundamente waren teilweise noch erkennbar, doch der Großteil des Hauses war abgerissen worden, wahrscheinlich weil es nach dem Feuer nicht mehr sicher gewesen war.

„Was wissen wir über den Brand?", fragte Tom.

Cassandra folgte ihm nicht, während er durch das frühere Hausinnere ging. Sie steckte ihr Notizbuch ein und die Hände in die Taschen, um sie vor dem kalten Wind zu schützen.

„Auch dabei gibt es einige Zweifel", sagte sie. „Der Ermittler der Feuerwehr hat zu Protokoll gegeben, dass wahrscheinlich ein elektrischer Defekt, ein Kurzschluss im Sicherungskasten irgendwann in den frühen Nachtstunden schuld war. Das Feuer hat dann um sich gegriffen und den Gasanschluss erwischt. Die nachfolgende Explosion hat einen Großteil des Gebäudes zerstört, bevor die Einsatzkräfte gekommen sind."

„Was hat der Gerichtsmediziner zur Todesursache gesagt? War es die Explosion oder das Feuer?"

„Unmöglich zu sagen. Es war nicht genug von Woodly übrig für eine Autopsie. Das Hauptschlafzimmer lag über dem Haustechnikraum, in dem die Explosion stattgefunden hat. Nachdem das Feuer unter Kontrolle war, hat man DNA-Proben aus der Ruine gesammelt. So haben sie festgestellt, ob er tatsächlich im Haus gewesen ist, außerdem gab es Augenzeugen, die gesagt haben, ihn kurz davor im Haus gesehen zu haben."

„Also gibt es eigentlich keine sterblichen Überreste?"

Cassandra schüttelte den Kopf.

„Du hast gesagt, dass es Zweifel gegeben hat."

„Ja, der Gerichtsmediziner hat wegen des Feuers und der Explosion einen Unfalltod angegeben. Die Versicherung hätte für die Hypothek und die Neubaukosten zahlen sollen, aber sie wollte das selbst untersuchen. Kein Wunder, schließlich hat für sie insgesamt fast eine halbe Million auf dem Spiel gestanden. Ihre unabhängige Untersuchung ergab einen Verdacht auf Brandstiftung und deshalb hat sie nicht gezahlt. Weißt du, zu welchem Schluss die Polizei damals gekommen ist?"

Tom zuckte mit den Schultern. „Das war vor meiner Zeit. Eric hat sich das vorhin für mich angesehen und es gab keine Ermittlungen. Er erinnert sich vage daran, aber er war da noch beim Streifendienst. Laut Feuerwehr war es ein Unfall, daher gab es für die Polizei nichts zu tun. Sag mal, konnte die Versicherung Beweise für eine Brandstiftung finden?"

„Sie hat genug Ungereimtheiten gefunden und ist hart geblieben. Das Immobilienbüro hat eine Beschwerde beim Ombudsmann der Finanzdienstleistungsaufsicht eingereicht, aber inzwischen hatte der Kreditgeber einen Pfändungserlass auf das Grundstück beantragt. Dieser wurde letzten Monat vom Gericht gewährt und deshalb ist es nun zu verkaufen."

Geistesabwesend rieb sich Tom das Kinn, während er das Gelände betrachtete.

„Ein Grundstück wie dieses … muss über zweihunderttausend Pfund wert sein, oder?", sagte er.

Cassandra nickte. „Der Makler meinte, dass sie mehr bekommen könnten, da die Leitungen schon verlegt sind. Warum? Was denkst du?"

Stirnrunzelnd sah Tom sie an. „Wie kann ein Ex-Soldat wie

Woodly sich den Bau eines solchen Hauses leisten? So, wie ich das verstehe, muss man selbst bei einem Eigenbau-Kredit ein wesentliches Eigenkapital haben. Eine Bank würde nicht alles finanzieren, das Risiko wäre zu hoch."

„Ich frage mich, ob Fred Mayes etwas damit zu tun gehabt hat", sagte Cassie. Die Bemerkung weckte Toms Interesse und er zog fragend eine Augenbraue hoch. „Das Bauunternehmen von Mayes war der Hauptauftragnehmer."

„Freundschaftspreise ... und frisierte Zahlen?", fragte Tom.

Cassandra neigte den Kopf zur Seite. „Das wäre natürlich möglich. Sie waren eng befreundet. Mayes hat Joe Woodly Arbeit angeboten und so weiter. Klingt logisch."

„So, wie die Möglichkeit, am Material zu sparen, um die Kosten zu senken."

„Laut den Dokumenten hat die Bauaufsicht jede Phase unterschrieben und alle Anschlüsse sind von qualifizierten Facharbeitern durchgeführt worden. Allerdings hat das Timing Verdacht erregt. Die Tinte auf der Abschlussgenehmigung, mit der das Haus offiziell als fertiggestellt galt, war kaum trocken, als das Feuer ausgebrochen ist."

„Sie haben es für Betrug gehalten", überlegte Tom laut. „Wer war der Begünstigte?"

„Nur Carl ... oder im Fall seines Todes der nächste Angehörige."

„Hat er ein Testament hinterlassen?"

Cassandra schüttelte den Kopf. „Das muss ich nachprüfen. Aber ich weiß, dass er unverheiratet war und allein gelebt hat. Darum waren sie sich auch so sicher, dass er die Person im Haus war. Alle haben gesagt, dass er allein hier gelebt hat und keine Freundin hatte."

„Angesichts der aktuellen Ereignisse müssen wir die Ermittlungen zum Hausbrand überprüfen, denke ich", sagte Tom und biss sich auf die Unterlippe. „Wir haben Fred Mayes und Andrew Lewis verloren. Und davor ist Carl Woodly im Feuer umgekommen. Das macht drei … was für ein unglücklicher Haufen."

„Aber da liegt einiges dazwischen, nicht nur zeitlich, sondern auch was den Modus Operandi betrifft. Ich meine, Mayes und Lewis sind knapp nacheinander und auf sehr öffentliche Art und Weise ermordet worden im Vergleich zu einem unbeobachteten Tod bei einem Hausbrand, verstehst du, was ich meine?"

Langsam nickte Tom. „Ja, ich verstehe. Aber was, wenn unser Mörder sich erst dazu durchringen musste, erst Selbstbewusstsein getankt hat, oder vielleicht hat Woodlys Tod nicht die gewünschte Befriedigung verschafft. Du hast das sicher schon mal erlebt, da kann man es nicht erwarten, jemandem eins auszuwischen, dann schafft man es endlich und ist danach ganz und gar nicht zufrieden damit."

„Also glaubst du, dass der Mörder kreativer geworden ist?"

„Möglicherweise", sagte er und holte tief Luft. „Außerdem sieht es nach nicht mehr als einer Annahme aus, dass Woodly während der Explosion tatsächlich im Haus war. Ich hätte nichts dagegen, mir die Probe anzusehen, mit der sie den DNA-Test durchgeführt haben."

Während Cassie ihn anstarrte, kniff sie die Augen zusammen. „Du glaubst also, dass Carl nicht drinnen war?" Sie überlegte, welche Konsequenzen das haben könnte. „Als Nächstes deutest du noch an, dass Carl Woodly wieder da ist und sich aus dem Grab heraus rächt."

Bei dieser Bemerkung lächelte Tom, winkte sie aber nicht ab. Cassie klappte den Mund auf.

„Das meinst du nicht ernst?"

„Kümmern wir uns erst um die Grundlagen. Überprüf Carl Woodlys Finanzunterlagen und schau nach, wie er das finanziert hat", sagte Tom mit einer weit ausholenden Geste. „Und wenn du schon dabei bist, überprüf nochmal sein Girokonto, die Ersparnisse, Kreditkarten, Gesprächsdaten vom Mobilfunkanbieter … alles. Stell sicher, dass er nicht wieder aufgetaucht ist, nachdem er eigentlich hätte tot sein sollen. Tatsächlich wäre ein wiederauferstandener Geist ein besserer Verdächtiger als alle, die wir im Moment haben."

„Du meinst es *wirklich* ernst", sagte Cassie.

„Verdammt richtig", erwiderte Tom. „Erinnerst du dich an den *Kanu-Mann*?"

Cassandra musste zugeben, dass so etwas tatsächlich möglich wäre. Der Fall hatte das Land erschüttert, ein angeblich toter Mann, dessen Lebensversicherung bereits gezahlt hatte, tauchte Jahre später lebendig und gesund wieder auf, er hatte ein neues Leben in Panama angefangen. Mithilfe seiner Frau hatte er einen tödlichen Unfall mit dem Kanu vorgetäuscht. Nicht einmal ihre Kinder hatten davon gewusst.

„Wenn wir schon die Finanzen von Carl Woodly überprüfen, sollen wir auch die verbleibenden Mitglieder des Trupps durchleuchten? Wenn ein finanzielles Motiv dahintersteckt, würde es Sinn machen, wenn die anderen auch mit drinstecken."

Tom überlegte. „Es gibt einen Kameraden, der anscheinend keinen Zugang zum großen Geld hat."

„Du denkst an diesen Catton, oder?", fragte Cassandra und blickte von ihren Notizen hoch. „Ich habe Eric gesagt, er soll nach Sheringham fahren, wo der Streit stattgefunden hat, vielleicht findet er Videoaufzeichnungen. Der uniformierte Beamte hat sich nicht darum gekümmert, da niemand eine Klage erheben wollte, und beide Männer haben nur eine Verwarnung erhalten. Es ist mitten am helllichten Tag im Stadtzentrum passiert. Heutzutage muss jemand etwas auf Kamera festgehalten haben."

Tom sah auf die Uhr. Mit ein bisschen Glück hatte Eric seine Suche schon erfolgreich beendet.

„DA KOMMEN SIE", sagte Eric und zeigte auf den Bildschirm.

Als Tom und Cassandra das Einsatzzimmer betreten hatten, hatte Eric vor seinem Computer gesessen. Er wollte ihnen unbedingt die Aufzeichnungen zeigen.

„Das ist definitiv Joe Woodly", sagte Tom, der sich mit einer Hand am Tisch des Detective Constables abstützte und sich herunterbeugte. Das Video war nicht sonderlich gut, da es mit einer Kamera mit geringer Auflösung am anderen Ende der Straße aufgenommen worden war, daher hatten sie nur eine körnige Schwarz-Weiß-Aufzeichnung. Die Personen im Bild standen mindestens fünfunddreißig Meter entfernt, wenn nicht mehr. „Mit wem redet er da?"

Eric schüttelte den Kopf. „Keine Ahnung, aber sieh dir sein Aussehen an. Er fällt auf."

Trotz der schlechten Qualität stach der Mann, mit dem Woodly sprach, hervor. Seine schulterlangen, gelockten Haare standen ihm in alle Richtungen vom Kopf ab. Seine gesamte Erscheinung wirkte ungepflegt und schmuddelig.

„Denkst du, das könnte der Kerl sein, von dem die Woodlys geredet haben, dieser John Catton?", fragte Cassie.

„Er passt auf die Beschreibung", erwiderte Tom.

„Jetzt kommt's", unterbrach Eric. „Das da ist Fred Mayes."

In diesem Moment kam Mayes von rechts ins Bild. Schon als er auf der anderen Straßenseite zu sehen war, gestikulierte er wild in Richtung der beiden anderen. Sie sahen ihm zu, wie er direkt auf diese zu marschierte und dann Joe Woodly aggressiv wegschubste. Dieser versuchte gar nicht erst, sich zu wehren, verlor sofort die Balance und schirmte seinen Körper mit den Armen vor einem Angriff ab. Allerdings attackierte Mayes ihn nicht.

„Wow. Fred Mayes ist ja nicht gerade zimperlich", murmelte Cassie.

Dann wandte sich Mayes an den anderen Mann, packte ihn mit beiden Händen an der Jacke und zog ihn näher zu sich heran, obwohl der andere versuchte, sich aus dem Griff zu befreien. Fred Mayes hatte den Vorteil, um einiges größer zu sein als die beiden anderen.

„Was macht Woodly da?", fragte Tom. Der junge Mann kroch nach hinten und sah dem Handgemenge zu, unternahm aber keinen Versuch, sich einzumischen.

„Das ist nicht das, was er uns letztens erzählt hat", sagte Cassandra. „Er hat gemeint, dass Fred Mayes einen Obdachlosen aufgemischt hat und er sich genötigt gesehen hat, einzuschreiten."

„Sieht eher so aus, als würden sie sich kennen und Fred Mayes hat es nicht gefallen, dass sie sich unterhalten haben", warf Tom ein.

„Ja", meinte Eric, hielt das Video an und zeigte auf die beiden kämpfenden Männer. „Er und Mayes reden miteinander. Sie kennen sich höchstwahrscheinlich. Auch Joe Woodly. Im Video ist zu sehen, wie sich ein paar Minuten lang unterhalten, bevor Fred Mayes auftaucht. Sie kennen sich ganz bestimmt, das sieht man."

Tom richtete sich auf. „Würde Sinn ergeben, wenn das Catton ist. Das würde erklären, wieso sie sich kennen. Hast du Catton schon überprüft?"

Eric griff nach links und zog eine Akte aus der Ablage neben dem Bildschirm. Er öffnete sie und überflog die erste Seite.

„John Eoghan Catton, geboren in der Grafschaft Fife. Er

war Teil eines vorgelagerten Erkundungstrupps im Afghanistan-Krieg. Keine Vorstrafen, keine Verurteilungen."

„Haben wir eine Adresse?"

„Nein", sagte Eric kopfschüttelnd. „Aber ich habe gestern Abend bei Freunden herumgefragt, nachdem du angerufen hast. An dem alten Campingplatz, du weißt schon, der den alten Weg von Brancaster hoch, lebt ein Kerl."

Tom nickte. Er war beeindruckt. Nur anhand des Gesprächs vom Vorabend nach dem Besuch bei den Woodlys und mithilfe einiger Freunde hatte Eric einen Hinweis erarbeitet. Seine Verbindungen mit den Einheimischen überraschten Tom immer wieder. „Ja, ich dachte, der wäre verlassen."

„Ich auch, aber anscheinend ist er es nicht. Der Kerl ist ein Veteran und in der Stadt hat er einen gewissen Ruf."

„Was für einen Ruf?"

„Dass er … ein bisschen verrückt ist, nicht, dass er jemals irgendetwas völlig Abwegiges gemacht hat. Zumindest konnte niemand sagen, dass er was angestellt hätte. Manche der Jungs nennen ihn den *Mörderischen John*."

„Interessant, vor allem, weil wir ja mit Morden zu tun haben", meinte Cassie mit einem bitteren Lächeln.

„Ich denke, das ist ein und derselbe Mann, nicht wahr?", fragte Eric, während er von Cassandra zu Tom blickte.

„Wahrscheinlich, ja", sagte Tom. „Fragen wir ihn mal, was er zu sagen hat."

KAPITEL NEUNZEHN

Tom Janssen parkte den Wagen am Straßenrand, doch bevor er ausstieg, sah er lächelnd zu Cassandra hinüber.

„Ab hier gehen wir zu Fuß weiter."

Cassie Knight blickte sich um. Rund um sie standen nebeneinander kleine Bungalows aus den Sechzigern mit gepflegtem Rasen, einer sah aus wie der andere. Sie war verwirrt.

„Wo sind wir?", fragte sie.

Sie waren nach Brancaster gefahren, einem der kleinen Dörfer entlang der Hauptstraße an der Küste. Tom kannte sich in der Gegend aus und hatte sofort gewusst, wo dieser Campingplatz war, als Eric ihn beschrieben hatte.

„Komm", sagte er und stieg aus. Cassie tat es ihm gleich und Tom zeigte auf einen Weg zwischen zwei Bungalows. Eigentlich war es mehr ein Pfad als ein Weg, von landwirtschaftlichen Fahrzeugen geschaffen, allerdings schien er länger nicht befahren worden zu sein. In den Furchen, die die Traktoren in den Boden gegraben hatten, wuchs nun Gras, und da es keine frischen Reifenspuren gab, wurde der Pfad dieser Tage vermutlich eher von Hundehaltern und Mountain-Bikern genutzt.

Der Pfad führte hinter die Häuser und nach wenigen Minuten befanden sich die beiden inmitten von offenen Feldern. Links und rechts neben dem leicht ansteigenden Weg wuchsen Hecken. Nach einer Kurve ging es zwischen Hecken und Bäumen fast schnurgerade weiter. Die Küstenstraße lag etwa auf Höhe des Meeresspiegels, zwischen ihr und dem Meer befand sich das Naturschutzgebiet, doch an der Südseite der Straße ging es beständig aufwärts zu einer aufragenden Anhöhe, die von Osten nach Westen verlief.

Links von ihnen kamen hinter jahrhundertealten Bäumen mehrere kleine, verfallene Scheunen in Sicht. Cassandra schaute hinüber und Tom blieb stehen, um auf den hinter ihnen liegenden Weg zu blicken. Von ihrer Position aus konnten sie nun bis zum Meer und den Wellenkämmen in der Ferne sehen, auf denen sich das Sonnenlicht brach. Cassandra und Tom setzten ihren Weg fort, sie waren fast am Ziel.

Fast ganz oben auf der Anhöhe, in einer dank der umgebenden Bäume geschützten Lage, konnten sie das behelfsmäßige Lager am Wegesrand erkennen. Hier standen fünf Fahrzeuge und keines davon war fahrtüchtig. Die meisten hatten platte Reifen und sahen so aus, als würden sie hier seit Jahren stehen. Die Fenster waren von grünen Algen überzogen, auf denen trockene Blätter klebten, und bei vielen wuchs Moos an den Fensterrahmen und Scheibenwischern. Das erste Fahrzeug, an dem sie vorbeikamen, war ein alter Kleinwagen von Nissan. Die Risse in den Vinyl-Sitzen waren so tief, dass die Polsterung herausquoll. Im Inneren lag Müll, verschiedene alte, so stark verblichene Verpackungen, dass nach den Jahren in der Sonne die Aufschriften kaum noch zu entziffern waren.

Als Nächstes kam ein alter, hoher Lieferwagen der Post. Das traditionelle Rot der Royal Mail war im Laufe der Zeit verblasst und verfärbt. Sämtliche offiziellen Kennzeichnungen waren entfernt worden, wahrscheinlich, als man das Fahrzeug ausgemustert und verkauft hatte. Es musste zum letzten Mal in den Fünfzigern oder Sechzigern auf der Straße gewesen sein, da Tom sich nicht erinnern konnte, je einen solchen Wagen gesehen zu haben. Dahinter stand ein kleiner Wohnwagen. An den Fenstern hingen Vorhänge, die ehemals elfenbeinfarben oder weiß gewesen, nun aber braun verfärbt waren. Sie schirmten das Innere vor fremden Blicken ab. Hinter dem Wohnwagen befanden sich zwei weitere Autos, eine Limousine und ein Mini-Van, die beide in einem ähnlich verfallenen Zustand waren. Tom und Cassandra sahen sich an.

Cassie zog die Augenbrauen hoch und atmete laut aus. „Das ist es? Ehrlich gesagt, habe ich mehr erwartet."

„Was hast du dir vorgestellt? Festgebundene Ponys und Kinder, die fangen spielen?", fragte er.

Sie grinste breit. „Tja, jetzt, wo du es erwähnst, ja, das hätte meinen Erwartungen entsprochen."

Auch Tom grinste. In den Büschen neben ihnen raschelte es und ein kleiner Hund tauchte auf. Sein Fell war überwiegend weiß mit schwarz-brauner Zeichnung im Gesicht und er sah wie ein Jack-Russel-Terrier aus, nur dass er dafür zu lange Läufe hatte. Vermutlich ein Mischling, aber Tom hatte keine Ahnung, was da noch dabei war. Der Hund hielt inne, legte den Kopf schief und betrachtete sie eine Sekunde lang, bevor er ungefähr in ihre Richtung kläffte, die Flucht ergriff und unter dem Wohnwagen außer Sicht verschwand.

Janssen ging ihm nach und hob die Faust, um an die Tür zu klopfen. Bevor er allerdings dazu kam, öffnete diese sich bereits und der Mann dahinter betrachtete die beiden Detectives misstrauisch. Janssen musterte ihn. Er war groß, schlank und hatte hellbraune Haare. Der Bart war sicher über mehrere Wochen ungehindert gewachsen, insgesamt sah der Mann unordentlich und schmuddelig aus und wirkte, als hätte er seit

Wochen nicht mehr richtig geschlafen. Während er hörbar die Nase hochzog, wanderte sein Blick von Janssen zu Knight, die links hinter dem Inspector stand.

„John Catton?", fragte der DI, obwohl er sich sicher war, dass das der Mann vom Überwachungsvideo war. Cattons Blick richtete sich wieder auf ihn, während er mühsam schluckte und nickte.

„Aye. Was gibt's?"

„Polizei", sagte Janssen und tastete nach seinem Dienstausweis.

„Ja, das ist offensichtlich", erwiderte Catton. Der Inspector und die DS schauten sich an. „Sie beide seh'n nicht wie Wanderer aus und ich treff' hier nur wenige Leute, die ihren Hund in so einem Aufzug ausführen. Außerdem hab' ich keinen Hund gesehen. Zumindest keinen außer meinem."

In diesem Moment schlüpfte der Terrier unter dem Wohnwagen hervor, ignorierte den Inspector, raste die Stufen hoch und zwischen Cattons Beinen hindurch ins Innere. Janssen zeigte dem Mann seinen Dienstausweis.

„Ich schätze nicht. DI Tom Janssen." Er deutete auf seine Kollegin. „Das ist DS Knight. Niedlicher Hund."

Catton schaute zurück nach drinnen, vermutlich zum Hund, doch Janssen konnte ihn nicht sehen. „Aye, stimmt schon."

„Wie heißt er?", fragte Janssen unverfänglich.

„Bester Freund Des Menschen."

„Ist das ein Name oder eine Feststellung?"

Catton zog eine Augenbraue hoch. „Beides."

Janssen nickte. Zwar war das unkonventionell, allerdings traf dieses Wort auf alles hier zu, wenn er sich an diesem verfallenen Ort so umsah. „Wenn Sie nichts dagegen haben, würden wir gerne mit Ihnen reden."

„Um was es auch geht, ich möchte zu Protokoll geben, dass ich es nicht getan habe." Mit gerunzelter Stirn schaute er vom Inspector zur DS und wieder zurück.

„Können wir uns drinnen unterhalten?", fragte Janssen.

Wieder schaute Catton zurück nach drinnen und blockierte mit seinem Körper Janssens Sicht. Er schüttelte den Kopf, griff nach einer Jacke und trat aus dem Wohnwagen.

„Nö. Ich hab' nich' mit Besuch gerechnet. Die Haushälterin war noch nicht da, also ist es vermutlich besser, wenn wir uns hier draußen unterhalten."

Nachdem er die Tür des Wohnwagens geschlossen hatte, ging er auf die Rückseite. Dort stand ein zusammenklappbarer Campingstuhl vor einer behelfsmäßigen Feuerschale, die nicht mehr war als ein altes Metallfass auf ein paar Ziegeln, in das mehrere Löcher geschlagen worden waren, damit Luft zum Feuer kam, und einer eingehängten Metallschale für das Brennholz. Das Äußere war völlig verrostet und das Innere schwarz vor Ruß.

Janssen schaute sich um. „Ich habe gedacht, dieser Platz wäre seit langem verlassen."

„Nicht ganz", sagte Catton. „Ich bin der Letzte, der noch die Stellung hält ... oder sich hierher zurückgezogen hat ... was auch immer." Er neigte den Kopf zur Seite und lächelte über seinen eigenen Witz. Knight kam zu ihnen herüber und lehnte sich mit den Händen in den Taschen gegen das Heck des alten Postwagens. Cattons Blick wanderte zu ihr und sie erwiderte ihn, doch beide schwiegen. Der Mann schaute zurück zu Janssen. „Also, was kann ich für die Polizei tun?"

„Letzten Monat waren Sie in eine Auseinandersetzung mit Fred Mayes verwickelt. Erinnern Sie sich?"

John Catton kniff die Augen zusammen und blickte zum Himmel hoch, als würde er den Sonnenschein genießen. „Freddie, aye. Und?"

„Um was ging es denn?"

„Nicht viel", sagte er und wandte sich wieder dem Inspector zu. „Freddie war einfach Freddie."

„Und das heißt?"

„Ach ... Sie wissen ja", sagte Catton und winkte lässig mit der rechten Hand ab, während er sich zurücklehnte. „Freddie wollte immer den Trupp rumkommandieren. Alte Gewohnheiten wird man so schnell nicht los." Janssen fixierte ihn mit einem Blick, der erkennen ließ, dass ihm diese Antwort nicht reichte. Entschuldigend streckte John Catton die Hände aus. „Freddie hat es nicht gepasst, wie ich lebe, okay?" Er beugte sich vor und stützte die Ellenbogen auf die Knie. „Freddie war nie der Typ, der Dinge schleifen lässt."

„Sie wissen, dass er tot ist, nicht wahr?", fragte Janssen.

Catton hielt den Blickkontakt. „Aye. Ich lebe vielleicht wie ein Einsiedler, aber ich rede trotzdem noch mit den Leuten." Sein Blick wanderte zu Cassandra Knight, die ihn noch immer von ihrer Position am Lieferwagen beobachtete. Catton zog die Nase hoch und wackelte mit dem Finger in ihre Richtung. „Tja, ich hab' den Eindruck, dass sie mich nich' besonders mag."

Auch Janssen sah zur DS. Leise lächelnd zog sie eine Augenbraue hoch. Catton blickte wieder zu Janssen.

„Ist sie Ihr böser Bulle?", fragte er.

Der DI schüttelte den Kopf. „Wo waren Sie letzten Samstagabend?"

„Als Freddie getötet wurde?", hakte Catton nach. Janssen nickte. Mit geschürzten Lippen sah der Ex-Soldat sich um, als würde er sich die Antwort genau überlegen. „Ich könnte sagen, dass ich in der Stadt gewesen bin und den Wikingern zugesehen hab', wie der Rest von Norfolk ..." Sein Blick blieb an Janssen hängen. „Aber ... ich war hier ... allein, bevor Sie fragen. Und ich brauche kein Alibi."

„Warum nicht?"

„Weil ich ihn nich' umgebracht hab'", erwiderte Catton und neigte fröhlich lächelnd den Kopf zur Seite.

„Gut zu wissen", erwiderte Janssen. „Aber danach habe ich nicht gefragt."

„Aber Sie wollten ... entweder in einer Minute oder in ein paar Tagen", sagte Catton und kratzte sich mit gerunzelter Stirn am Unterarm. „Aber ich hab's nicht getan. Ich hab' vielleicht meine Probleme mit Freddie Mayes gehabt, aber mit dem Töten bin ich fertig."

„Sowas Ähnliches habe ich vor Kurzem schon einmal gehört", erwiderte Janssen. Neugierig zog Catton die Augenbrauen hoch. „Von einem Mitglied Ihres alten Trupps."

„Das überrascht mich nicht", sagte der Ex-Soldat, lehnte sich zurück und atmete tief aus. „Manche Leute blühen auf bei dem, was wir getan haben. Andere, empfindsamere Seelen, haben genug gesehen und wollen nicht mehr zurück."

„Reden Sie von den Ereignissen in Helmand?"

„Aye, genau", antwortete Catton geistesabwesend. „Wir waren Teil des BRF unter dem 3. Kommando. Es war ziemlich hart, wissen Sie, sechs Monate im Einsatz, ein Monat Urlaub, und das ständig. Brutal."

„Tut mir leid, das sagt mit nicht viel. Was ist die BRF?"

„Ein Aufklärungstrupp. Die *Viking Group*, schnelle, gepanzerte Infanterie, hauptsächlich an den vorgelagerten Fronten. Augen und Ohren, wenn Sie so möchten", erklärte Catton, zog die Nase hoch und wischte sie mit dem Handrücken ab. „Das war in den guten alten Tagen, Anfang 2007. Damals ging es dort zu wie im wilden Westen." Er lachte, doch es klang bitter. „Sie haben tausende Männer mit einem Haufen Equipment in Afghanistan abgesetzt und ihnen gesagt, sie sollen mal machen! Komplett verrückt. Wollen Sie was trinken?", fragte er und stand auf. Janssen schüttelte den Kopf und Knight reagierte nicht. Catton ging hinüber zum Nissan und öffnete unter Schwierigkeiten und mit etwas Gewalt den Kofferraum. Anscheinend waren die Gasfedern kaputt.

Janssen sah sich um. „Muss ganz schön einsam sein hier draußen."

„Mir gefällt es so", entgegnete Catton und durchwühlte einige Taschen. Mit einer Dose Bier kam er zurück, öffnete sie, während er sich setzte, und trank einen Schluck.

„Wie heizen oder kochen Sie oder sorgen für Licht? Das muss schwierig sein."

„Nicht so schwer, wie Sie denken. Ich kann ein Lagerfeuer machen und wenn ich mehr brauche, habe ich einen kleinen Generator."

Zwischen dem Wohnwagen und der Hecke erspähte Janssen den Generator und daneben einen Metallkanister. Er fragte sich, ob sich darin Benzin oder Diesel befand.

„Wie lange waren Sie bei der Kavallerie?"

„Ungefähr zehn Jahre. Schöne Zeiten", erwiderte Catton grinsend.

„Ihrer Beschreibung nach klang es ziemlich chaotisch", entgegnete Janssen.

„Aye, und nicht nur das", sagte der Ex-Soldat und nickte mehrmals. „Wir waren *Eigentum des Korps*, Mann, das machte es doppelt so spaßig für uns."

Janssen neigte den Kopf, er wusste nicht, was der Mann damit sagen wollte, und forderte ihn so auf, fortzufahren.

„Wegen unserer Rotation wurden wir von dem Korps geerbt, das für den nächsten Einsatz kam. Eines müssen Sie über die britische Armee wissen, sie dokumentiert alles. Jedes Korps wurde voll ausgerüstet entsendet, oder auch nicht, wie es oft der Fall war, mit allem, was es gebraucht hat … aber, und das ist die Krönung", erklärte er spitz und stach mit dem Zeigefinger der Hand, mit der er die Bierdose hielt, in Richtung Janssen und dann Knight, „weil wir nicht offiziell zum Korps gehört haben, haben sie uns keine Ausrüstung mitgebracht."

„Klingt unfair", meinte Janssen, der sich Mühe gab, sich diese Situation vorzustellen.

„Aye, natürlich. Aber die negative Seite von all dem war, dass niemand die Verantwortung für uns übernehmen wollte. Sie hatten so schon kaum genug Ausrüstung für die eigenen Truppen, also wollten sie uns nicht auch noch mitversorgen."

„Was haben Sie dann gemacht?", erkundigte der Inspector sich neugierig.

„Wir haben improvisiert", meinte Catton achselzuckend. „Jedes Mal, wenn wir einen Versorgungstrupp kommen sahen, haben wir uns geholt, was wir brauchten, Wasser, Nahrung oder Munition."

„Haben die nicht Protest eingelegt?"

Ein ehrliches Lachen brach aus dem Ex-Soldaten heraus. Er winkte die Frage ab. „Nö, Mann, die sind da draußen komplett ungeschützt gewesen, mein Freund! Wir haben sie im Austausch dafür beschützt, wir haben ihnen Sicherheit geboten. Sie haben uns geliebt. Wen hat es gekümmert, wenn sie mit weniger Ausrüstung an der vorgelagerten Operationsbasis angekommen sind. Sie sind in einem Stück hingekommen."

Bei diesem Gedanken lächelte Janssen. „Gehörte das zu den positiven Aspekten? Sie haben vorhin das Negative erwähnt."

„Aye, einer davon, ja, der andere war die fehlende Rechenschaftspflicht. Wenn man nicht für uns verantwortlich sein wollte, dann musste man auch nicht über uns Rechenschaft ablegen … Damals haben wir eigentlich nur das gemacht, was wir wollten."

Der Ex-Soldat lehnte sich zurück und hob die Dose in einem stummen Gruß, bevor er sie an die Lippen führte.

„Wie gesagt … verrückt."

„Klingt nach einer abenteuerlichen Erfahrung", sagte Janssen. Grinsend nickte Catton. „Ich kann mir vorstellen, dass die Freundschaften von damals ein Leben lang bestehen bleiben."

„Aye, das könnte man meinen."

„Sind Sie alle deshalb hierher zurückgekommen, um sich in Norfolk niederzulassen?", fragte Janssen. „Ich meine, das ist ungewöhnlich, würden Sie nicht auch sagen? Eigentlich hätte ich gedacht, dass Sie getrennte Wege gehen würden, sobald Sie wieder Zivilisten waren, aber sicher nicht, dass Sie alle ins verschlafene Norfolk ziehen."

Lächelnd schaute Catton dem Inspector in die Augen. Einige Sekunden lang starrte er ihn an, bevor er respektvoll nickte.

„Guter Einwurf, aye. Daheim wartet nichts auf mich. Meine Eltern sind schon lange weg, meine Kumpels auch. Jeder ist weggezogen, wissen Sie. Warum sollte ich also zurückkehren? Hier ist es genauso gut wie wo anders. Die Sonne scheint oft", sagte er und prostete Janssen zu.

„Haben Sie keine anderen Verwandten mehr?"

John Catton zuckte mit den Schultern. „Ich hab' einen Bruder in Glasgow, aber wir verstehen uns nicht. Sie wissen ja, wie das ist."

Janssen nickte. „Ich bin Einzelkind."

„Wahrscheinlich ein Segen, wenn Sie einen Bruder wie meinen hätten", sagte Catton lächelnd.

„Was arbeiten Sie?", fragte Janssen, während er sich umsah. „Sieht nicht so aus, als würde hier viel passieren."

„Ach, ich komme zurecht. Je nach Saison gibt es für mich in der Landwirtschaft ein bisschen was zu tun. Es ist körperlich zermürbende Arbeit, aber geistig nicht herausfordernd. Das reicht zum Überleben. Sehen Sie sich um." Mit einem breiten Lächeln zeigte er um sich. „Ich habe nicht gerade viele Ausgaben."

„Stimmt ... und was ist mit dem Rest des Trupps, treffen Sie sich mit den anderen?"

„Nö, in letzter Zeit nicht", erwiderte Catton und starrte Tom in die Augen. „Sie haben ihren Weg gefunden ... ich meinen."

„Wussten Sie, dass auch Andrew Lewis Anfang der Woche ermordet worden ist?", fragte der Inspector und ließ den Mann dabei nicht aus den Augen.

Der Ex-Soldat legte die Hände in den Schoß und umfasste mit beiden die Bierdose.

„Nein, das wusste ich nicht", sagte er leise.

Sie hatten der Presse den Namen von Andrew Lewis noch nicht gegeben, falls Catton also davon gewusst hätte, hätte er sich damit unbeabsichtigt verraten. Doch seine Unkenntnis wirkte ehrlich. Janssen ließ sich in die Hocke sinken, um dem Mann auf gleicher Höhe direkt in die Augen sehen zu können.

„Es sieht so aus, als hätte es jemand auf die Mitglieder Ihres Trupps abgesehen. Wissen Sie zufällig, wer das sein könnte und welche Gründe es dafür gibt?"

Kontrolliert atmete Catton aus, sein Blick huschte zu Knight, dann zurück zu Janssen. Langsam schüttelte er den Kopf. „Nein. Da kann ich Ihnen nicht helfen."

„Ich verstehe", sagte Janssen. „Schon komisch ..."

„Was?"

„Offenbar kann niemand helfen. Niemand hat eine Ahnung, warum jemand hinter Ihnen allen her sein könnte."

„Freddie und Andy sind wohl kaum *wir alle*, oder?", warf Catton kopfschüttelnd ein. „Könnte es sein, dass Sie ein wenig übertreiben?"

„Was ist mit Carl Woodly?"

„Woody?", wiederholte John Catton mit zusammengekniffenen Augen. Er nickte bedächtig. „Woody war ein guter Kerl. Ich vermisse ihn. Eine Schande, dass er so abtreten musste."

„Ja, eine richtige Tragödie", sagte Janssen. „Er und Sie müssten ungefähr gleich alt sein."

„Aye, ich bin ein Jahr jünger. Helmand war mein erster Einsatz. Damals hatte Woody schon einige Monate hinter sich."

„Hatte Carl Woodly Streit mit jemandem?"

„Wie meinen Sie das?", fragte Catton nach.

„Nun, hatte er Auseinandersetzungen mit Fred Mayes oder den anderen … so wie Sie?"

Schulterzuckend schaute der Mann nach unten.

„Verdammtes Pech … eine Gasexplosion in einem neu gebauten Haus", fuhr der Inspector fort. „Alles im Krieg zu überstehen, nur, um bei so einem Unfall zu sterben. Fred Mayes hat das Haus gebaut, nicht wahr?"

Catton warf einen Seitenblick auf ihn, dann sah er wieder weg. „Ja, soweit ich weiß."

Da der Mann nichts weiter sagte, änderte Janssen die Taktik und stand auf.

„Ihnen ist klar, dass Sie der Nächste sein könnten, wenn Ihr Trupp tatsächlich bedroht wird?"

Seufzend schaute Catton zu ihm hoch. „Soll er nur kommen", meinte er und schloss in einer weit ausholenden Geste die Umgebung ein, wobei er sich etwas Bier über den Handrücken goss. „Soll er mich doch um alles, was ich besitze, erleichtern." Er grinste.

„Sie haben gesagt, dass Carl Woodly ein guter Mann war."

Als Catton nickte, verschwand sein Grinsen. „Aye, der Beste."

„Was ist mit den anderen? Ausgenommen Fred Mayes, natürlich."

„Ach … Mann, Freddie war schon okay … früher. Sie alle waren gute Kerle … aber die Dinge ändern sich."

„Was hat sie verändert?", erkundigte sich Janssen.

Mit unergründlicher Miene schaute Catton ihn an.

„Die Zeit."

Als sie nebeneinander losgingen, schloss Janssen den Reißverschluss seiner Jacke und stellte den Kragen auf.

„Sie sagten, Sie hätten mit Harry Oakes gesprochen?", erkundigte er sich mit einem Seitenblick auf den Mann. Mit starrem Gesichtsausdruck blickte Ellis geradeaus, während sie weitermarschierten.

„Habe ich, unter anderem. Wir stehen uns sehr nahe, Inspector", erwiderte er dann und zuckte mit den Schultern, als er zu Janssen sah. „Ich schätze, das wussten Sie bereits. Nachdem Sie bei Harry waren, hat er mich angerufen und mir gesagt, was mit Freddie passiert ist." Seufzend schüttelte er den Kopf. „Einfach schockierend. Was er auch im Leben getan hat, er hat es nicht verdient, so abzutreten."

„Niemand verdient das", bekräftigte Janssen. „Also, was hat Sie heute hierhergeführt?"

Ellis blieb stehen und drehte sich zu Janssen um.

„Stimmt es, dass Sie glauben, dass es jemand auf den Trupp abgesehen hat?"

Der Inspector musterte ihn. In Gedanken spielte er das Gespräch mit Oakes noch einmal durch, zu dem Zeitpunkt hatten sie noch nichts von Andrew Lewis gewusst, deshalb hatte er diese Theorie nicht erwähnt. Anscheinend konnte Greg Ellis seine Gedanken lesen.

„Eddie Drew hat mich auch angerufen", sagte er und kratzte sich dabei am Kopf. „Ehrlich gesagt ... nun, Sie haben ihn ziemlich erschreckt. Dazu braucht es bei Eddie nicht viel."

„Das ist eine Eigenschaft, die nicht sonderlich gut zu einem Soldaten passt, oder?"

Lächelnd senkte Ellis den Kopf und ging weiter. Janssen konnte leicht mit ihm Schritt halten. „Das stimmt, Inspector. Wir waren schon seit Jahren nicht mehr im Einsatz. Unser letzter ging ein paar Jahre, bevor die Internationale Afghanistan-Schutztruppe ihre Aktivitäten dort zurückgeschraubt hat, zu Ende. Jeder von uns ist schon eine Weile weg aus dem aktiven Dienst und Eddie, so viele positive Eigenschaften er auch hat, war schon immer der nervöse Typ."

Diese Bemerkung fand Janssen merkwürdig. „So hat er auf mich gar nicht gewirkt, als ich mit ihm gesprochen habe."

Greg Ellis lachte. „Ja, Eddie ist ein richtiger Verkäufer. Er lässt sich nicht in die Karten blicken, außer, er sieht einen Vorteil darin. Ganz nebenbei – kaufen Sie bei ihm nie ein Auto", meinte er augenzwinkernd.

„Sie vertrauen ihm nicht?"

„Nein, so weit würde ich nicht gehen", erwiderte Ellis und neigte den Kopf zur Seite, „außer, er will mir etwas andrehen. Eddie würde seine Mutter verkaufen, wenn er Profit daraus schlagen könnte. Stimmt es also? Sollten wir uns Sorgen machen?"

Mit ernstem Gesichtsausdruck überlegte Janssen, was er antworten sollte. „Machen Sie sich Sorgen?"

„Ich würde lügen, wenn ich behaupten würde, dass es mir nicht in den Sinn gekommen ist", sagte Ellis. „Ich meine, wenn zwei Freunde ermordet werden, dann ist es nur natürlich, dass man sich Gedanken macht."

„Alle anderen sehen das offenbar anders", entgegnete Janssen. Wortlos warf der Mann ihm einen Seitenblick zu.

Beide blieben stehen. Ab hier wurde der Weg zu einem schlammigen Pfad, der durch offene Felder in Richtung Küste führte. Von diesem Punkt aus konnten sie bis zum Meer und dem herannahenden Gewitter am Horizont sehen. Greg Ellis blickte Janssen direkt an.

„Ich war der Sergeant der Jungs ... sie erwarten, dass ich die Richtung vorgebe, wissen Sie. Also, was soll ich ihnen sagen, Inspector?"

Janssen ignorierte diese Frage. „In welchen Schwierigkeiten hat Fred Mayes gesteckt?"

„Was meinen Sie damit?"

„Sie sind der Sergeant. Die Männer sehen zu Ihnen auf und Sie kennen sie besser als sonst jemand, stimmt doch, oder? Also sagen Sie es mir", entgegnete Janssen und ließ Ellis dabei nicht aus den Augen. „Helfen Sie uns, dann kann ich Ihnen vielleicht auch helfen."

Greg Ellis wich Janssens prüfendem Blick aus und schüttelte den Kopf, während er geistesabwesend einen unsichtbaren Stein wegtrat.

„Kommen Sie", drängte Janssen. „Sowohl Fred Mayes als auch Andrew Lewis wurden auf sehr persönliche Art und Weise ermordet. Das waren Hinrichtungen, vor allem Mayes' Tod war brutal und ist vor aller Augen passiert. Also, sagen Sie mir bitte, warum jemand das tun würde."

Absichtlich erwähnte Janssen nicht seine Zweifel rund um das Ableben von Carl Woodly. Bisher war es nur ein Verdacht.

„Gibt es jemanden, mit dem Sie Streit hatten, vielleicht kein Einheimischer, sondern jemand aus Ihrer aktiven Militärzeit, der einen Rachefeldzug gegen Sie und Ihre Männer führt."

„Nein, mir fällt niemand ein."

„Sind Sie sich sicher?"

Ellis schaute ihn an. „Absolut sicher."

„Was ist mit John Catton?", hakte Janssen nach.

Mit einer lässigen Handbewegung winkte Ellis ab. „Catton ist jetzt etwas verrückt, das ja, aber dass er der Mörder von Freddie oder Andy sein soll ... Sie machen Witze. Haben Sie ihn gesehen?"

Der Inspector nickte. „Wir haben mit ihm gesprochen."

„Dann wissen Sie ja, dass er kein vernünftiges Wort herausbekommt. Lebt er immer noch auf dem alten Zigeunerplatz?"

„Ich dachte, Sie und die Jungs stehen sich nahe", entgegnete Janssen, ohne die Frage zu beantworten. „Wenn der Mann

Schwierigkeiten hat, dann würde ich annehmen, dass Sie alle ihm helfen und ihn nicht zurücklassen."

„Stimmt schon", meinte Ellis und tat so, als würde er die Aussicht bewundern. „Aber Sie kennen ihn nicht so wie wir. Und urteilen Sie nicht zu hart über uns", sagte er mit einem Seitenblick auf den Inspector, „es ist nicht so, als hätten wir es nicht versucht. Ich konnte ihn nicht am Golfplatz arbeiten lassen, da hätte er nicht reingepasst, so, wie er aussieht. Aber ein paar der Jungs wollten helfen … haben ihm Arbeit beschafft, eine Unterkunft und so weiter. Catton hat jedes Angebot abgeschmettert. Haben Sie so ein Verhalten selbst schon erlebt, Inspector?"

Janssen neigte den Kopf zur Seite. „Ich habe schon vieles erlebt."

„Dann verstehen Sie es ja. Man kann nur bis zu einem gewissen Punkt weitermachen, bevor … bevor man aufgibt und einen Schlussstrich zieht. Sonst wird man dabei selbst verrückt."

Janssen glaubte, den Kummer im Gesicht des Mannes zu sehen, und das konnte man nur schwer vortäuschen. Ihm fiel ein, wie Paul Woodly ihm erzählt hatte, dass die Freunde seines Sohnes auch Joe Woodly Arbeit angeboten hatten. Anscheinend wollten sie ihresgleichen wirklich helfen.

„Haben Sie sich für Catton genauso ins Zeug gelegt wie für Joe Woodly?"

Bei diesem Namen hellten sich Ellis' Gesichtszüge auf und er nickte.

„Wir haben viel für Joe getan", sagte Ellis. „Vor und nach Woodys Tod. Seltsam, wie ein Apfel im Gegensatz zum anderen so weit vom Stamm fallen kann."

Janssens Neugier war geweckt. „Joe und Carl Woodly?"

„Ja. Woody … Carl … war ein hervorragender Mann, sehr

zuverlässig. Bei ihm wusste man, woran man war, aber Joe …
ist komplett anders."

Greg Ellis zog eine Packung Zigaretten hervor und bot
Janssen eine an, dieser allerdings lehnte kopfschüttelnd ab. Mit
Händen und Körper schirmte Ellis die Flamme des Feuerzeugs
vor dem Wind ab und zündete sich eine Zigarette an. Während
er den ersten Zug ausatmete, steckte er die Packung
wieder ein.

„Sie wollten noch etwas über Joe Woodly sagen", meinte
Janssen.

„Stimmt, ja. Joe ist ein spezieller Fall. Normalerweise wäre
er mir egal gewesen, da er die Zeit und Mühe nicht wert ist,
aber da er Woodys Bruder ist, hatten wir keine Wahl. Er hat
kurz in Harrys Gärtnerei gearbeitet, aber er hatte kein Händ-
chen für Pflanzen. Zumindest nicht für solche, die man nicht
rauchen kann", ergänzte er augenzwinkernd. „Eddie hat es
auch versucht."

„Autoverkauf?".

Ellis schüttelte den Kopf. „Nein, Joe ist kein kundentaugli-
ches Material, Eddies Worte, nicht meine." Er lachte und nahm
einen weiteren tiefen Zug. „Joe sollte sich um die Autos
kümmern."

„Also sie waschen", stellte Janssen fest.

Lächelnd nickte Ellis. „Ja. Joe hat nicht lange durchgehal-
ten. Schätze, es ist keine abwechslungsreiche Arbeit, aber
zumindest eine sichere, und Eddie hat ihm mehr als den Tarif-
lohn gezahlt. Jedenfalls ist der Junge nur selten aufgetaucht
und wenn, dann meistens zu spät. Das habe ich selbst erfahren
müssen."

„Sie haben ihm auch Arbeit gegeben?"

„Jupp", meinte Greg Ellis mit düsterer Miene. „Mehrmals. Ich
weiß, ich hätte es lassen sollen, aber … Woody war tot, die Eltern

am Boden zerstört und mit Joe wäre etwas Schlimmes passiert, wenn niemand was unternommen hätte. Ich habe dem Jungen lächerlich viele Chancen gegeben. Nachdem ich ihn beim Stehlen erwischt habe, musste ich ihn entlassen. Er hatte schon früher aus der Kasse hinter der Bar geklaut, deshalb habe ich ihn dann in der Küche arbeiten und die Tische abräumen lassen, damit er nicht wieder in Versuchung kommt. Aber dann habe ich ihn dabei ertappt, wie er die Jacken der Clubmitglieder in der Garderobe durchsucht hat." Mit gerunzelter Stirn schüttelte er den Kopf. „Er hat mir keine Wahl gelassen. Wenn die Mitglieder dem Personal nicht vertrauen können, dann suchen sie sich einen anderen Club. Und in dieser Gegend gibt es viele Golfplätze."

„Wie hat er seine Entlassung aufgenommen?"

„So gut, wie man sich das vorstellen kann", sagte Ellis und schnippte die Asche der Zigarette weg. „Niemand wird gern gefeuert, nicht einmal von einem Job, den man hasst."

„Hatten Sie seither mit ihm zu tun?"

Der Mann atmete hörbar aus. „Nein, in letzter Zeit habe ich ihn nicht getroffen."

„Was ist mit dem Streit mit Fred Mayes letzten Monat?", erkundigte sich Janssen und beobachtete Ellis dabei genau. Dieser zuckte nicht einmal mit der Wimper. „John Catton war auch darin verwickelt."

Einen Moment lang schwieg Ellis und zog noch einmal an der Zigarette, bevor er sie zu Boden warf und austrat. Janssen sah ihn dabei an, doch Ellis schien sein Missfallen nicht zu bemerken. „Freddie hat davon erzählt. Letztendlich hat er Catton nicht gemocht. Ich meine, sie waren nie beste Freunde, aber Freddie hatte seine Ansichten und Catton hat ihn aufgeregt."

„Wie das?"

„Die Art, wie er gelebt hat, sich gehen gelassen hat ... so ziemlich alles an ihm. Sie waren komplett gegensätzlich und

Streit unvermeidbar.“

„Aber an diesem Tag ist es um etwas anderes gegangen.“

Ellis zuckte mit den Schultern. „Soweit ich weiß, nicht. Ich habe alles aus zweiter Hand erfahren, ich kann Ihnen also nichts dazu sagen.“

„Von wem?“

„Andy Lewis.“

„Ah ja“, sagte Janssen enttäuscht, dass der einzige Zeuge, der diese Aussage bestätigen könnte, schon tot war. „Das muss ein ordentlicher Kulturschock für Sie gewesen sein, von der gepanzerten Infanterie zum Inhaber eines Golfplatzes. Wie ist es dazu gekommen?“

Greg Ellis lachte. „Da liegen Sie nicht falsch, aber wir wurden ausgebildet, uns anzupassen, und ich habe gedacht, dass man mit einem Golfplatz gut Geld machen kann. Vor allem in dieser Gegend, mit einem willigen Publikum und viel Platz. Aber ich lag damit völlig daneben. Wahrscheinlich habe ich das Unternehmen deshalb zu einem Spottpreis bekommen.“

„Ach so?“

„Ja. Die vorherigen Besitzer haben sich mit den Hypotheken übernommen und konnten dann den Zahlungen nicht mehr nachkommen. Sie mussten den Golfplatz schnell verkaufen und die Landschaftsplaner hätten nie zugelassen, dass hier ein Einkaufszentrum gebaut wird, deshalb musste alles so bleiben, wie es ist. Damals hat es keine Bieter gegeben, ich war wohl zur richtigen Zeit am richtigen Ort, oder am falschen Ort ... je nachdem, wie Sie es sehen wollen.“

„Ging es Lewis und Mayes Ihrer Meinung nach gut?“

Ellis nickte. „Keine Beschwerden, soweit ich weiß.“

„Anscheinend hat Fred Mayes Frauen schöne Augen gemacht.“ Ellis nickte. „Gab es eine Besondere?“

„Nein, nicht, dass ich wüsste. Freddie wollte nie etwas Ernstes."

„Hat er sich mit verheirateten Frauen eingelassen?"

„Meistens, ja", antwortete Ellis. „Wenn man ein bestimmtes Alter erreicht, sind die Single-Frauen jung genug, um die eigene Tochter zu sein, und die hätten Freddie nicht als Fang gesehen. Logischerweise waren deshalb seine meisten Eroberungen verheiratet."

„War eine dabei, die Sie kannten?"

„Nein, tut mir leid. Freddie hat sich nicht mit Namen aufgehalten … Taten schon, aber keine Namen. So war er nun einmal."

„Stilvoll", sagte Janssen ungewöhnlich voreingenommen, bevor er sich auf die Zunge beißen konnte. Ellis starrte ihn an.

„Keiner von uns ist perfekt, Inspector. Auch Freddie war das nicht."

„Eric", rief Tom, sobald er das Einsatzzimmer betrat. Wie ein Erdmännchen tauchte der Detective Constable hinter dem Computerbildschirm auf. „Was machst du gerade?"

„Ich gehe noch einmal die Finanzen von Mayes und Lewis durch."

„Was Nützliches gefunden?"

Eric schüttelte den Kopf. „Nein, außer dem Auto ist nichts auf Lewis angemeldet. Die Besitzerin der Wohnung, in der er gelebt hat, heißt Mabel Reid, das ist eine Tante mütterlicherseits."

„Hat schon jemand mit ihr geredet?"

„Nein. Sie lebt in einem Pflegeheim in der Gegend. Andrew Lewis hatte eine Vollmacht, um ihre Angelegenheiten zu regeln", sagte Eric. „Ich habe mit der Heimleitung gesprochen, sie leidet unter fortgeschrittener Demenz und Lewis ist ihr einzig bekannter, noch lebender Angehöriger, auch wenn er sie in den letzten zwölf Monaten nie besucht hat. Nicht, dass sie etwas davon mitbekommen hätte."

Cassie trat zu ihnen. „Wir haben einen Antrag auf Einsicht in die Konten der Tante gestellt, aber dafür brauchen wir eine gerichtliche Erlaubnis. Ich muss noch auf den Richter warten."

„Gut", sagte Tom und wandte sich wieder an Eric. „Wenn die Erlaubnis noch heute kommt, kann Cassie sie abholen. Ich will, dass du alles stehen und liegen lässt und dich an Greg Ellis' Fersen heftest. Ich nehme an, ihr habt euch noch nie getroffen?" Eric schüttelte den Kopf. „Das hilft. Häng dich an ihn dran. Das beharrliche Schweigen dieser Kerle ärgert mich langsam. Einer weiß mehr, als er uns sagt, vielleicht auch alle, und wenn sie nicht freiwillig damit herausrücken, dann müssen wir uns einschleichen und an ein paar Fäden ziehen, bis die Dinge ans Licht kommen. Und sie werden ans Licht kommen. Ich hoffe nur, bevor noch jemand stirbt."

Eric warf einen Blick auf die Uhr. Tom bemerkte es.

„Tut mir leid für deine Pläne, Eric. Ich verspreche, ich mach's wieder gut. Ich habe mich gerade draußen von Ellis verabschiedet. Keine Ahnung, wo er hinwill, aber wahrscheinlich findest du ihn zu Hause oder in seinem Golfclub."

„Kein Problem", erwiderte Eric, fuhr den Computer herunter und nahm die Jacke von der Stuhllehne. „Ich rufe unterwegs Becca an, sie wird es schon verstehen."

„Und Eric", sagte Tom, als der junge Mann nach dem Autoschlüssel griff. „Pass gut auf. Ellis könnte ein Ziel sein … oder sogar ein Verdächtiger, also sieh dich vor und bleib in Verbindung."

Eric nickte knapp. Nachdem Cassie ihm aufmunternd zugezwinkert hatte, verließ er das Einsatzzimmer. Sie wandte sich an Tom.

„Ellis hat nun also deine Aufmerksamkeit?"

„Er war der Sergeant der Truppe", erklärte Tom. „Er hat gemeint, die anderen würden von ihm erwarten, dass er die Richtung vorgibt. Warum sollte das hierbei anders sein? Er wollte nur herausfinden, was wir wissen, nicht uns dabei helfen, einen Mörder zu fassen. Wenn einer weiß, was zum Teufel hier vor sich geht, dann er."

„Und was machen wir jetzt?", erkundigte sich Cassandra.

„Ich will herausfinden, wo Andrew Lewis sein Geld versteckt und wie er es verdient hat. Wenn wir nichts finden, sprechen wir noch einmal mit seiner Frau und dem Sohn. Aber erst werde ich mit der DCI reden."

„Ooooh … bestell Tamara schöne Grüße von mir, ich kann es nicht erwarten, ihre neue Bleibe zu sehen", sagte Cassie und klatschte lachend in die Hände.

„Mache ich", erwiderte Tom und brach auf. An der Tür angekommen warf er einen Blick zurück. „Bleib mit Eric in Verbindung. Wir wissen noch immer nicht, mit was oder wem wir es zu tun haben."

KAPITEL EINUNDZWANZIG

Beinahe fuhr Tom Janssen an der Einfahrt vorbei, er musste hart bremsten, um sie noch zu erwischen. Da sich das Grundstück genau vor einer Kurve inmitten von undurchdringlichen Büschen und hohen Bäumen befand, war es von der Straße aus kaum zu sehen. Der Bungalow lag weiter hinten auf dem recht großen Stück Land und es gab ringsum keine Nachbarn. Auf Tom wirkte es weitläufig. Allerdings hatte er dieser Tage bei fast jedem Haus dieses Gefühl. Sein Anlegeplatz befand sich direkt neben einem öffentlichen Fußweg und kaum ein Spaziergänger konnte widerstehen, einen Blick in seine schwimmende Behausung zu werfen.

Als er den Wagen vor der Eingangstür abstellte, fiel ihm auf, dass drinnen kein Licht brannte. Schon als er das Revier verlassen hatte, war es dunkel geworden, es hatte leicht geregnet und es sah noch immer so aus, als würde eine stürmische Nacht hereinbrechen. Er stieg aus, drückte auf die Klingel und trat einen Schritt zurück. Da offenbar niemand kam, schaute er sich um. Tamaras Auto, also ihr Alltagswagen, stand in der Einfahrt.

Tom versuchte, durch das Fenster links von ihm nach

drinnen in den Vorraum zu spähen. Noch hingen keine Vorhänge und er konnte mehrere Umzugskartons erkennen. Es machte nicht den Eindruck, als hätte die DCI schon ausgepackt. Der Rasen erstreckte sich rings um den Bungalow und kam ohne Zaun aus. Tom ging die Einfahrt entlang um das Haus nach hinten.

Im Garten angekommen fiel ihm auf, dass auch hier alles dunkel war, allerdings führte die bekieste Einfahrt zu einer Doppelgarage. Eines der Tore stand offen und Licht drang daraus hervor. Er hätte es wissen müssen. Unter seinen Füßen knirschten die Kieselsteinchen und er dachte, dass sie das hören müsste. Als er die Garage erreichte, warf er einen Blick hinein. Darin stand Tamaras alter Austin Healey mit offener Motorhaube und einer eingeschalteten Neonröhre darüber, aber kein Zeichen von Tamara.

„Hallo, jemand zu Hause?", rief er und ging weiter.

„Tom, bist du das?", fragte Tamara.

Die hallende Stimme klang, als würde sie von unten kommen, und als Tom in die Knie ging, bemerkte er eine Werkstattgrube unter dem Healey. Als er durch eine Lücke zwischen Auto und Boden spähte, blickte ein schmutziges Gesicht zu ihm hoch. Obwohl er Tamaras Mund nicht sehen konnte, wusste er, dass sie lächelte. Tom stand wieder auf und ging zum Heck des Wagens. Die DCI kam die Stufen hoch und hängte eine tragbare Lampe an die Stoßstange des Healeys.

„Jetzt verstehe ich, warum du noch nicht ausgepackt hast", meinte er lächelnd.

Seit einer Woche hatte er Tamara Greave nicht mehr gesehen. Nachdem sie monatelang in Hotels oder Pensionen gewohnt hatte, hatte sie endlich ein Haus gefunden. Diese letzten Monate waren eine schwierige Zeit für sie gewesen, sie hatte sich von ihrem Verlobten getrennt und eine Beförderung angenommen. Den Urlaub hatte sie sich verdient, um sich einzuleben, und plötzlich fühlte Tom sich schuldig, dass er vorbeigekommen war.

Tamara trug einen viel zu großen Overall, doch sie hatte die Ärmel und Hosenbeine hochgekrempelt, damit sie nicht störten. Aus dem hochgebundenen Pferdeschwanz fielen ihr lose Strähnen auf die Schultern. Sie versuchte, sich die Hände mit einem alten Lappen abzuwischen, allerdings schaffte sie es nur, den Schmutz noch weiter zu verschmieren. Darum warf sie den Lappen zur Seite und begrüße Tom.

„Ölleck", meinte sie grinsend. „Jetzt kann ich es von unten sehen und kann es auch reparieren."

„Ziemlich raffiniert, eine Garage mit einer Inspektionsgrube."

„Was glaubst du, warum ich das Haus gekauft habe?", fragte sie. „Tut mir leid, dass ich mich nicht gemeldet habe, aber es war alles ein wenig chaotisch. Ernsthaft, ich könnte schwören, dass Rechtsanwälte es absichtlich komplizierter machen, als es sein muss."

„Erzähl mir was Neues", erwiderte Tom kopfschüttelnd. „Ich habe diese Woche meine Entlassungspapiere bekommen."

„Die Scheidung?"

Er nickte. „Ja. Es hat eine Weile gedauert, aber Samantha hat endlich unterschrieben. Sobald das Haus verkauft ist, bin ich endgültig frei und alle Sorgen los. Naja, … zumindest frei."

„Ich weiß, was du meinst. Ich habe auch ein bisschen gebraucht, um mich daran zu gewöhnen", sagte Tamara, während sie zu einer Werkbank ging, über der Werkzeuge hingen und auf der ordentlich beschriftete Plastikboxen mit Schrauben, Muttern und anderem Zubehör standen.

„War das alles beim Hauskauf dabei?", erkundigte Tom sich, nachdem er sich umgesehen hatte.

„Nein, das habe ich diese Woche eingerichtet", erwiderte sie.

Tom zog eine Augenbraue hoch. „Jeder hat so seine Prioritäten."

„Alice wird sich freuen, dass du dich endlich von deiner Vergangenheit getrennt hast."

„Äh … ja, nun, ich habe ihr noch nichts davon erzählt."

Mit verschränkten Armen lächelte Tamara und neigte den Kopf zur Seite.

„Das solltest du aber, weil wenn sie das zufällig herausfindet, dann steckst du ganz schön in Schwierigkeiten!"

„Ich weiß, ich weiß", gab Tom zu und hob abwehrend die Hände. „Erst muss ich damit klarkommen."

„Bereust du es?"

„Nein, nein, das ist es nicht", erwiderte Tom energisch. „Es ist nur so, dass ich seit ein paar Jahren darauf warte und jetzt, wo es so weit ist, bin ich nicht in Feierlaune. Verstehst du das?" Er sah sie an. Tamaras Gesichtsausdruck wirkte geistesabwesend. Da fielen ihm ihre privaten Umstände ein. Sie hatte noch nicht jahrelang Zeit gehabt, um sich mit ihrer Entscheidung abzufinden. Wieder hatte Tom ein schlechtes Gewissen. „Tut mir leid. Das ist wahrscheinlich das Letzte, worüber du reden willst."

„Schon gut", sagte sie und lächelte schwach. „Also, wie laufen die Ermittlungen?"

Tom runzelte die Stirn.

„Ich bin eine erfahrene Detective, Tom. Du hast kein Einweihungsmitbringsel dabei und das Leid der Welt steht dir ins Gesicht geschrieben."

„Ist das so offensichtlich?", fragte er. „Tut mir leid. Ich wollte dir eine Pflanze mitbringen."

„Die wäre ohnehin eingegangen", winkte sie die Entschuldigung ab. „Außerdem hat der Chief Super mich heute Morgen angerufen."

Sie sah, dass ihn das ärgerte.

„Er hat überlegt, mich aus dem Urlaub zurückzuholen." Gerade wollte er protestieren, da hob Tamara die Hand und schnitt ihm das Wort ab. „Ich habe ihm gesagt, dass du und das Team allein damit zurechtkommt und du schon Bescheid geben würdest, wenn du Hilfe brauchst. Ich muss zugeben, dass ich den Urlaub fast selbst abgebrochen hätte, nach dem, was am letzten Samstag beim Festival passiert ist."

„Warum?"

„So schrecklich das auch ist, es ist ein interessanterer Fall als die, die wir sonst hier haben. Aber, wie ich dem Super gesagt habe, ich bin sicher, du schaffst das schon."

So sehr er diesen Vertrauensbeweis auch schätzte, die Verärgerung über die Einmischung des Vorgesetzten blieb.

„Es ist einer der Fälle", sagte Tom und schaute hoch zur Decke, „bei denen keiner, der das Opfer kannte, von irgendetwas weiß und ich trotzdem das Gefühl habe, dass alle etwas verschweigen."

„Du bringst also die beiden Morde in Verbindung?"

„Nicht offiziell", meinte Tom. „Die Vorgehensweise ist bei beiden eine andere und die einzige Verbindung ist die Freundschaft zwischen ihnen, aber ich denke schon, dass dieselbe Person sie ermordet hat. Außerdem könnte es einen dritten Mord von vor ein paar Jahren geben, der als Unfalltod durchgegangen ist. Das war ein Hausbrand."

„Davon hat der Chief Super nichts gesagt."

Kopfschüttelnd richtete Tom sich auf und atmete tief durch. „Weil ich ihm noch nichts davon erzählt habe. Und das will ich auch nicht, bis ich einen Beweis habe. Das Feuer ist damals untersucht worden, die Versicherung hat Unregelmäßigkeiten festgestellt und deshalb nicht bezahlt."

„Haben wir ermittelt?"

Wieder schüttelte Tom den Kopf. „Der Brandsachverständige stellte einen Fehler in der Elektrik fest, aber es war ein Neubau, für den ganz zufällig Fred Mayes zuständig war."

„Das passt ja", sagte Tamara und lehnte sich an den vorderen Kotflügel des Healeys. „Wirklich ein schöner Zufall."

„Genau das denken wir auch. Ich habe Eric die Finanzen von beiden Opfern durchleuchten lassen. Bei Mayes scheint alles legal zu sein. Sein Unternehmen wird weithin respektiert, wie er selbst auch, allem Anschein nach. Lewis allerdings nicht. Seine Frau und sein Sohn haben ihn als Geschäftemacher dargestellt, aber das ist offenbar völlig daneben. Es ist viel Geld im Spiel, aber keiner weiß, wie er dazu gekommen ist. Anscheinend hat er es über eine ältere Angehörige laufen lassen, was für mich nach Geldwäsche stinkt."

„Du hast die Ermittlungen also auf die ehemaligen Mitglieder des Trupps ausgeweitet?" Tom nickte. „Was haben sie dazu zu sagen?"

„Nicht viel", seufzte Tom. „Mayes hat seine Frau hintergangen, aber daraus haben sich keine Verdächtigen ergeben, und falls es doch welche gibt, wie passt Andrew Lewis dann ins Bild? Nein", sagte er und schüttelte gedankenverloren den Kopf, „es ist viel wahrscheinlicher, dass es mit der ganzen Gruppe oder der gemeinsamen Vergangenheit zusammenhängt. Letzteres klingt aber eher unwahrscheinlich für mich, wenn man bedenkt, dass sie schon seit Jahren aus der Armee ausgetreten sind. Ich denke, dass sie das, um was es eigentlich geht, nach Norfolk mitgebracht haben. Zugegebenermaßen ist das nur eine Vermutung. Bisher bieten alle lächelnd Hilfe an, sagen aber nichts."

Während Tamara das Gesagte durchdachte, runzelte sie die Stirn. Sie schwieg eine Weile, dann schaute sie Tom in die Augen.

„Willst du wissen, was ich denke?"

Er nickte. „Deshalb bin ich gekommen."

„Setz alle unter Druck. Schau dir auch ihre Finanzen an", sagte sie und wackelte mit dem erhobenen Zeigefinger. „Wenn einer von ihnen Geld wäscht, dann wissen die anderen vielleicht davon oder sind selbst daran beteiligt. Im Baugewerbe ist es einfach, sehr viele überhöhte Preise aufzulisten. Und damit würden sie Aufmerksamkeit vermeiden."

„Guter Gedanke", stimmte Tom zu.

„Lade sie auch offiziell zum Verhör vor, lass sie denken, dass du einen Hinweis gegen sie hast, auch wenn das nicht der Fall ist."

„Eric beschattet gerade einen von ihnen, Greg Ellis", sagte Tom und biss sich auf die Unterlippe. „Er ist derjenige, zu dem alle aufsehen. Er versteckt sich nicht. Ganz im Gegenteil, er war schon da und wollte herausfinden, was wir in der Hand haben. Mumm hat er ja, das muss ich ihm lassen, aber damit hat er nur erreicht, dass ich auf ihn aufmerksam geworden bin."

„Das könntest du ausnutzen", meinte Tamara. Fragend schaute Tom sie an. „Seine Überzeugung, schlauer zu sein als du. Ich wette, er denkt, er kann uns einfache Leute übertölpeln. Schließlich sind wir nur Polizisten. Heiz ihm ein … ordentlich. Und zwar offiziell, je mehr er im Fokus steht, desto besser. Wenn die anderen seine Führungsqualitäten allmählich hinterfragen, werden sie vielleicht nervös. Aber such dir den richtigen Moment dafür aus, damit es die volle Wirkung hat, dann machen sie vielleicht einen Fehler."

„Klingt gut", meinte Tom. „Ich werde auch noch bei der Familie von Andrew Lewis vorbeischauen. Ich denke, seine Frau weiß wirklich nichts, aber ich habe das Gefühl, dass der Sohn mehr weiß, als er zugibt. Dir ist klar, dass sie dich wieder im Einsatz haben wollen, sobald ich andeute, dass wir es mit drei Morden zu tun haben könnten, ganz egal, wie viel Vertrauen du in mich hast?"

Mit gespielter Verzweiflung verzog Tamara das Gesicht. „Du hast vermutlich recht. Aber erledige bitte schon den Großteil der Arbeit, bevor ich zurückkomme, okay?"

Tom lächelte. „Wie wäre es mit einem Tee, bevor ich wieder losmuss?"

„Sicher", sagte Tamara und schaute zurück zum Haus. „Ich habe einen Teekessel. Ich erinnere mich dunkel, ihn eingepackt zu haben. Er muss irgendwo in den Kartons sein."

KAPITEL ZWEIUNDZWANZIG

Tom Janssen hielt sich das Handy ans Ohr und lehnte sich gegen das Auto. Der Anruf wurde rasch entgegengenommen. Sophie Lewis' Stimme klang apathisch und geistesabwesend, kein Wunder, nach dieser Woche. Janssen versuchte, herzlich zu klingen, damit sein Anruf sie nicht zu sehr erschreckte.

„Mrs. Lewis, DI Tom Janssen hier. Wir haben –"

„Hallo, Inspector", sagte sie etwas lebhafter. „Ich erinnere mich."

„Wie geht es Ihnen und James?" Er bereute die Frage, sobald er sie ausgesprochen hatte. Ihr Mann war ermordet worden, sie stand noch immer unter Schock.

„Es geht", erwiderte sie seufzend. „Den Umständen entsprechend. Man hat mir gesagt, dass Andys Leiche noch nicht freigegeben werden kann. Stimmt das?"

Er hatte Mitleid mit ihr. Der Tod war so plötzlich gekommen und sie musste nun damit fertigwerden. Kurz erinnerte Janssen sich daran, wie sein Vater gestorben war, als er noch im Teenager-Alter gewesen war. Auch das war unerwartet passiert, auch wenn eine natürliche Todesursache der Grund gewesen war. Seine Mutter hatte alles so schnell wie möglich organisieren wollen, nicht, weil sie es eilig gehabt hatte, ihr normales Leben wieder aufzunehmen, sondern weil sie etwas gebraucht hatte, um sich zu beschäftigen, um sich von der Realität abzulenken.

Janssen fragte sich, ob Sophie Lewis Ähnliches durchmachte. Das Begräbnis organisieren, Freunde und Verwandte benachrichtigen, das verlieh Sinn, alles besser, als sich mit dem Verlust befassen zu müssen, vor allem, wenn die Umstände so brutal waren. Das kam ohnehin noch, es ließ sich nicht vermeiden.

„Ich fürchte, so ist es bei Fällen wie diesen. Die Leiche Ihres Mannes ist …", er fand keine Worte, die nicht kalt oder leer klangen.

„Sie können es sagen, Inspector."

„Ein Beweismittel", sagte er mit zusammengebissenen Zähnen. Das war die harte Wahrheit. „Sie können Ihren Mann zur Ruhe betten, sobald es möglich ist."

„Ich verstehe", sagte sie kaum hörbar. Wäre es rund um Tamaras Haus nicht so still, hätte er ihre Antwort nicht verstanden. „Was kann ich für Sie tun?"

„Ich hatte gehofft, mit James reden zu können, falls er zu Hause ist", erklärte Janssen. „Wenn möglich persönlich."

„Er ist nicht da", erwiderte Sophie Lewis. „Ich glaube, das alles war ihm zu viel. Er trifft sich heute Abend mit Freunden. Ein bisschen Normalität, wahrscheinlich. Wer könnte ihm das verübeln? Ist alles in Ordnung?"

Janssen hörte die Furcht in ihrer Stimme, genau das hatte er vermeiden wollen, indem er vorab angerufen hatte, anstatt unangekündigt an die Tür zu klopfen.

„Sie müssen sich keine Sorgen machen, das versichere ich Ihnen, aber ich muss mit ihm reden. Wissen Sie, zu welchem Freund er gegangen ist?"

„Nein, leider nicht", antwortete sie. „Lassen Sie mich überlegen. Normalerweise treffen sie sich an der Wiese bei der Spielhalle. Sie kennen sie bestimmt."

Ja, das tat er. Das war zu allen Tages- und Nachtzeiten ein beliebter Treffpunkt für Jugendliche. Auch wenn man kein Geld für die Spieleautomaten hatte, konnte man an der Promenade und bei Ebbe prima Zeit am Strand verbringen. Hunstanton war keine große Stadt. Janssen war sich sicher, dass er James Lewis finden würde.

„Danke für Ihre Hilfe, Mrs. Lewis."

„Ich könnte ihn am Handy anrufen ... damit er nach Hause –"

„Nein, bitte tun Sie das nicht. Ich muss auf dem Heimweg ohnehin durch Hunstanton." Das war eine Lüge. „Und es macht keine Umstände, wenn ich dort anhalte und mit ihm rede. Kein Grund, ihm den Abend zu verderben, wenn er den mit Freunden verbringen möchte."

„Gut ... wenn Sie darauf bestehen."

Sie klang unsicher, als ob sie an ihm zweifeln würde. Janssen bemühte sich, sie zu beruhigen.

„Es geht um die Wohnung Ihres Mannes und wie die Dinge dort zurückgelassen wurden. James war erst vor Kurzem dort und kann mir wahrscheinlich ein paar Fragen beantworten. Das ist alles."

Das war die glaubhafteste Ausrede, die ihm einfiel, und anscheinend hatte sie die gewünschte Wirkung.

„Oh, verstehe. Ja, James wird Ihnen bestimmt gerne dabei helfen."

„Vielen Dank noch einmal, Mrs. Lewis. Wir melden uns bald wieder."

Tom legte auf und stieg ins Auto, um den kurzen Weg die Küste entlang nach Hunstanton zu fahren.

DIE ALTE, viktorianische Küstenstadt kannte Tom gut. Er wusste, wo er James Lewis höchstwahrscheinlich finden würde. Schon immer hatte es die Teenager an den Pier mit all seinen Vergnügungen gezogen. Wenn man von der Altstadt Hunstantons kam, führte die Straße von der Cliff Parade bis fast zum Meeresspiegel hinunter, rechts lag die Wiese und geradeaus die Spielhalle. Als er bei der Wiese ankam, bog Janssen nach rechts ab zu einem kleinen Parkplatz vor der Klippe.

Nachdem Janssen ausgestiegen war, zog er den Reißverschluss der Jacke zu. Inzwischen war es dunkel geworden und die spärliche Wärme der Wintersonne war einem beißend kalten Wind gewichen. Er ging zur Spielhalle. Sie war wesentlich moderner, als er sie aus seiner Jugendzeit in Erinnerung hatte. Das frühere Gebäude war um die Jahrtausendwende abgebrannt und durch dieses ersetzt worden. Eigentlich war das schon ein Neubau gewesen, der originale Bau und der ursprüngliche Pier waren vor Jahrzehnten schon einmal einem Feuer zum Opfer gefallen. Jetzt beleuchteten das gebogene Dach und die Glasfassade die Wiese, und die flackernden Lichter zogen Vergnügungssuchende an. Jugendliche liebten diesen Ort, selbst wenn sie kein Geld dabeihatten. Hier trafen sie sich mit ihren Freunden.

Durch den Kälteeinbruch hatten sich weniger als sonst nach draußen gewagt. Das würde sich sicher ändern, sobald der Frühling kam. Während er die Stufen hinaufging, die von der Wiese hoch zur Spielhalle führten, betrachtete Janssen die versammelten Jugendlichen. Keiner war älter als zwanzig und sie hatten drei Gruppen gebildet. Ein paar drehten sich zu ihm um, als er vorbeiging, aber James Lewis konnte er nicht sehen. Janssen wandte sich an eine vierköpfige Gruppe neben dem Eingang und griff nach seinem Dienstausweis. Die Teenager beobachteten ihn misstrauisch. Sicherlich war es ungewöhnlich, dass jemand in seinem Alter hier war. Als er den Ausweis vorzeigte, entspannten sie sich etwas, bis auf einen Jungen, der plötzlich nervös wirkte. Wegen der dunklen Augenringe nahm Janssen an, dass er eine Tüte Cannabis dabeihatte. Das war immer ein verräterisches Zeichen.

„Haben Sie heute James Lewis gesehen?", erkundigte sich Janssen. „Seine Mutter hat mir gesagt, dass er wahrscheinlich hier ist."

Sofort schüttelten die Jungs den Kopf, für Janssen etwas zu schnell, während die Mädchen sich anschauten. Eines zuckte mit den Schultern und das andere zögerte, deshalb konzentrierte der Inspector sich auf sie.

„Haben Sie ihn heute Abend gesehen?", hakte er nach. „James ist nicht in Schwierigkeiten. Ich muss nur mit ihm reden."

Das Mädchen öffnete den Mund, sagte aber nichts. Stattdessen huschte ihr Blick auf etwas links hinter Janssen. Instinktiv schaute er sich um und sah, dass James Lewis die Spielhalle durch eine andere Tür verließ. In diesem Moment schaute der Junge zu ihnen herüber und dem Inspector in die Augen. Er erkannte ihn und blieb zögernd stehen. Janssen drehte sich in Richtung des Jungen um, und das war anscheinend James' Stichwort. Wie ein Blitz raste er davon.

Einen Moment lang war Janssen von der überhasteten Flucht überrascht, dann lief und schrie er ihm nach. James Lewis rannte die Stufen zur Promenade hinunter und stieß dabei beinahe mit einem entgegenkommenden Pärchen zusammen. Die beiden protestierten, machten aber Platz, als Janssen herankam. *Warum läuft er weg?* Panisch schaute James Lewis sich nach hinten zu Janssen um, ohne langsamer zu werden.

Janssen war gut in Form und hatte bei längeren Sprints immer eine gute Zeit hingelegt, allerdings schien das auch auf den Jungen zuzutreffen, denn er schaffte es, einen ordentlichen Vorsprung zu erlaufen. Janssen wollte ihn zum Halten auffordern, doch das würde nur noch mehr von seinem Atem kosten. Er teilte sich seine Kräfte ein und versuchte sein Bestes, mit der Geschwindigkeit des Jungen mitzuhalten. Irgendwann würde James Lewis müde werden, und wohin wollte er eigentlich?

Spaziergänger sprangen überrascht zur Seite, als die beiden an ihnen vorbeirannten. Die Promenade erstreckte sich von Hunstanton entlang der Küste nach Heacham. Sicher würde James Lewis nicht so weit laufen. Zum Glück wurde er tatsächlich langsamer, aber Janssen war ihm noch nicht nähergekommen. Am Ende des städtischen Schutzwalls bog der Junge nach links ab in den Vergnügungspark und verschwand zwischen den Fahrgeschäften und Ständen der Touristenattraktion.

An deren Eingang hielt Janssen inne und suchte verzweifelt nach einer Spur von James oder wohin er gelaufen sein könnte. Der Inspector kannte den Vergnügungspark gut. Er war klein und an allen Seiten umzäunt. In der Hochsaison gab es vier Ein- und Ausgänge, doch im Moment waren nur zwei davon offen. Wenn er aufpasste, konnte er beide im Blick behalten. Allerdings konnte ein sportlicher Mensch wahrscheinlich über den Zaun klettern, wenn das nötig war. Glücklicherweise befanden sie sich aktuell in der Nebensaison und nur wenige Leute besuchten den Vergnügungspark.

Aufmerksam auf die Umgebung achtend bewegte sich Janssen vorwärts. Ein paar Mal dachte er irrtümlich, James Lewis gesehen zu haben, doch er gab nicht auf. Da sich nur so wenige Menschen hier aufhielten, klang die Musik der Fahrgeschäfte, die sonst für gute Laune sorgte, ohne die vergnügten Aufschreie und das Gelächter unpassend traurig und kläglich.

Krachend öffnete sich die Tür zur Geisterbahn, als ein

Wagen mit kichernden Leuten darin herausdonnerte, gerade als die Musik des Karussells losging und es sich zu drehen begann.

Eine Bewegung, die Janssen in den Augenwinkeln wahrnahm, erregte seine Aufmerksamkeit. Er trat auf das immer schneller werdende Karussell und schlängelte sich durch die bunten Pferde, während er die Umgebung nach Anzeichen von James absuchte. Über sich hörte er vereinzelt die verängstigten und belustigten Schreie der Fahrgäste, als die Achterbahn zur Seite kippte und dann nach unten raste.

Der Betreiber des Karussells kam auf Janssen zu und wollte ihn vertreiben, doch der Inspector ignorierte ihn, drängte sich vorbei und blieb am Rand des Karussells stehen. Sein Plan war aufgegangen. Er hatte den Jungen herauslocken wollten, indem er einen Fluchtweg zu einem der Ausgänge offengelassen hatte. Im richtigen Moment stieß er sich ab. Der Schwung katapultierte ihn genau auf James Lewis zu, der sich langsam zwischen dem Karussell und der Geisterbahn vorwärts schob.

Der Junge hatte sich so auf seinen Verfolger konzentriert, dass er nicht auf die Fahrgeschäfte in seiner Umgebung geachtet hatte. Tom prallte gegen ihn und beide fielen zu Boden.

Janssen reagierte schneller, da er mit dem Aufprall gerechnet hatte, und baute sich über dem Teenager auf, der sich am Boden wand und sich die Seite hielt. Der Inspector umklammerte ihn und zog den protestierenden Jungen auf die Beine.

„Mann, Sie haben mir die Rippen gebrochen!", jammerte James Lewis, verzog das Gesicht und hielt sich weiter die Seite. Janssen ignorierte den Jungen, drehte ihn um und drückte ihn neben dem lebensgroßen Abbild eines Clowns gegen die Wand der Geisterbahn. Schnell drehte Janssen dem jungen Mann die Arme auf den Rücken und legte ihm Handschellen an. Er wollte ihm nicht noch einmal nachlaufen müssen. Es war kalt und er hatte sich entsprechend angezogen, deshalb schwitzte er nun nach der Verfolgungsjagd. Auch James Lewis war außer Atem und rang nach Luft, nicht zuletzt wegen seiner unbequemen Körperhaltung. Sobald Janssen die Handschellen ordentlich verschlossen hatte, drehte er den Jungen an der Schulter herum, sodass sie sich ansehen konnten.

„Warum zum Teufel bist du weggelaufen, James?"

Der Junge wandte den Blick ab und schüttelte langsam den Kopf. Janssen ging davon aus, dass diese Geste eher Unglauben darüber ausdrückte, geschnappt worden zu sein, als dass sie eine Antwort auf seine Frage war.

„Hast du etwas Verbotenes bei dir?", fragte der Inspector. Dieses Mal schaute James ihn an und verdrehte die Augen.

„Nein … nicht wirklich", erwiderte er leise.

„Nicht wirklich?", wiederholte Janssen und durchsuchte die Taschen des Jungen. Alles, was nicht von Interesse war, ließ er auf den Boden fallen.

Bis auf eine wiederverschließbare Tüte mit etwas, das nach Haschisch aussah, fand er nichts Ungewöhnliches in den Taschen der Jeans. Der Verdacht bestätigte sich, als er einen Beutel mit losem Tabak und eine Packung Zigarettenpapier fand, von der einige Stücke sorgfältig abgerissen worden waren. Mit zur Seite geneigtem Kopf hielt Janssen den Beutel hoch und zog fragend eine Augenbraue nach oben.

„Kaum die rasante Flucht wert, oder?"

Wortlos sah James weg und Janssen steckte den Beutel ein, bevor er seine Durchsuchung fortsetzte. Als er die Jackentaschen abklopfte, spürte er innen an der rechten Seite eine große Wölbung. Während er den Reisverschluss aufzog, fixierte er den jungen Mann, der wiederum wegschaute.

Janssen öffnete die Jacke und griff in die Innentasche, um an den Inhalt zu gelangen. Er fühlte sich vertraut an und der DI wusste, was es war, bevor er einen Blick darauf warf.

Janssen hielt das Bündel Banknoten vor James Lewis hoch und legte diesem eine Hand auf die Brust, um ihn zurückzuhalten und den Wert des Geldes abschätzen zu können. Er hatte mindestens tausend Pfund in gebrauchten Zwanzigern dabei. Der Inspector nahm an, dass es schon eine ganze Weile im Umlauf war, nicht nur, weil die Banknoten schon zerknittert waren, sondern weil sie noch aus Papier bestanden, nicht aus Polymer wie die neuen Noten, die es seit dem Vorjahr gab. In der Hand hielt er kein neues Geld und das machte ihn stutzig. Wahrscheinlich war dieses Bündel der Grund für James Lewis' Flucht.

„Ei, ei, ei … wie bist du denn dazu gekommen?", fragte Janssen und studierte den Gesichtsausdruck des jungen Mannes. Dieser sah völlig entmutigt aus. „Und sag mir nicht, dass du gewettet hast, das kaufe ich dir nämlich nicht ab."

Seufzend starrte James Lewis auf die Banknoten, bevor er Janssen ansah.

„Nun?", hakte der Inspector nach.

„Ich zeig es Ihnen", sagte der junge Mann widerwillig.

KAPITEL DREIUNDZWANZIG

ALS JANSSEN DAS GARAGENTOR ÖFFNETE, quietschte es. Zitternd schwang es im Schein von Cassandra Knights Taschenlampe nach oben. Sie befanden sich bei einem Block aus zwölf Garagen, die den Bewohnern der nahegelegenen Wohnungen an der Cliff Parade gehörten oder von diesen genutzt wurden. Andrew Lewis hatte nur ein paar Minuten zu Fuß entfernt gewohnt. Sein Sohn James saß schweigend in einem Verhörraum im Revier, nachdem er Janssen den Standort verraten hatte. Tom erinnerte sich, dass der junge Mann einen dritten Schlüssel, den Schlüssel zu dieser Garage, vom Bund genommen hatte, bevor er ihm die anderen gegeben hatte. Hatte er da schon gewusst, was sich hier befand? Hatte er im Voraus geplant? Wenn ja, dann sagte diese berechnende Entscheidung viel über den jungen Mann.

„Ich schwöre, ich habe es nicht gewusst!"

James' Worte nach seiner Festnahme hallten in Toms Kopf wider. Er zog ein Paar Nitrilhandschuhe an und sah sich um. Neben dem Eingang hing eine Kordel und er zog daran. Es klickte, doch die Neonröhre leuchtete nicht auf. Cassandra trat vor und beleuchtete den Innenraum. Auf den ersten Blick befand sich darin nichts Außergewöhnliches.

In der Garage standen die üblichen Dinge, die übrigblieben, wenn man von einem Haus in eine Wohnung zog. Das meiste schien Müll zu sein, es gab kaum etwas von Wert. An einer Wand lehnten zwei alte Fahrräder und machten den Eindruck, als wären sie seit Jahren nicht mehr benutzt worden. Ganz hinten standen ein kleines Sofa und einige Kartons mit der Aufschrift eines Umzugsunternehmens. Diese bildeten einen extrem schiefen Stapel, anscheinend war der unterste feucht geworden und gefährdete nun die gesamte Stabilität. Sie könnten jeden Moment umstürzen. Es war unmöglich zu sagen, was sich darin befand.

Die Detectives traten ein und Tom betrachtete die Campingausrüstung links von ihm. Auch diese sah so aus, als wäre sie schon lange nicht mehr im Einsatz gewesen. Im Inneren der Garage roch es feucht. Kein Wunder, sie bestand nur aus einfachen, witterungsanfälligen Ziegeln. Cassandra inspizierte einen alten Heizlüfter, der an einer Wand lehnte.

„Der hier scheint benutzt worden zu sein", sagte sie. „Er ist kaum verstaubt oder verschmutzt."

Tom blickte zu ihr. Es war ein altes Gerät, das unter den heutigen Vorschriften als Todesfalle galt, aber um einen Ort wie diesen kurz zu wärmen, reichte es. Warum hier allerdings jemand genug Zeit verbringen sollte, um einen Heizlüfter zu rechtfertigen, war eine interessante Frage.

„Wo hat er gesagt, dass er es gefunden hat?", erkundigte sich Cassie, während sie den Schein der Taschenlampe wandern ließ.

„Wir sollen nach einer MFO-Kiste Ausschau halten."

„Bitte was?", fragte Cassie und richtete die Taschenlampe auf Tom.

„Eine Kiste der mobilen Einsatzkräfte für Auslandseinsätze", erwiderte Tom leise, während er sich weiter umsah. „Jeder Soldat, der im Ausland stationiert ist, bekommt eine, um die Ausrüstung zu transportieren. Stell dir eine große Holzkiste vor."

„Wie die da?", fragte sie. Tom ging zu ihr hinüber und hob die Ecke einer alten, mit Farbspritzern und Schmutz bedeckten Abdeckung hoch. Darunter befand sich eine Holzkiste mit drei aufgedruckten Buchstaben – MFO.

„Genau so eine", sagte Tom und zog die Abdeckung weg, während Cassandra weiter für Licht sorgte.

Der Deckel war nicht verschlossen und Tom öffnete ihn mit Leichtigkeit. Er stellte ihn hinter der Kiste an die Wand. Cassie trat näher und leuchtete hinein. Die beiden Detectives sahen sich an.

„Das erklärt, warum Andrew Lewis immer dann flüssig war, wenn seine Frau Geld gebraucht hat", meinte Tom, griff hinein und zog eines der Pakete aus der Kiste.

Es war mit so viel Plastikfolie umwickelt, dass man kaum sah, was sich darunter befand. Mit dem Handy und dank Cassandras Beleuchtung schoss er einige Fotos. Dann löste er die Folie. Darin eingewickelt waren Geldbündel, alles gebrauchte Zwanziger. Allein in einem Paket mussten sich über zehntausend Pfund befinden. Tom blicke erneut in die gerammelt volle Kiste.

„Warum so viel Folie?", fragte Cassandra.

Tom sah sich um und dann hoch zum Dach. Alle Garagen hatten flache Foliendächer. Im Laufe der Zeit wurden diese porös und hielten die Elemente nicht mehr draußen.

„Erstens wegen der Feuchtigkeit", antwortete Tom und schaute Cassie an. „Und zweitens würde sich sonst Ungeziefer darüber hermachen und Nester darin bauen."

„Das müssen zehntausende Pfund sein, wenn nicht sogar

ein sechsstelliger Betrag", staunte Cassie. „Wo zum Teufel hat er das her?"

Langsam schüttelte Tom den Kopf. Er hatte keine Ahnung.

„James Lewis behauptet, sein Vater hätte ihm gesagt, er sollte in der Garage nachsehen, falls ihm etwas zustoßen sollte", sagte Tom, während er das Bündel Banknoten wieder einwickelte und in die Kiste legte, „aber er hätte ihm nie gesagt, warum."

„Behauptet er", sagte Cassandra, die den Wahrheitsgehalt dieser Aussage anzweifelte.

„Ja, das behauptet er", wiederholte Tom. „Wenn er schon gewusst hat, was sich hier befindet, dann weiß er vielleicht auch, wie sein Vater dazu gekommen ist."

„Wie stehen die Chancen, dass Andrew Lewis' Freunde wissen, wie er an das Geld gekommen ist?", warf Cassandra ein.

„Diese Frage würde ich ihnen gerne stellen. Apropos, hast du was von Eric gehört?"

„Seit einer Weile nichts mehr", antwortete sie und zog ihr Handy heraus. Sie gab Tom die Taschenlampe, dann schrieb sie Eric eine kurze Nachricht. Während er Greg Ellis beschattete, wäre es einfacher, unauffällig eine Textnachricht zu lesen, als zu telefonieren.

KAPITEL VIERUNDZWANZIG

Harry Oakes öffnete die Tür und betrat das Pub. Es war nicht viel los und er sah gleich, dass sie in einer Ecke nahe am Kamin saßen. Er lächelte dem Besitzer zu, der ihm zuwinkte und auf seine Freunde deutete. Stumm nickte Oakes ihm dankend zu und ging in Richtung Bar.

Zwei Männer um die sechzig spielten Darts, der Werfer musste von seinem Mitspieler gerade einiges an Häme einstecken, und an einem Tisch saß ein junger Mann um die zwanzig, der auf seinem Handy tippte und ein Bier trank. Aus dem Nebenzimmer drang das Lachen einer Frau und hinter der Bar sah er zwei oder drei Leute, die den Abend genossen und sich mit den Kellnern unterhielten. Außer diesen paar Gästen war das Pub leer. In der Nebensaison war das keine Seltenheit. Das würde sich ändern.

Als Harry den Tisch erreichte, begrüßten ihn die zwei Männer und einer schob ein dunkles Bier in seine Richtung. Er zog die Jacke aus, faltete sie zusammen und legte sie ordentlich über einen freien Hocker am Ende des Tisches, bevor er sich setzte. Mit dem Glas in der Hand prostete er den anderen zu.

„Prost", sagte er und nippte an seinem Bier.

„Schön, dass du kommen konntest, Harry."

„Immer gerne, Gregory", erwiderte Harry, ignorierte dabei den sarkastischen Ton und stellte das Glas wieder ab.

„Ich glaube, was Greg sagen wollte, ist:", warf Eddie Drew ein, beugte sich vor und stützte die Ellenbogen auf den Tisch, „Du bist zu spät."

„Das weiß ich, Eddie. Ich bin nicht blöd, aber ich musste die Mädchen ins Bett bringen. Wenn du Kinder hättest, würdest du das verstehen."

„Pah!", entgegnete Eddie und winkte die Entschuldigung ab. „Du redest dich immer auf deine Mädchen heraus. Ich verstehe sowieso nicht, wieso jemand Kinder will."

„Tja, vielleicht, um einen Sinn im Leben zu haben oder um eine Art Vermächtnis zu hinterlassen, wenn man einmal nicht mehr ist", erwiderte Harry. Er trank noch einen Schluck und genoss den Geschmack des Bieres. Es kam nicht oft vor, dass er ausging. Sein Leben hatte sich enorm geändert, ein Gedanke, der ihn beflügelte. „Oder vielleicht nur, um den nächsten Schritt zu machen und etwas Schönes mit seinem Leben anzufangen. Du solltest es mal versuchen."

Zu seinem großen Vergnügen ärgerte sich Eddie. Es fühlte sich gut an, ihn aufzustacheln. Schon immer war Drew ein größenwahnsinniger Corporal gewesen, und das hatte sich im zivilen Leben mit einem eigenen Unternehmen nicht geändert, zumindest nicht in eine angenehmere Richtung. Wie immer musste Greg Ellis beruhigend eingreifen.

„Meine Herren", sagte er, schaute die beiden an und hielt besänftigend die Hände hoch. „Wir wollen den Abend doch nicht mit Streit beginnen."

Eddie sank zurück, starrte Harry aber weiter wütend an. Dieser konnte sich ein Lächeln nicht verkneifen, was ihm einen strengen Blick von Greg einbrachte. Harry nickte entschuldigend.

„Tut mir leid, Eddie. Du wirst schon noch zum Zug kommen."

Eddies ernster Gesichtsausdruck wich einem Grinsen und er schüttelte den Kopf. „Tja, nun, deine Frau hat angerufen, aber ich hab' ihr einen Korb gegeben. Ich will nichts Altes von dir."

Harry lächelte. Einen Moment lang glaubte er, dass der junge Mann, der allein am Tisch saß, zu ihnen geschaut hätte. Er beobachtete ihn und wartete, ob er noch einmal in ihre Richtung blickte, doch er hatte nur Augen für sein Handy. Darum dachte Harry sich nichts weiter dabei und nippte wieder am Bier. Greg warf ihm einen Seitenblick zu.

„Wie läuft das Gartengeschäft?"

Die Frage klang ehrlich. Greg war nicht der Typ, der andere veräppelte.

„Die Vorbereitungen für den Frühling kommen gut voran, aber die Renovierungsarbeiten sind verdammt teuer", er schluckte hörbar und setzte das Glas wieder ab, „Hätte nie gedacht, dass die Gewächshäuser so ein Loch reißen."

„Ist es sehr schlimm?"

Dieses Mal kam die Frage von Eddie und sie klang ernst. Seltsam, der Mann musste krank sein. Harry nickte.

„Es geht ziemlich knapp her, ja."

„Was ist mit der Familie deiner Frau?", erkundigte sich Greg. „Kann da niemand aushelfen?"

Harry schüttelte den Kopf. „Keine Chance, schon gar nicht nach dem, wie der Verkauf der Gärtnerei abgelaufen ist. Außerdem hätte Tina was dagegen. Sie hat sich gegen ihren Vater gestellt und den Ruf der Familie aufs Spiel gesetzt, und ihre Zukunft, weil sie sich für mich entschieden hat." Wieder schüttelte er den Kopf. „Das ist keine Option. Was ist mit euch,

Jungs, wollt ihr in eine aufstrebende Gärtnerei investieren?"
Diese Frage war nicht ernst gemeint, doch keinem der beiden
fiel das auf.

Eddie verzog das Gesicht. „Nicht nur du hast Probleme",
sagte er, schwenkte den Rest im Glas und trank es in einem
Zug leer. „Ich habe ein Franchise mit einem Hersteller, der voll
auf Dieselfahrzeuge gesetzt hat ...", sagte er, zog geräuschvoll
die Nase hoch und stellte das leere Glas hart auf den Tisch.
„Und weißt du, was die Leute heutzutage nicht kaufen
möchten?"

„Dieselautos", antworteten Greg und Harry im Chor.

Eddie lächelte und breitete die Arme aus. „Der Antichrist
ist auferstanden und läuft mit Diesel", meinte er und stand
auf. Er zeigte auf die Gläser der anderen. „Noch einmal
dasselbe?"

Harry schüttelte den Kopf, er hatte sein Bier kaum ange-
rührt, aber Greg nickte und Eddie ging los, allerdings erst auf
die Toilette, wobei seine Schritte zunehmend unsicher wirkten.
Harry wandte sich an Greg.

„Wie viele hatte er?"

Auf dem Tisch standen mehrere leere Biergläser.

Greg zuckte mit den Schultern. „Er hatte schon ein paar,
bevor ich gekommen bin."

„Wie läuft es in der Golfwelt?", erkundigte sich Harry,
während er zusah, wie Eddie durch die Tür zur Toilette stolperte. „In dieser Gegend gibt es genug pensionierte weiße
Männer mit einem schrecklichen Sinn für Hosenmode. Dir
muss es recht gut gehen, oder?"

Seufzend hob Greg sein Glas an die Lippen. Kurz dachte
Harry, Greg würde die Frage ignorieren, doch nach einem
Moment des Überlegens antwortete er wie üblich kryptisch.

„Und es gibt hier viele Golfplätze."

Harry beobachtete seinen Freund, wie er auf das Glas vor

sich blickte und es mit beiden Händen umfasste. Gregs Gesichtsausdruck wirkte nachdenklich, als würde er über etwas brüten, aber nicht darüber reden wollen. Doch der Moment ging vorüber, wie scheinbar auch Gregs melancholische Stimmung.

„Ist die Polizei nochmal bei dir vorbeigekommen?", fragte er.

Harry schüttelte den Kopf. „Davon bin ich auch nicht ausgegangen."

„Sei dir da nicht so sicher", erwiderte Greg und schaute ihn an. Etwas an seiner Miene verursachte Harry einen unangenehmen Knoten in der Magengegend.

„Im Moment habe ich dringendere Dinge, um die ich mich kümmern muss", entgegnete er aggressiver, als er wollte.

Gregs Oberlippe zuckte, das passierte immer, wenn er zornig wurde. Deshalb ruderte Harry ein wenig zurück.

„Schon gut, okay. Ich weiß zu schätzen, was du mir sagen willst." Er schaute nach rechts und sah, dass Eddie die Toilette in Richtung Bar verließ und dabei fluchend gegen einen Tisch stieß. Mit einer Kopfbewegung deutete er auf Eddie. „Ich glaube, du solltest dir mehr Sorgen um ihn machen."

Greg folgte seinem Blick zur Bar und nickte langsam. „Ja, vielleicht. Er ist ziemlich durcheinander, das stimmt schon."

Harry lehnte sich mit seinem Bier zurück. „Verständlich. Eddie konnte noch nie gut mit Stress umgehen, was?"

„Nein, es ist mehr als das. Johnny ist bei ihm aufgetaucht."

„Johnny?", wiederholte Harry mit gesenkter Stimme. „Wo?"

„Überall … draußen an seinem Haus, am Autohaus … tauchte immer dann auf, wenn er es am wenigsten erwartet hat."

Greg fixierte Harry mit demselben Blick, den dieser immer

gehasst hatte, denn dann stellte er eine Frage, auf die er bereits die Antwort wusste.

„War er auch bei dir?"

Harry schaute Greg in die Augen. Lügen hatte keinen Sinn, er würde es merken.

„Ja. Ein paar Mal."

„Du hast nie was davon gesagt!", fauchte Greg. „Wann?"

Harry schüttelte den Kopf. „Keine Ahnung, vor einer Woche ungefähr … oder länger." Gregs Verärgerung war offensichtlich, seine Brust hob sich, während sein Gesichtsausdruck zu Stein wurde. „Hör mal, ich hab' es für sinnlos gehalten, etwas zu sagen. Ich hab' ihm gesagt, wohin er sich verziehen soll. Er hat keine Schwierigkeiten gemacht. Was ist das Problem?"

„Du weißt verdammt gut, was das –"

Er beendete den Satz nicht, da Eddie mit zwei Gläsern Bier zurückkam, eines vor Greg abstellte und dabei etwas vom Inhalt verschüttete.

„Äh … tut mir leid, Kumpel", sagte Eddie, während er sich ungeschickt setzte.

Kopfschüttelnd winkte Greg die Entschuldigung ab, sah dabei aber weiter Harry an. Erst dann richtete er sich auf und schaute beide Freunde an.

„Wir müssen uns um ein kleines Problem kümmern", sagte Greg leise. „Und ich denke, wir können zwei Fliegen mit einer Klappe schlagen."

Das ließ wenig zu wünschen übrig und Eddie und Harry warfen sich kurz einen Blick zu, bevor sie ihren früheren Sergeanten anschauten.

„Wir haben gedacht, dass Freddie sich um die Sache mit Johnny Catton gekümmert hat, aber", sagte Greg und blickte sich im Pub um, damit niemand sie belauschen konnte, „es scheint, als wäre Johnny schneller gewesen."

Eddie starrte auf sein Bierglas. Harry wusste, dass er nichts dazu sagen würde, denn er war nie ein Anführer, immer ein Gefolgsmann.

„Ich dachte, wir würden das lassen", warf Harry leise ein, obwohl er sich vor Gregs Zorn fürchtete. Das war einer der Gründe, wieso er Cattons Besuche nicht erwähnt hatte, er wollte nicht, dass Greg einen auf Anführer machte. Eddie würde tun, was Greg sagte, wie immer, und dann wäre er selbst überstimmt und gezwungen, etwas Leichtsinniges zu tun. Etwas, das sogar für sie zu waghalsig war. Harry wollte um jeden Preis verschweigen, dass Catton vorhin in der Gärtnerei gewesen war, seinetwegen war er zu spät gekommen. „Und mit all dem, was gerade vor sich geht, ist jetzt der richtige Zeitpunkt, oder was?"

„Wir haben uns abgesprochen, aber Johnny hat den Einsatz erhöht, nicht wahr?", gab Greg zurück und beugte sich vor. „Und er ist das schwache Glied in der Kette, das sollten wir nicht vergessen."

Dem konnte Harry nicht zustimmen. Johnny Catton war verrückt, kein Zweifel, aber das schwache Glied saß neben ihm und Greg. Eddie Drew konnte sich kaum zusammenreißen. So viel war offensichtlich. Johnny Catton hatte sich schon lange von ihnen abgewandt und wenn es hart auf hart käme, würde er nicht hinter ihnen stehen, nicht mehr. Eddie war vielleicht ein Schatten seines früheren Selbst, aber auf Greg konnte man sich verlassen, wie auch auf Andy und Freddie. Aber der Zeitpunkt … war ungünstig.

„Warum halten wir uns nicht zurück und überlassen das der Polizei?", warf Harry ein. „Jemand wie Johnny wird früher oder später ins Scheinwerferlicht geraten und das Problem löst sich von selbst."

„Tatsächlich?", spöttelte Eddie. „Und was, wenn er redet … und er wird reden … irgendwann. Und was, wenn man ihn gar nicht verdächtigt? Willst du, dass dir dasselbe passiert wie Andy und Freddie? Soll dann einer von uns deinen Mädchen erklären –"

„Bleib ja weg von meinen Mädchen", knurrte Harry. Das passte gar nicht zu ihm und sowohl Greg als auch Eddie wirkten verblüfft. Obwohl Eddie den Blick senkte, war klar, dass ihm die Drohung nicht gefiel.

„Aber, aber, meine Herren", sagte Greg, „seid nicht so laut. Die Wände haben Ohren und so weiter." Greg sah sich zu dem jungen Mann um, der vorhin auch Harrys Aufmerksamkeit erregt hatte. Er sah kurz hoch und den beiden Männern in die Augen, bevor sich sein Blick wieder auf das Handy heftete. „Außerdem", fuhr Greg fort, als er sich wieder zu ihnen umgedreht hatte, „könnten wir alle eine kleine Finanzspritze vertragen."

Greg hob sein Glas und wartete mit fragend hochgezogenen Augenbrauen. Langsam hob auch Eddie seines und stieß an. Die beiden Männer sahen Harry erwartungsvoll an. Dieser fuhr sich mit der Zunge über die Unterlippe. Seiner Ansicht nach schien es eine unnötige Provokation zu sein, ein Fehler, trotzdem stieß auch er mit an. Greg hatte recht. Sie alle konnten das Geld gebrauchen. Die drei Gläser klirrten und drei Augenpaare schauten sich an.

„Tod oder Ehre", flüsterte Greg mit einem Lächeln und funkelnden Augen.

„Tod oder Ehre", wiederholten die beiden anderen.

Gerade, als sie das letzte Wort gesprochen hatten, öffnete sich die Tür des Pubs und ein weiterer Mann trat ein. Der Neuankömmling blieb an der Schwelle stehen und sah sich um. Sein Blick fiel auf die drei Männer in ihrer Ecke und er ging schnurstracks auf sie zu. Harry biss sich auf die Lippe und stieß Greg leicht mit dem Ellenbogen in die Rippen, um ihn auf den Mann aufmerksam zu machen. Greg und Eddie schauten hin und waren baff, als Janssen an ihrem Tisch stehen blieb.

„Guten Abend, Inspector", begrüßte Greg Ellis ihn freundlich. „Ich wusste nicht, dass Sie auch hier Ihr Feierabendbier trinken."

„Ich trinke nicht", erwiderte Janssen, nahm sein Handy heraus und entsperrte den Bildschirm. Dann legte er es mitten auf den Tisch. Die drei Männer warfen einen Blick darauf. Harry Oakes kniff die Augen zusammen, als er die MFO-Kiste erkannte und alle sehen konnten, was sich darin befand. Keiner sagte ein Wort und Oakes spürte, wie sich ihm der Magen umdrehte.

„Ist schon interessant, was ein Mann so hinterlässt, nicht wahr?", meinte Janssen.

Ellis lehnte sich als Erster wieder zurück. Er sah zu Janssen hoch. Oakes wusste, dass er dazu nicht in der Lage war, da er befürchtete, dass der Inspector seine geheimsten Gedanken lesen und ihn direkt durchschauen würde. Das war Gregs Augenblick, in solchen Situationen lief er zur Bestform auf.

„Was genau ist das, Inspector?"

„Das haben wir in Andrew Lewis' Garage gefunden", erwiderte Janssen. „Kommt Ihnen das bekannt vor?"

„Wow, was für eine Rentenzahlung", sagte Ellis. „Typisch Andy, was, Jungs? Immer der Geheimniskrämer." Oakes und Drew murmelten zustimmend. „Ich wünschte, ich hätte etwas davon gewusst. Der dreiste Kerl hat ständig Geld von mir geschnorrt. Dieser geizige Schwachkopf."

„Was glauben Sie, wie er dazu gekommen ist?", fragte Janssen.

Ellis schüttelte den Kopf und zog die Mundwinkel nach unten. „Keine Ahnung. Andy hat nie über die Arbeit geredet und jetzt verstehe ich, warum." Greg Ellis sah zu Drew. „Was ist mit dir, Eddie?"

Drew hob sein Glas und schaute den Inspector an. „Keine Ahnung", sagte er, bevor er einen Schluck trank. Plötzlich wirkte er wachsam und vor allem nüchtern.

Oakes verneinte ebenfalls jegliches Wissen und schaute Janssen an, nachdem er einen Blick auf den jungen Mann geworfen hatte, der allein am Tisch saß und anscheinend das Geschehen verfolgte. „Auch ich habe keine Ahnung, Inspector. Es tut mir leid. Ich wünschte, ich könnte Ihnen helfen."

Ein paar Sekunden lang hielt der Detective den Blickkontakt, dann sah er alle drei nacheinander an. Er wusste etwas. Das war offensichtlich. Aber wie viel er wusste und ob er irgendetwas davon beweisen konnte, war eine ganz andere Frage.

„Manche würden sagen, dass sich dafür ein Mord lohnen würde", sagte Janssen und schnappte sich wieder das Handy.

Er warf einen Blick auf den Bildschirm, bevor er es wieder einsteckte. Dann drehte er sich um und ging zurück in Richtung Ausgang. An der Tür hielt Janssen inne und schaute noch einmal zu den drei Männern zurück. Greg Ellis beobachtete den Detective mit einem eiskalten Blick, doch Oakes konnte ihm nicht in die Augen sehen und starrte stattdessen so teilnahmslos wie möglich auf das Bierglas in seiner Hand. Dann trat Janssen endgültig hinaus in die Dunkelheit.

Einige Minuten saßen die drei schweigend da. Harry wusste nicht, was die anderen dachten, aber er fühlte etwas, das er schon lange nicht mehr gespürt hatte. Er kannte dieses Gefühl, es war, als würde er einen alten Freund umarmen, den er seit Jahren nicht mehr gesehen hatte, aber der ihn besser kannte als alle anderen.

Es war Furcht. Und er hatte Angst. Irgendwann sagte jemand etwas. Es war Greg.

„Nun ... das macht die Sache komplizierter."

KAPITEL FÜNFUNDZWANZIG

ALS ER NACH HAUSE FUHR, wurde Tom das Bild der drei Ex-Soldaten im Pub nicht los. Wenn er die Details des Falles durchging, kam er zu dem Schluss, dass die Antworten im verschworenen Kreis dieser Männer zu finden waren. Alles an ihnen fühlte sich für ihn falsch an. Er machte sich zu jedem Gedanken. Greg Ellis war der offensichtliche Kandidat, um als Anführer zu agieren, wenn sie die Dinge immer noch so hand-haben. Sein Besuch am Revier unter dem Vorwand, bei den Ermittlungen zu helfen, war in Wahrheit nicht mehr gewesen als der Versuch, Informationen zum Fall herauszulocken oder die Ermittlungen in eine ganz andere Richtung zu lenken. Zu diesem Zeitpunkt war Tom nicht klar, was davon tatsächlich die Absicht gewesen war.

Wenn Ellis allerdings eine Manipulation zum Ziel gehabt hatte, dann war es ein jämmerlicher Versuch gewesen. Viel-leicht war er ein dekorierter Soldat, aber er hatte keine Ahnung, wie eine Mordermittlung ablief. Wenn Tom das Licht war, dann war Ellis die Motte.

Von den anderen beiden fand Tom Harry Oakes am interessantesten. Er war eher ein Mann der zurückhaltenden Worte, benahm sich zivilisiert und wirkte zumindest von außen so, als hätte er den adrenalingeladenen Lebensstil hinter sich gelassen und sich für ein ruhigeres Leben mit Familie entschieden. Tom konnte die Entscheidungen des Mannes gut nachvollziehen, er dachte an Alice und Saffy.

Dann schob er diese Gedanken für den Moment zur Seite und ging noch einmal das Gespräch mit Tamara durch. Die Bestätigung der Scheidung dürfte die Dinge zwischen ihm und Alice verändern. Auch wenn Alice nie einen Antrag erwartet hatte, hatte er sie gebeten, ihn zu heiraten, doch rückblickend war das eine gigantische Katastrophe gewesen. Alice dachte immer an die Zukunft. Ob er darin eine Rolle spielte, wusste er noch immer nicht genau. Tom nahm an, dass das wahrscheinlich der Fall sein musste, denn warum wäre sie sonst mit ihm zusammen?

Er schüttelte die Gedanken rund um sein Privatleben ab und konzentrierte sich wieder auf den Fall. Anscheinend fühlte Edward Drew sich in seiner aktuellen Position sehr wohl. Tom konnte sich gut vorstellen, dass der Mann einem Fremden Geld für etwas abschwatzte, das dieser nicht unbedingt wollte oder brauchte. Wenn es allerdings um etwas ging, das dem Mann am Herzen lag, dann standen die Dinge ganz anders und man musste kein Hellseher sein, um das zu erkennen.

Janssens kurzer Auftritt bei ihrer kleinen Versammlung heute Abend hatte alle überrascht, aber vor allem Drew. Ellis hatte das Gespräch mit Leichtigkeit gelenkt und seine Arroganz dabei hatte deutlich gemacht, dass er sich in Sachen Intelligenz tatsächlich für überlegen hielt, auch wenn sich das als Fehleinschätzung herausstellen könnte. Oakes hatte sich zurückgehalten, war aber ganz der nette Kerl geblieben. Vielleicht war das keine Fassade. Vielleicht war er der Vernünftige der drei, der Kontakt, den Tom ausnutzen konnte, um zur Wahrheit vorzudringen. Das würde die Zukunft zeigen.

Edward Drew ... die kurz angebundene Art, versteinerte Miene und Steifheit sollten Stärke und Macht vermitteln, aber in Wahrheit deuteten sie genau auf das Gegenteil. Toms Auftauchen hatte ihm Angst eingejagt. Nicht nur Drew, sondern allen dreien, sogar Ellis, obwohl er das hinter seinem forschen Auftreten hatte verstecken wollen – was genau der Plan gewesen war.

Dass sich die Männer so unwohl in ihrer Haut gefühlt hatten, bekräftigte Toms Ansicht, dass sie mehr darüber wussten, wieso ihre Freunde ermordet worden waren, allerdings war unklar, ob sie Opfer oder Täter waren, und vor allem, warum sie so beharrlich schwiegen. Denn sie verweigerten bewusst ihre Hilfe.

Der Grund, warum Andrew Lewis tausende Pfund in bar versteckt hatte, war höchstwahrscheinlich ungesetzlich, was wiederum zu der Frage führte, ob alle davon gewusst hatten, und falls ja, war dann die Angst, selbst schuldig zu sein, größer als der Selbsterhaltungstrieb?

Auf dem Revier nahm Cassandra Knight die drei Männer genauer unter die Lupe. An sich waren sie erfolgreiche Geschäftsmänner, wie Fred Mayes es gewesen war, aber hatten sie das alleine geschafft oder hatten sie dafür Schwarzgeld erhalten wie auch Andrew Lewis? Kurz kamen Schuldgefühle in ihm hoch, wenn Tom daran dachte, wie Cassandra sich auf dem Revier abmühte. Eric war noch Greg Ellis auf den Fersen, also fuhr er als Einziger schon nach Hause, allerdings war es bereits knapp zehn Uhr abends.

So gegen Mittag hatte Alice angerufen und er hatte versprochen, zu ihr zu kommen, wenn er fertig war, hatte aber angenommen, dass das viel früher der Fall wäre. Tamaras Vorschlag, die Truppe aufzurütteln, hatte seine Pläne geändert. Eric hatte Cassandra informiert, dass die drei Männer im Pub waren, und diese Chance war zu gut, um sie ungenutzt zu lassen.

Wie die drei nun reagierten, war entscheidend. Vielleicht unternahmen sie nichts, doch Tom glaubte nicht, dass sie sich zurücklehnen und den Dingen ihren Lauf lassen würden. Als Ex-Soldaten hatte man sie dafür ausgebildet, immer den ersten Schritt zu machen, den Kampf zum Feind zu tragen, und er war überzeugt, dass sie genau das tun würden. Aber er wusste nicht, wie und wann. Wenn sie tatsächlich Opfer waren und ihren potenziellen Mörder kannten, was würden sie dann als Erstes tun? Zudem bestand die Möglichkeit, dass einer von ihnen der Mörder war oder sie gemeinsam vorgingen. Wenn einer der Schuldige war, könnte er die Polizei und den restlichen Trupp ausspielen, beziehungsweise sie als Gruppe alle anderen.

Tom kam der Gedanke, dass Erics Beobachtungen, nachdem er das Pub verlassen hatte, aufschlussreich sein könnten. Die Leistung des DC hatte ihn beeindruckt. Eric hatte kaum hochgesehen, als Tom das Pub betreten hatte, und hatte ganz natürlich gewirkt, wie ein normaler Gast. Hoffentlich wahrte er die Distanz und forderte sein Glück nicht heraus. Möglicherweise waren diese Männer gefährlich, er sollte sie nicht unterschätzen.

Tom parkte mit laufendem Motor vor Alices Haus und tippte noch eine Textnachricht an Eric, um ihn zur Vorsicht zu ermahnen. Als er den Motor abstellte und sich abschnallte, kam bereits die Antwort des DC. Eric war sicher, dass er gut zurechtkommen würde. Lächelnd stieg Tom aus.

Im unteren Stock brannte Licht, daher nahm Tom an, dass

Alice auf ihn gewartet hatte. Nur für den Fall, dass sie dabei auf dem Sofa einschlafen war, was beiden gelegentlich passierte, schloss er die Haustür so leise wie möglich auf. Im Flur war es hell und er hörte, dass sich jemand hinten in der Küche befand. Als er hinüberging, räumte Alice gerade den Geschirrspüler aus.

„Es tut mir furchtbar leid –"

Sie wirbelte zu ihm herum, hob einen Finger an die Lippen und unterbrach damit seine Entschuldigung, denn er sollte leise sein. Dann zeigte Alice mit dem Finger in Richtung Wohnzimmer. Als Tom sich umsah, bemerkte er, dass Saffy friedlich auf dem Sofa schlief. Sie trug ihren Pyjama und hatte die Decke bis zu den Schultern hochgezogen. In den Armen hielt sie ihr Lieblingsstofftier.

Tom ging zu ihr und kniete sich hin. Sanft strich er ihr den Pony aus den Augen. Ihr Gesicht wirkte blasser als sonst und war stellenweise gerötet. Er fragte sich, ob sie sich irgendetwas eingefangen hatte, aber als er am Morgen zur Arbeit gefahren war, war es ihr gut gegangen.

Tom sah zurück zu Alice, die ihn von der Küche aus schwach anlächelte. Er beugte sich vor und drückte dem Mädchen einen sanften Kuss auf die Stirn. Kurz wurde sie unruhig, wachte aber nicht auf. Nachdem Tom wieder aufgestanden war, ging er zu Alice. Sie hatte sich einen Arm um den Oberkörper geschlungen, mit der anderen Hand spielte sie geistesabwesend an der Halskette. Irgendetwas stimmte nicht.

„Ist mit Saffy alles in Ordnung?", fragte er flüsternd.

Mit einer Kopfbewegung deutete Alice in Richtung Wohnzimmer und zusammen schlichen sie am schlafenden Mädchen vorbei ins Nebenzimmer. Sie schloss die Doppeltür, durch deren Verglasung sie Saffy im Auge behalten konnten.

„Ade ist heute nicht aufgetaucht", erklärte Alice. Die Erwähnung ihres Ex-Mannes störte Tom. Wann immer er genannt wurde, kam danach etwas Schreckliches, normalerweise etwas, das seine Tochter betraf. Dann fiel es ihm wieder ein. Adrian hätte Saffy diese Woche von der Schule abholen sollen, da Alice Spätschicht hatte.

„Er hat sie nicht abgeholt?"

Alice schüttelte den Kopf. „Nein, die Schule hat eine halbe Stunde gewartet und dann mich bei der Arbeit angerufen. Ich musste mich erst um eine Vertretung kümmern … es hat noch einmal eine Stunde gedauert, bis ich sie abholen konnte." Alice klang niedergeschlagen. „Saffy war völlig aufgelöst, als ich ins Büro gekommen bin."

„Ich kann es nicht fassen, dass er ihr das schon wieder antut", schimpfte Tom, während er durch die Tür auf das kleine Mädchen schaute. Er hatte gelegentlich mit Kindern von Freunden und Bekannten zu tun gehabt, aber keines war wie Saffy gewesen. Sie war entzückend. Und das war nicht das erste Mal, dass ihr Vater sie enttäuscht hatte.

„Ich weiß, vor allem nach dem letzten Mal", erwiderte Alice. Er hörte den Zorn und Frust hinter ihren Worten. „Sie ist erst vorhin eingeschlafen. Sie hat sich so aufgeregt … und gedacht, dass ihm irgendetwas Schlimmes passiert ist."

„Man soll ja die Hoffnung nicht verlieren", rutschte es Tom heraus. Alice warf ihm einen bösen Blick zu. Tom zog die Jacke aus, legte sie über die Sofalehne und zuckte trotzig mit den Schultern. „Ach, komm schon, willst du mir das vorhalten?", fragte er und zeigte auf das schlafende Mädchen. „Hat er eine Vorstellung davon, was er seiner Tochter antut? Also echt jetzt."

Kopfschüttelnd wandte Alice den Blick von ihm ab. „Ich weiß. Ich bin ja deiner Meinung, aber …"

„Aber was?", hakte Tom nach, der annahm, dass sie eine Entschuldigung für den unglückseligen Idioten von einem Vater bereithielt.

„Nichts aber", sagte sie schließlich. „Ich weiß einfach nicht, was ich tun soll. Ich habe mir den Mund fusselig geredet, aber er versteht es einfach nicht …"

„Vielleicht solltest du ihm klar und deutlich aufschreiben, was er zu tun hat, damit er es endlich kapiert", schlug Tom vor. „Vielleicht mit Farbstiften."

Missbilligend neigte Alice den Kopf zur Seite und ließ die Schultern sinken. „Vielleicht sollte ich wieder vor Gericht und die Sache so in den Griff kriegen."

Tom hatte ihre Einstellung ihrem Ex-Mann gegenüber für viel zu passiv gehalten, trotzdem hatte er sich nie eingemischt, da er dachte, dass das die Situation nur verschlimmern würde. Aber wenn es um Saffy ging, forderte sein Instinkt, etwas zu unternehmen. Bisher hatte er diesen Drang unterdrückt. Aber nun wollte er persönlich bei Adrian vorbeischauen. Alice fixierte ihn mit einem wissenden Blick. Sie las seine Gedanken wie aus einem offenen Buch.

„Nein, Tom."

„Was nein?", fragte er und lächelte nervös.

„Was immer du dir gerade gedacht hast … nein. Ich mache das."

„Ja, ist gut", sagte er und sah weg. *Schließlich hast du bis jetzt auch alles gut im Griff gehabt*, dachte er.

„Ich tue, was ich kann", erwiderte sie.

Als er sie ansah, wurde ihm bewusst, dass sie seine Bockigkeit jetzt am allerwenigsten brauchen konnte. Für Alice war es wichtig, dass Saffy Kontakt zu ihrem Vater hatte. Das verstand er. Viele würden in dieser Situation das Gegenteil machen und den Ex komplett aus dem Leben streichen, meist einfach nur aus Gehässigkeit. Und sich eventuell nach einem Ersatzmann und einer Vaterfigur umsehen, aber nicht Alice. Daran hatte sie keine Zweifel gelassen. Sie und Saffy gehörten zusammen, aber Adrian war der Vater und würde immer eine

Rolle in ihrem Leben spielen. Zumindest, bis Saffy volljährig war.

Trotzdem hielt Tom den Mann für einen Idioten und dieser Vorfall half nicht, diesen Eindruck zu ändern.

„Also, wie war dein Tag? Hast du etwas gegessen?", fragte Alice.

Tom runzelte die Stirn. Da er gar nicht an ein Mittag- oder Abendessen gedacht hatte, war er nun tatsächlich hungrig.

„Wenn ich so darüber nachdenke, bin ich am Verhungern."

„Ich habe dir etwas vom Abendessen aufgehoben", sagte Alice und deutete in Richtung Küche. „Ich stell es dir in die Mikrowelle, wenn du inzwischen Saffy ins Bett bringst."

Tom nickte und kniete sich neben das schlafende Mädchen. Vorsichtig schob er die Arme unter sie, hob sie auf und ließ dabei die Decke auf das Sofa rutschen. Obwohl Saffy schon sieben Jahre alt war, fühlte sie sich in seinen Armen leicht wie eine Feder an, als er sie nach oben in ihr Zimmer trug. Nicht einmal rührte sie sich, während er sie ins Bett legte und zudeckte. Nachdem er das Stofftier neben sie gelegt hatte, schaltete er das Nachtlicht ein und verließ rückwärts das Zimmer.

Unten angekommen wurde ihm klar, dass nun nicht der richtige Moment war, um über den Abschluss der Scheidung zu sprechen. Allerdings fragte er sich, ob dafür jemals der richtige Augenblick kommen würde und er es sich nur leicht machte, indem er die Sache vor sich herschob. Alice hatte die Reste des Abendessens auf dem Frühstückstresen aufgedeckt. Dankbarerweise hatte sie ihm vorhin nicht einmal vorgeworfen, dass er so spät gekommen war. Das Essen roch köstlich und als er sich setzte, rumorte sein Magen.

„Wie läuft es mit dem Fall?", fragte Alice, während sie eine halbleere Weinflasche öffnete und sich ein Glas eingoss. Das Essen war noch zu heiß und Tom atmete tief aus.

„Ich muss schon sagen, es ist ein seltsamer Fall."

„Sind das nicht alle, wenn es um Mord geht?", fragte Alice und trank einen Schluck. „Eines kann ich dir sagen, das habe ich heute gebraucht." Sie betrachtete den Inhalt des Glases und stellte es ab.

Tom lächelte, dann klingelte sein Handy.

KAPITEL SECHSUNDZWANZIG

Als John Catton die näherkommenden Sirenen der Polizeiautos hörte, wandte er sich nach links und sah das Blaulicht in den umgebenden Bäumen aufblitzen. Da er sich gut verborgen hatte, blieb er, wo er war. Sie würden nicht nach ihm suchen. Zumindest noch nicht.

Reglos lag Catton da und bewegte jeden Muskel einzeln, um Krämpfe zu vermeiden. Diese Technik hatte man ihm bei der Scharfschützenausbildung in Pirbright beigebracht. Letztendlich war er nach sechs Wochen durch die Prüfung gefallen, aber er hatte viele nützliche Dinge gelernt. Es war kalt, doch das machte ihm nichts, seit seiner Kindheit war er an die Kälte gewöhnt. Sein Vater hatte die Familie verlassen, als er gerade einmal acht Jahre alt gewesen war, und seine Mutter hatte die vier Kinder nur schwer allein durchbringen und großziehen können. Aufs Heizen war meist als Erstes verzichtet worden, wenn es am Monatsende knapp geworden war.

Von seinem Aussichtspunkt aus konnte er die Gärtnerei gut sehen. Das Wohnhaus lag ein Stück von der Straße entfernt auf der anderen Seite der Beete und Gewächshäuser. Dort würden sie anfangen und sich in seine Richtung vorarbeiten. Die einzige Sorge Cattons war, dass sie mit einer Hundestaffel kamen. Allerdings hielt er das für unwahrscheinlich, und selbst wenn, welchem Geruch würden die Tiere folgen?

Auch wenn er Pech haben sollte, schätzte er seine Chancen, unentdeckt zu bleiben, für gut ein. Er hatte seinen Rückzug schon geplant. Kaum vierhundert Meter entfernt floss ein kleiner Bach nach Südosten und er konnte schneller dorthin gelangen als die Polizei, davon war er überzeugt. Ab dort würde das Wasser seinen Geruch überdecken und er dem Fluss eine Weile folgen, bevor umkehren und nach Hause zurückgehen würde. Kein Problem. Natürlich war das ein Risiko, aber eines, das er eingeplant hatte.

Die Sirenen heulten nicht mehr, aber das Licht der Polizeiautos warf noch rote und blaue Schatten auf das Grundstück. Wie viele würden kommen? Catton wusste es nicht und es machte auch keinen Unterschied.

Der Ex-Soldat wandte seine Aufmerksamkeit wieder dem dritten Gewächshaus zu, das am stärksten renovierungsbedürftig war. Viele Dachplatten wiesen Sprünge auf oder fehlten ganz, und die, die noch da waren, bedeckte eine Schmutzschicht, die einen Blick ins Innere verwehrte. Leider. Die Versuchung, näher heranzugehen, war groß, doch Catton widerstand ihr.

Da er durch das Glas gespäht hatte, als alles aufgebaut worden war, wusste er, dass er sein Glück herausfordern würde, wenn er jetzt dorthin ginge. Außerdem konnte er sich gut genug an den Anblick erinnern. Ein Auge für Details, auch das war ihm in Pirbright beigebracht worden. Und Details lagen ihm.

Nicht zum ersten Mal regten sich Zweifel in ihm. Von den übrig gebliebenen drei Männern war Harry der Einzige, der das Potenzial hatte, das Richtige zu tun. Er war nicht so selbstsüchtig wie die anderen beiden. Deshalb hatte Catton ihn aufgesucht, ihm eine letzte Chance gegeben, den Lauf der Dinge zu ändern. Vielleicht hätten sie zusammen eine andere Richtung einschlagen können. Nicht, dass es nur an Catton lag, aber möglicherwiese hätte ein Zugeständnis, ein gewisses Maß an Reue von Harrys Seite, seine Gunst gewonnen.

Wahrscheinlich nicht.

So oder so, sie waren zu weit gegangen. Und Harry hatte ohnehin nichts dergleichen getan. Nun würde er verstehen, was es hieß, die Konsequenzen für das eigene Handeln tragen zu müssen.

Doch heute Abend fühlte er etwas anderes, nicht nur Zufriedenheit, dass der Gerechtigkeit Genüge getan wurde. Waren es Schuldgefühle? Ja, eindeutig. Aber wem gegenüber? Tina und den Mädchen? Sie verdienten das hier nicht.

Trotzdem, es war perfekt arrangiert.

Die leichte Brise trug den Klang von Stimmen zu ihm. Sie waren nicht nahe und Catton konnte nicht unterscheiden, wie viele es waren, aber bald würden sie über das Gelände ausschwärmen. Zweifellos mit äußerster Vorsicht. Er hatte noch Zeit.

Langsam richtete er sich auf die Knie auf und zog sich weiter in den Wald zurück, wobei er es vermied, die Büsche zu berühren. Jede Bewegung konnte seine Position verraten. Ein knackender Zweig unter seinem Stiefel oder ein Ast, der sich in seiner Jacke verfing. Das war das Letzte, was er brauchte. Während er sich in die Sicherheit des Waldes verkroch, beschloss er, das Schauspiel nicht zu verfolgen.

Von den dreien konnte er dieses hier doch nicht mitansehen.

KAPITEL SIEBENUNDZWANZIG

ALS TOM JANSSEN an der Gärtnerei ankam, befanden sich bereits mehrere Streifenwagen vor Ort. An der Tür stand ein junger Constable, der Platz machte, als er sich näherte, und ihn im Vorbeigehen grüßte. Da das Haus Jahrhunderte alt war, hatte es eine niedrige Decke, kleine Fenster und einen beengten Eingangsbereich. Als Janssen zurück zum Constable blickte, deutete dieser zur Rückseite des Hauses. Am Ende des Eingangsbereichs war der Anbau dem ursprünglichen Haus hinzugefügt worden. Dort fand Janssen am Esstisch hinter einer großen Kücheninsel Tina Oakes. Cassandra Knight war bei ihr und sobald sie ihn sah, entschuldigte sie sich und kam ihrem Vorgesetzten entgegen.

„Hallo, Tom", sagte sie und schaute zu Tina Oakes zurück. Diese starrte ins Leere und rang nervös die Hände. Sie sah so angespannt aus, als würde sie jeden Moment zusammenbrechen. Cassandra Knight senkte die Stimme, sodass nur Janssen sie hören konnte. „Mrs. Oakes hat die Kinder zu Bett gebracht. Wie immer, erst baden, dann eine Gute-Nacht-Geschichte und so weiter. Sie ist dabei auch eingeschlafen und als sie aufgewacht und nach unten gekommen ist, hat sie das hier gefunden."

Die DS gab ihm einen transparenten Beweisbeutel mit einem Stück Papier darin. Die Nachricht darauf bestand aus Buchstaben, die aus einer Zeitung oder Zeitschrift ausgeschnitten worden waren, um eine Identifikation der Handschrift zu vermeiden. *Bleibt im Haus* stand da zu lesen und darunter befand sich noch ein einzelnes Wort: *BUMM*. Janssen und Knight sahen sich an, dann schaute er sich nach den Kindern um. Er entdeckte sie im angrenzenden Wohnzimmer. Sie saßen zusammengekuschelt auf dem Sofa und schauten gemeinsam etwas auf dem Tablet im Schoß des älteren Mädchens. Dem Flackern des Lichts auf ihren Gesichtern nach sahen sie sich Cartoons an.

„Geht es ihnen gut?", erkundigte Janssen sich.

Cassandra Knight neigte den Kopf zur Seite. „Sie wissen nicht genau, was vor sich geht, also kommen sie gut zurecht." Sie warf einen Blick auf Tina Oakes, die sich in ihre Welt zurückgezogen hatte. „Aber was die Mutter angeht, bin ich mir nicht so sicher."

„Hat sie etwas von ihrem Mann gehört?"

Die DS schüttelte den Kopf. „Nicht, seit er losgefahren ist, um den Abend mit Freunden zu verbringen. Sie hat ihn mehrere Male am Handy angerufen, ist aber immer sofort zur Sprachbox weitergeleitet worden."

„Ja, er war vorhin mit Edward Drew und Greg Ellis im Pub. Ich habe mit Oakes gesprochen. Hast du Eric angerufen?"

„Ja. Harry Oakes hat das Pub kurz nach dir verlassen, Drew und Ellis sind geblieben", antwortete Knight. „Eric ist gerade vor dem Haus von Ellis. Kurz nach elf ist der allein dort angekommen."

Janssen überlegte und schaute auf die Uhr. Es war kurz vor Mitternacht.

„Was ist mit den Polizisten?", erkundigte er sich und deutete mit erhobenem Daumen nach draußen.

„Ich habe sie gebeten, nahe beim Haus zu bleiben, bis wir wissen, mit was wir es hier zu tun haben. Ich meine, es könnte nur ein Bluff sein."

„Möglich", meinte Janssen. „Aber ich möchte nicht durch einen Unglücksfall herausfinden, dass es doch nicht so ist." Er gab ihr den Beweisbeutel zurück. „Liegt irgendetwas Verdächtiges herum?"

„Nein, wir haben nichts gefunden, aber es ist dunkel und das Grundstück ist weitläufig, weiter weg vom Haus gibt es kaum künstliches Licht."

„In Ordnung, wenn du hier bei Mrs. Oakes und den Kindern bleibst, kümmere ich mich um die Suche."

Cassandra Knight nickte und Janssen ging nach draußen, um die Polizisten zu versammeln. Acht waren da und er teilte sie in Zweiergruppen auf. Auf einer Karte der Gärtnerei, auf der auch die Beete verzeichnet waren, teilte er jedem Trupp einen Bereich zu. Nachdem alle Taschenlampen erhalten hatten, wies er sie an, nichts zu berühren, sondern alles zu melden, was ihnen ungewöhnlich oder fehl am Platz vorkam. Janssen wiederholte diesen Punkt, damit er auch jedem klar war.

Die Gruppen gingen los, und obwohl Janssen größte Vorsicht walten ließ, machte sich bei ihm ein unangenehmes Gefühl im Magen breit. Er hatte gesehen, was mit Fred Mayes und Andrew Lewis passiert war und fürchtete sich vor dem, was sie nun finden würden. Als er nach Oakes' Wagen sah, fand er ihn weder auf dem Parkplatz noch hinter dem Haus, aber der Mann war damit beim Pub gewesen, Janssen hatte das Fahrzeug gesehen. Hatte jemand hier auf ihn gewartet oder hatte Harry Oakes jemanden auf dem Heimweg getroffen?

Nachdem Janssen überprüft hatte, dass seine Taschen-lampe funktionierte, machte auch er sich auf den Weg. Während er nur langsam vorankam, da er genau aufpassen musste, wohin er trat, wenn er um eine Kurve oder durch eine Tür ging, wünschte er sich, dass die Warnung für Tina Oakes und die Mädchen genauere Angaben enthalten hätte. Sollte das ein falscher Alarm sein, dann war das ja schön und gut, aber wenn dem nicht so war, und davon ging Janssen aus, dann hatte der Mörder immerhin an die Unschuldigen gedacht. Diese Umsicht wunderte ihn. Normalerweise dachten Mörder selten an andere, nur an sich selbst, wenn sie ihre dunkelsten Triebe auslebten, und dass dieser es tat, machte Janssen stutzig. Es deutete immer mehr auf eine persönliche Sache hin.

Janssen konzentrierte sich wieder auf seine Aufgabe, und als er seinen Bereich um die Beete mit dem beruhigenden Lichtschein verließ, fand er sich in völliger Dunkelheit wieder. Er ging zu den alten Gewächshäusern, von denen Harry Oakes ihm bei seinem ersten Besuch erzählt hatte. Der Eingang des ersten war mit einem gelb-schwarzen Warnband abgesperrt und darunter hing ein Betreten-verboten-Schild. Janssen öffnete die Tür und leuchtete mit der Taschenlampe hinein. Der Lichtschein wurde nur von den Stützpfeilern blockiert. Offensichtlich war schon fast alles bereit für die Eröffnung, die Wege waren ausgewiesen und es gab Beleuchtung. Schon wollte er das Licht einschalten, überlegte es sich aber anders. Je weniger er berührte, umso besser.

Janssen umrundete das Gewächshaus auf dem Weg zum nächsten. Auch dieses war mit einem Warnband abgesperrt und befand sich in einem ähnlichen Zustand wie das erste. Die beiden Gewächshäuser lagen nebeneinander und man konnte an mehreren Stellen von einem zum anderen wechseln, doch auch dieses war leer. Das Funkgerät knisterte und Janssen schaltete es lauter.

„Wiederholen, bitte", sagte er. Nacheinander meldeten sich die Gruppen wie vereinbart. Keiner hatte etwas entdeckt. „Okay. Macht mit der Suche weiter."

Er steckte das Funkgerät in die Tasche und ging nach links zum dritten und letzten Gewächshaus. Dieses war eingezäunt, damit sich niemand nach drinnen verirrte. Schilder wiesen darauf hin, dass es eine Baustelle und das Betreten ohne entsprechende Schutzausrüstung gefährlich war. Janssen eilte am Zaun entlang, bis er den Eingang fand. Die Kette baumelte herunter. Er richtete den Schein der Taschenlampe darauf und sah, dass ein Glied durchgeschnitten worden war, wahrscheinlich mit einem Bolzenschneider.

Janssen richtete die Taschenlampe auf das Gewächshaus und suchte nach Anzeichen für Bewegung, doch nichts rührte sich. An den Glasscheiben hatte sich im Laufe der Zeit so viel Schmutz abgesetzt, dass das Licht nicht bis ins Innere durchdringen konnte. Als Janssen durch den Zaun trat, setzte er jeden Schritt mit äußerster Vorsicht. Die erste Tür des Gewächshauses suchte der Inspector auf Ungewöhnliches ab. Sobald er sicher war, dass es nichts in der Richtung gab, öffnete er sie. Die rostigen Scharniere quietschten protestierend. Wie vorhin leuchtete Janssen den Innenraum ab, doch dieses Mal hielt er inne, als er eine Gestalt sah, die offenbar in der Mitte des Komplexes saß. Das Gewächshaus war ungefähr sechzig Meter lang und halb so breit. Die Person wandte ihm den Rücken zu und war nach vorne zusammengesunken. Aus dieser Entfernung konnte der Inspector nicht erkennen, wer es war. Obwohl der Schein der Taschenlampe auf die Gestalt gerichtet war, machte sie keine Anstalten, etwas zu sagen oder sich zu bewegen.

„Hallo", rief Janssen. Keine Reaktion. „Mr. Oakes ... sind Sie das? Polizei." Noch immer keine Antwort.

Die Entfernung war alles andere als gering und trotz der Taschenlampe herrschte Dunkelheit. Janssen betrachtete den Boden vor sich, er war uneben, voller Schutt und Glasscherben, wahrscheinlich von den zerbrochenen Dachplatten. Anscheinend hatte das Unkraut hier ungestört wuchern können, bevor sich jemand darum gekümmert hatte. So konnte Janssen den Boden darunter nicht sehen. Deshalb wollte er nicht riskieren, zu der Person hinüberzugehen. Als er den Schein der Taschenlampe weiterwandern ließ, erblickte er einen weiteren Eingang auf der anderen Seite. Er konnte nicht genau erkennen, ob die Tür dort offenstand oder ganz fehlte. Vorsichtig, wohin er trat, verließ der Inspector das Gewächshaus und ging an der Vorderseite entlang herum. Als er zum anderen Eingang kam, sah er, dass die Tür von einem Keil offengehalten wurde. Nun stand er auf gleicher Höhe mit der kaum fünfzehn Meter entfernten Person.

Wieder suchte Janssen die Tür und den Rahmen nach einer Sprengfalle ab, obwohl er nicht wusste, wonach er Ausschau halten sollte, allerdings fand er nichts, das seine Aufmerksamkeit erregte. Über das Funkgerät gab er durch, dass er etwas gefunden hatte und Unterstützung benötigte. Er hörte eine bestätigende Antwort. Während er das Gerät wieder einsteckte, richtete er die Taschenlampe auf die Gestalt in der Dunkelheit. Nun konnte er eindeutig Harry Oakes erkennen.

Oakes blinzelte heftig, als das Licht auf ihn fiel, doch er sah sich nicht um, woher es kam. Schweißperlen standen ihm auf der Stirn und rannen die Wangen hinunter, seine Brust hob sich, als er versuchte, durch die blutigen Nasenlöcher einzuatmen. Über dem Mund klebte ein Streifen silbernes Gaffer-Tape. Selbst wenn Oakes gewollt hätte, hätte er nicht sprechen können. Mit ausgestreckten Beinen saß er am Boden, auch die

Arme waren komplett ausgestreckt. Um seine Taille schlang sich ein Seil, das hinter einem Metallpfosten, der das Dach abstützte, festgebunden war. Anscheinend hielt Oakes eine Stange in der Hand, doch als das Licht der Taschenlampe darauf fiel, erkannte Janssen, dass es ein Hammer mit orange-schwarzem Griff und rechteckigem Kopf war. Der mittelgroße Fäustel wog wahrscheinlich ein oder zwei Kilo. Oakes hatte Schwierigkeiten, die Arme oben zu halten, sie zitterten vor Anstrengung. *Wie lange sitzt er da schon?*

Neben Janssen tauchten Cassandra Knight und zwei weitere Polizisten auf, die auch das Innere des Gewächshauses beleuchteten.

„Was zum Teufel geht hier vor sich?", fragte sie.

„Schau", sagte Janssen und ließ den Schein der Taschen-lampe langsam von Oakes weg nach rechts wandern. Auf den ersten Blick fiel es kaum auf, doch das Licht wurde von etwas reflektiert, einem silbernen Draht, der vom Griff des Hammers nach oben über einen Stützbalken und von dort nach unten zu einer kleinen, grünen rechteckigen Box am Boden, vier Meter von Oakes entfernt, gespannt war.

„Was ist das?", erkundigte sich Knight. Janssen schüttelte den Kopf und betrachtete die Vorrichtung. Die Box war oliv-grün, anscheinend aus Plastik und sah alt aus. Sie maß etwa zehn Zentimeter in der Höhe, fünf in der Breite und etwa fünf-undzwanzig in der Länge und war am Boden angebracht. Offenbar schien das Licht der Taschenlampe darunter durch, als würde sie auf kleinen Pflöcken stehen.

„Ich schätze, das ist der Sprengstoff, vor dem Tina Oakes gewarnt wurde", sagte Janssen. Schon wollte die DS in das Gewächshaus eintreten, als der Inspector ihren Unterarm ergriff und sie davon abhielt. Er ließ die Taschenlampe nach links wandern. Von einem Stützpfeiler in der Nähe hing eine weitere selbst gebastelte Nachricht, die sanft im Luftzug hin und her schwang. Auf dieser stand *Gefahr UXO*. Kopfschüttelnd schaute er Knight an.

„Wir sollten das Entschärfungskommando holen“,
meinte sie.

Janssen nickte. „Aber mach das weiter weg von hier. Sag
den anderen Bescheid, keine Funkgeräte, keine Handys innerhalb von hundert Metern um das Gewächshaus. Wenn ich
richtig liege, dann können diese Vorrichtungen durch ein
Funksignal ausgelöst werden und das wollen wir nicht.“

Knight nickte und lief zurück zum Haus. Janssen wandte
sich wieder dem reglosen Mann zu, der verzweifelt den
Hammer hochhielt. *Wie lange kann er das durchhalten?* Der
Draht war straff gespannt, wenn Oakes den Hammer losließ,
würde vermutlich die Bombe hochgehen. Und wie die Explosion ausfallen würde, konnte der Inspector nicht wissen. Falls
sie scharf war, wie viel Sprengstoff steckte darin und wie
groß wäre der Explosionsradius? Auf diese Fragen hatte er
keine Antwort. Oakes’ verzweifeltem Gesichtsausdruck nach
sah es nicht so aus, als könnte er den Hammer noch lange
festhalten. Die Chancen, dass er durchhielt, bis das Entschärfungskommando des Royal Logistic Corps hier eintraf, waren
gering.

Janssen trat aus dem Gewächshaus und bat einen der Polizisten zu sich.

„Wir brauchen eine Absperrung“, sagte er und sah sich um.
„Mindestens fünfzig Meter, keiner darf hinein oder hinaus –“

Vom Haus drangen tumultartige Geräusche und Schreie zu
ihnen. Als Janssen sich umdrehte, sah er einen Mann auf sich
zulaufen, und zwei Polizisten, die diesen verfolgten. Einer
schaffte es, dem Mann eine Hand auf die Schulter zu legen,
aber dieser schüttelte den Constable leicht ab und brachte ihn
zu Fall. Als er näherkam, erkannte Janssen Edward Drew. Der
Inspector schnitt ihm den Weg ab und setzte seine Größe und

sein Gewicht ein. Drew prallte auf ihn, doch Janssen bewegte sich keinen Zentimeter.

Der Mann war nicht auf Streit aus, er wollte nur an ihm vorbei ins Gewächshaus. Janssen drehte sich mit dem Schwung von Drews Aufprall weiter und brachte ihn damit aus dem Tritt. Beide stürzten zu Boden, doch Janssen behielt die Oberhand. Drew schlug mit dem Ellenbogen nach ihm, um sich Luft zu verschaffen. Der Inspector wurde seitlich am Kopf getroffen und obwohl es schmerzte, hielt er Drew weiter davon ab, in das Gewächshaus zu gelangen.

„Ich muss da rein!", schrie der Mann verzweifelt, als ihm klar wurde, dass er Janssen nicht so leicht loswurde wie den Constable vorhin.

„Das können Sie nicht!", knurrte Janssen und spannte die Muskeln an, damit er sich nicht befreien konnte.

Obwohl Janssen im Vorteil war, wusste er, dass es nicht einfach war, jemanden zurückzuhalten, der entschlossen war, das Gegenteil zu tun. Sogar bei einem einzelnen Betrunkenen an einem Samstagabend waren manchmal ein halbes Dutzend Polizisten nötig, um ihn festzuhalten, wenn er es darauf anlegte. Noch mehr Polizisten kamen und stürzten sich auf Drew, bevor sie Ordnung in das Chaos brachten. Edward Drew wurde in Handschellen gelegt und auf die Beine gezogen. Schwer atmend vor Anstrengung blieb Janssen vor ihm stehen.

„Sie können ihn nicht da drinnen lassen", meinte Drew, doch seiner Miene nach wusste er, dass er den Kampf verloren hatte.

„Das Entschärfungskommando ist auf dem Weg", sagte Janssen, um ihn zu beruhigen.

„Sie schaffen es nicht rechtzeitig", sagte Drew und starrte ihn wütend an. „Das wissen Sie genauso gut wie ich."

Janssen blickte sich um und bemerkte Cassandra Knight,

die mit entschuldigendem Gesichtsausdruck erschien. Sie schüttelte den Kopf, ihre Unterlippe blutete und ihre Frisur war in Unordnung. Da wurde Janssen klar, was passiert sein musste. Er wandte sich wieder an Drew, der die erfolglosen Befreiungsversuche aufgegeben hatte. Der Mann wurde von zwei Constables flankiert, die ihn an den Oberarmen festhielten.

„Kümmert euch um die Absperrung und bringt ihn nach hinten", sagte Janssen.

„Das können Sie nicht tun", fauchte Edward Drew, als die Constables ihn abführten. Mit neuer Kraft stemmte er die Fersen in den Boden und den Rücken gegen die Polizisten. Schließlich mussten sie Verstärkung rufen, um ihn zu viert an Armen und Beinen wegzutragen. „Das können Sie nicht tun!", protestierte er.

„Sie können ihm nicht helfen", sagte Janssen zu dem aufgebrachten Mann, als er an ihm vorbeigetragen wurde. Ein Blick in das Gewächshaus verriet dem Inspector, dass es nur noch eine Frage der Zeit war. Er sah Knight an. „Wir müssen uns in Sicherheit bringen." Sie verstand die unausgesprochene Botschaft und nickte. Janssen legte ihr eine Hand auf die Schulter, drehte sie um und zusammen liefen sie begleitet von Drews Protestgeheul schnell zur errichteten Absperrung.

Kaum hatten sie eine sichere Entfernung erreicht, ertönte ein dumpfer Knall. Das Glas des Gewächshauses zerbarst und Splitter flogen in alle Richtungen. Alle warfen sich zu Boden, Edward Drew landete verdreht unter einem Constable. Klirrend, wie ein Tusch der Schlaginstrumente in einem Orchester, regneten die Splitter um sie herunter. Dann wurde es unheimlich still, während sie zum Gewächshaus sahen, in dem Oakes sich befunden hatte. Drew rollte sich mit dem Gesicht auf den Boden und schrie in kehligen Lauten seine Wut heraus.

Als er Schritte hörte, stand Janssen gerade rechtzeitig auf, um Tina Oakes abzufangen, die herangelaufen kam. Da sie kaum einen Meter fünfundsechzig maß und nicht mehr wog als ein Kind, konnte er sie leicht zurückhalten. Erst hämmerte sie ihm verzweifelt mit den Fäusten gegen die Brust, dann brach sie in seinen Armen zusammen. Hätte er sie nicht festgehalten, wäre sie zu Boden gestürzt. Janssen hielt sie fest und murmelte etwas Beruhigendes, während sie sich mit dem Kopf an seine Brust lehnte. Sie kämpfte nicht mehr gegen ihn an, wollte nur eine tröstende Umarmung. Angesichts ihrer Verzweiflung fühlte Janssen sich völlig hilflos.

KAPITEL ACHTUNDZWANZIG

Tom Janssen erkannte das Auto, das auf den Kundenpark-
platz der Gärtnerei fuhr. Greg Ellis schaute ihm in die Augen,
während er den Wagen abstellte. Kaum war er ausgestiegen,
wollte der Constable vor der Absperrung ihn anweisen, sich
fernzuhalten, doch Janssen hielt ihn zurück und gestattete
Ellis, bis zu ihm zu kommen.

„Merkwürdige Zeit, um jemanden zu besuchen, finden Sie
nicht auch?", erkundigte sich der Inspector.

Ellis' konzentrierter Gesichtsausdruck blieb unverändert.
Janssen hatte ruhige Gewissheit oder Arroganz erwartet, doch
Greg Ellis zeigte nichts davon.

„Tina hat mich am Abend angerufen und eine Nachricht
hinterlassen. Ich habe erst vorhin die Sprachbox abgehört",
erwiderte er und sah am Inspector vorbei auf die zahlreichen
Streifenwagen auf dem Gelände. Das klang nach einer plausi-
blen Entschuldigung für sein spätes Auftauchen. Tina hatte
auch Edward Drew angerufen, das hatte sie ihnen mitgeteilt,
nachdem sie sich nach der Explosion etwas beruhigt hatte.
Beruhigt. Eher in Schock verfallen. Nach der Explosion hatte
Janssen sie so lange festgehalten, bis sie sich wieder gefasst

hatte. Nun saß sie im Haus und tröstete ihre beiden Kinder. Er fragte sich, wie und wann sie den Verlust ihres Mannes bewältigen und eine Stütze für die Mädchen sein konnte. Cassandra Knight war bei ihnen. Janssen hatte angenommen, dass sie die Aufgabe, die Hinterbliebenen zu trösten, nicht gerne übernahm, aber er hatte sie nicht damit beauftragt, weil er glaubte, dass eine Frau besser geeignet war, mit Emotionen umzugehen. Er hatte ein übergeordnetes, ein zynisches Motiv dafür gehabt. Tina Oakes war am Boden und jetzt würde sie vielleicht unbeabsichtigt etwas verraten, etwas Nützliches. Bisher hatte die Mauer des Schweigens, die das Grüppchen errichtet hatte, gehalten. Da Tina Oakes nicht dazugehörte und nun mit dem Verlust ihres Mannes fertigwerden musste, könnte sich das ändern, und Janssen wollte, dass jemand, dem er vertraute, dann in der Nähe war – nur für den Fall.

Greg Ellis beachtete den Inspector kaum, er wollte näher ans Geschehen, doch Janssen ließ das im Moment noch nicht zu. Ellis betrachtete den LKW am anderen Ende des Parkplatzes. Es war ein Fahrzeug des Royal Logistic Corps zur Bombenentschärfung. Für zivile Notfälle standen sie immer bereit. Meistens mussten sie wegen alter Geschütze aus dem Weltkrieg ausrücken, die gelegentlich bei einer Baustelle ausgegraben oder – wie in Norfolk – an der Küste angespült wurden. Das Entschärfungskommando war darin geschult, Sprengstoff zu sichern oder notfalls eine kontrollierte Detonation durchzuführen. Unglücklicherweise für Harry Oakes waren sie in diesem Fall zu spät gekommen.

„Warum ist das EOD hier?", fragte Ellis und zeigte auf den LKW. Janssen sah zurück zum Parkplatz.

„EOD?"

„Das Bombenentschärfungskommando", erklärte Greg Ellis. „Was geht hier vor sich?"

Janssen ignorierte die Frage, die Antwort war ziemlich offensichtlich. „Was hat Mrs. Oakes Ihnen gesagt?"

Diese Frage irritierte Ellis. Vielleicht war es ungewohnt für ihn, nicht die Kontrolle zu haben.

„Dass Harry vermisst wird ... und sie sich Sorgen macht. Ich dachte, dass es ernst ist, sonst hätte sie mich nicht angerufen."

„Warum das?"

Greg Ellis wandte den Blick vom Fahrzeug ab und zwei Soldaten in Tarnarbeitsanzügen zu, die die Ausrüstung auf der Ladefläche kontrollierten, bevor sie wieder hinter dem Gebäude außer Sicht verschwanden. Nun konzentrierte sich der Mann auf Janssen.

„Ich glaube, sie mag mich nicht besonders", sagte Ellis. „Die anderen auch nicht. Ist nicht ihre Schuld. Wir kommen aus verschiedenen Welten. Harry ist wie eine Brücke, aber ich glaube, nicht einmal er hat uns gerne hier. Sagen Sie mir nun endlich, was zum Teufel los ist, oder muss ich erst Tina fragen?"

„Harry Oakes ist tot, Mr. Ellis. Er ist vor einer Stunde gestorben."

Ellis wirkte erschüttert. Seine ungerührte Miene wurde weicher, doch er kniff die Augen zusammen, als er den Blick abwandte.

„Ich ... ich ... aber wie?"

„Bei einer Explosion", sagte Janssen. „Wo waren Sie, nachdem Sie das Pub verlassen haben?"

Nun wich der Schock in Ellis' Gesichtsausdruck und machte Zorn Platz. „Verdammt noch mal, warum fragen Sie mich das? Sie glauben doch nicht, dass ich etwas damit zu tun habe?"

„Mit was sollen Sie nichts zu tun haben?"

Ellis deutete hinter sich. „Mit all dem! Harry war mein Freund, Himmelherrgott nochmal."

„Ich habe nur gefragt, wo Sie waren", erwiderte der Inspector leise. „Oder können Sie die Frage nicht beantworten?"

„Ich bin nach Hause, okay? Ich bin vom Pub heimgefahren und vor dem Fernseher eingeschlafen. Dann erst habe ich die Sprachnachricht abgehört."

Die Antwort passte zu dem, was Eric ihm vorhin gesagt hatte. Der Detective Constable hielt sich irgendwo in der Nähe außer Sicht auf, falls Janssen die Beschattung fortsetzen wollte. Ellis wohnte sechs Kilometer Luftlinie entfernt und der Inspector überlegte, ob er ungesehen an Eric hätte vorbeischlüpfen, die Bombe legen und unbemerkt wieder nach Hause zurückkehren können. Auch wenn es zeitlich möglich gewesen wäre, hielt Janssen das für unwahrscheinlich. Diese Falle war gut geplant und perfekt ausgeführt worden. Hätte Ellis das getan, hätte es zu viele Unsicherheitsfaktoren gegeben, die zu seinen Gunsten hätten ausschlagen müssen. Zumindest, wenn er allein gewesen war.

Edward Drew war schnell gekommen, noch vor Oakes' Tod. Hätte er solche ungezügelten Emotionen vortäuschen können? Ellis wartete nicht länger, drängte sich an Janssen vorbei und ging zum Haus.

„Zur Hölle damit, wo ist Tina?"

Tom Janssen hielt ihn nicht auf, sondern ging neben ihm her.

„Wissen Sie, es würde mir viel weiterhelfen, wenn Sie etwas mitteilsamer wären."

Ellis blieb stehen und wandte sich mit erhobenem Zeigefinger an ihn. „Oder vielleicht sollten Sie einfach ihren verdammten Job machen und den Verantwortlichen fassen oder ..."

„Oder was?", fragte der Inspector. Statt einer Antwort sah Greg Ellis weg. Auf dem Rücksitz eines Streifenwagens bemerkte er Edward Drew, ein Häufchen Elend. Er zeigte auf ihn.

„Was zum Teufel hat er jetzt wieder angestellt?"

Janssen schaute zu Drew, gerade als dieser hochblickte und die beiden Männer sah, wie sie ihn betrachteten. Er sagte etwas, doch sie konnten ihn nicht hören.

„Er hat für Unruhe gesorgt", erwiderte der Inspector.

„Er ist harmlos, wirklich", meinte Ellis. „Sicher haben Sie Besseres zu tun, als sich mit einem Trottel zu befassen."

„Ein Angriff auf eine Polizistin ist keine Kleinigkeit."

Greg Ellis verdrehte die Augen. „Vorhin im Pub hatten wir ein paar Bier. Vielleicht war er nicht ganz klar im Kopf."

„Ja", sagte Janssen. „Mal sehen. Vielleicht sieht die Kollegin von einer Anzeige ab."

In ein Gespräch mit einem Constable vertieft tauchte Cassandra Knight am Hauseingang auf. Sie nickte und ließ die beiden Männer nicht aus den Augen, dann dankte sie dem Mann und kam zu ihnen herüber. Ellis ignorierte sie und wandte sich stattdessen an Janssen.

„Die Jungs vom Militär meinen, dass es jetzt sicher ist, und sie wollen mit dir reden."

„In Ordnung –"

„Wie geht es Tina und den Mädchen?", fuhr Ellis dazwischen.

Die DS legte den Kopf schief. „Den Umständen entsprechend ganz gut. Die Kinder schlafen. Mrs. Oakes steht unter Schock. Wir haben angeboten, einen Arzt zu holen, der ihr ein Schlafmittel verschreiben könnte, aber sie hat abgelehnt."

„Kann ich zu ihr?", fragte Ellis etwas weniger forsch.

Cassandra Knight sah zu Janssen, der nickte.

„Ja, sicher. Ich begleite Sie", sagte die DS und deutete mit einer Kopfbewegung zum Haus. Als Ellis an Janssen vorbei war, warf der Inspector seiner Kollegin einen Blick zu, um sie zurückzuhalten. „Warten Sie an der Tür, ich bringe Sie dann hinein", sagte diese zu Ellis, der ein Danke murmelte, ohne sich zu ihr umzudrehen. Die DS wandte sich Janssen zu.

„Behalte ihn gut im Auge", sagte er.

„Werde ich."

„Und es wäre nicht schlecht, wenn wir gleichzeitig Drew freilassen", meinte Janssen.

Die junge Frau warf ihm einen finsteren Blick zu und wollte schon protestieren. Ihre Lippe blutete nicht mehr, war aber geschwollen und sah mitgenommen aus.

„Mal sehen, was die beiden jetzt machen oder sagen, nachdem … nachdem Harry Oakes nun tot ist."

Ihr missbilligender Gesichtsausdruck verschwand und sie nickte. „Ja, gute Idee", erwiderte sie und schaute zu Drew, der wegen der Handschellen am Rücken in einer unbequemen Position im Auto saß.

Janssen ging nach hinten zu den Gewächshäusern, wo Harry Oakes sein Leben verloren hatte. Auf Anraten des Entschärfungskommandos war auf dem Weg dorthin eine zweite Absperrung errichtet worden. Janssen duckte sich unter dem Band hindurch und nickte dem Constable daneben zu. Der befehlshabende Offizier des Entschärfungskommandos sah den Inspector und kam auf ihn zu.

„Inspector Janssen", begrüßte Lieutenant Robert Norwood ihn mit militärischer Ruhe und Autorität. „Eine Durchsuchung der näheren Umgebung hat unsere erste Einschätzung bestätigt. Es hat keine weitere Sprengfalle gegeben."

„Verdammt", flüsterte Janssen. Auch er war davon ausgegangen. Die erste Explosion hatte keine weiteren Detonationen ausgelöst, deshalb hatte er angenommen, dass nicht mehr Bomben gelegt worden waren. Janssen dachte an die Warnung, die er vom Eingang aus gesehen hatte. Natürlich hatten sie es nicht mit Sicherheit wissen können, die Nachricht sollte den Eindruck erwecken, dass es noch eine Sprengfalle gab, damit niemand Oakes zu Hilfe eilen würde. Nun da er wusste, dass er Harry Oakes den Hammer abnehmen und ihn hätte befreien können, fühlte er sich schuldig. Er würde noch leben, hätte er ihm geholfen oder Edward Drew seinen Willen gelassen. Offenbar las der Lieutenant seine Gedanken.

„Geben Sie sich nicht die Schuld dafür", sagte er kopfschüttelnd. „Sie hätten es nicht wissen können. Ich habe mein Gewerbe im Einsatz in Afghanistan gelernt und dort eine Menge improvisierter Bomben gesehen. Wir haben tausende dieser Dinger in sämtlichen Formen entschärft. Man kann sich nicht sicher sein, ohne den Bereich genau abzusuchen. Ausgehend von dem, was Ihre Jungs mir gesagt haben", der Lieutenant warf einen Blick zurück zur Ruine des Gewächshauses, „war er schon eine ganze Weile da drinnen. Selbst wenn wir sofort verständigt worden wären, glaube ich nicht, dass wir rechtzeitig da gewesen wären."

Obwohl Janssen diese Versicherung dankend annahm, fühlte er sich kein bisschen besser.

„Was können Sie mir über die Vorrichtung sagen? Ich schätze, sie war militärisch."

Der Offizier nickte und signalisierte, dass Janssen ihm folgen sollte. Zusammen gingen sie zum Gewächshaus und der Tür, von der aus Janssen vorhin Harry Oakes erkannt hatte.

„Ich warne Sie, das ist kein schöner Anblick", sagte Norwood. Schicksalergeben runzelte Janssen die Stirn.

An der Tür angekommen kam ihm die Sorge, dass sie den Tatort noch weiter verunreinigen könnten. Das Entschärfungsteam hatte die Umgebung genau nach Stolperdrähten, Minen und anderen improvisierten Vorrichtungen absuchen müssen.

Die Soldaten und die Explosion hatten den Tatort bereits kompromittiert. Schließlich trat Janssen doch ein, schwor sich aber, so wenig wie möglich zu verändern.

Norwood hatte recht gehabt. Der Anblick war schockierend. Harry Oakes war in der Explosion umgekommen und nicht mehr zu erkennen. Alle freiliegenden Bereiche seines Körpers waren getroffen worden. Arme, Gesicht und Kleidung sahen aus, als hätten sie mit einem Häcksler Bekanntschaft gemacht. Janssen wandte den Blick vom Gesicht ab, er konnte es nicht länger als notwendig anschauen. Obwohl er schon genug Tote gesehen hatte, musste er einen Würgereiz unterdrücken. Mitleidig nickte Norwood langsam und sog scharf die Luft durch die Zähne ein.

„Genau so sollen sie funktionieren", sagte er. Als Janssen ihn ansah, presste er eine Hand auf den Mund.

„Sollen?"

„Dafür sind sie gebaut", erklärte Norwood, ging zu der Stelle, an der die Vorrichtung aufgestellt worden war, und hockte sich hin. Er schaute zur Leiche von Harry Oakes, die noch immer am Stützpfeiler festgebunden war. Der Lieutenant hob die Hände, formte eine Pistole und zeigte mit den ausgestreckten Zeigefingern auf das Opfer. „Das war eine Antipersonen-Mine, das Ziel soll durch Splitter getötet oder verwundet werden. Man löst sie entweder durch einen Stolperdraht oder manuell aus, tötet die, die neben der Mine stehen, und verwundet noch mehr Personen im Umkreis oder macht sie kampfunfähig. Im Gehäuse stecken etwa ein Kilogramm Sprengstoff auf TNT-Basis und über sechshundert fünfeinhalb Millimeter große Stahlkugeln."

„Himmel ... das ist übel."

„Ganz richtig, Inspector", meinte Norwood nickend. „Die Splitter sind in einem sechzig-Grad-Kegel bis zu einer Entfernung von vierzig bis fünfzig Metern tödlich. Es ist wirklich eine einfache Vorrichtung, aber höchst effektiv. Das Gehäuse ist wasserfest und ziemlich vielseitig einsetzbar. Diese Minen funktionieren in jedem Gelände oder Klima und halten Umgebungstemperaturn von minus dreißig bis plus fünfzig Grad Celsius aus. Diese Metallfüßchen hier", er zeigte auf zwei Metallstifte, die im Boden steckten, mehr war von der Vorrichtung nicht übriggeblieben, „befestigen die Mine. Das Gehäuse ist ein konvexer Quader, so kann man den Winkel der Explosion in jede gewünschte Richtung lenken. Meist werden sie zusammen mit einer Tretmine verwendet. Ein Ende der Sprengschnur wird in das Gehäuse von denen hier gelegt und dann an die Sprengschnur der Tretmine geklebt. Erst geht die Tretmine hoch und tötet alle in der Nähe, dann explodiert die Richtmine und tötet die restlichen Personen. Einfach, aber wie gesagt, effektiv. Mir ist schon untergekommen, dass man sie in Bäume gehängt hat, damit die Splitter weiter fliegen. Sehr üble Sache."

„Sie sagten, man könnte sie manuell aktivieren?"

Norwood nickte.

„Wie nahe müsste die Person mit dem Auslöser dran sein?"

Der Lieutenant überlegte. „Bei freier Sicht könnte man eine Mine aus maximal dreißig Meter Entfernung auslösen. Entweder braucht man dazu eine manuelle Spule oder eine andere Stromquelle."

„Haben Sie irgendetwas in der Richtung gefunden?", fragte Janssen, er wollte wissen, ob man Harry Oakes wirklich keinen Ausweg gelassen hatte oder er eine Chance gehabt hätte.

„Wir haben nichts entdeckt. Ein Hochfrequenzsender hätte nicht gereicht, die sind zu einfach dafür. Sobald die Sonne aufgeht, sehen wir uns noch einmal um, aber ich denke, die Mine wurde ausgelöst, als das Opfer den Hammer nicht mehr halten konnte und der Draht ruckartig gespannt wurde."

Janssen verstand und erinnerte sich an die Schweißperlen

auf Oakes' Stirn, während er angestrengt den Hammer hoch-gehalten hatte. Für ein paar Sekunden konnte man das Gewicht davon leicht mit einer ausgestreckten Hand halten, aber auf Dauer fühlte er sich so schwer wie ein Auto an. Schon ein paar Zentimeter tiefer hätten vielleicht ausgereicht, um die Mine auszulösen, er hätte ihn dafür nicht einmal fallen lassen müssen.

„Wie kommt jemand an eine Vorrichtung wie diese?", erkundigte sich Janssen, da er wusste, dass das nicht so einfach sein konnte.

Der Lieutenant schüttelte den Kopf. „Ehrlich gesagt fällt das nicht in meinen Fachbereich, aber es dürfte recht schwer sein. Ich schätze, für Geld kann man alles kaufen, aber ..." Janssen spürte, dass dem Mann etwas Kopfzerbrechen bereitete.

„Aber?"

Norwood atmete tief aus. „Das ist Militärmaterial. Das kann man nirgendwo so einfach kaufen."

„Können Sie sagen, woher dieses spezielle Modell stammt?", fragte Janssen.

„Corporal!", rief Norwood einem seiner Kollegen zu. „Bringen Sie den Rest vom Gehäuse her."

Die Glassplitter knirschten unter den Füßen des Mannes, als er ihnen einen transparenten Beweisbeutel brachte. Norwood reichte diesen dem Inspector. Darin befand sich ein olivgrünes, kaum zwei Zentimeter langes Plastikstück. Selbst im schwachen Licht erkannte Janssen Buchstaben. Er hielt es ins Licht, das zur Untersuchung des Tatorts kurzfristig aufge-stellt worden war. Auf dem Plastikstück sah er ein P und ein Y. Den dritten Buchstaben konnte er nicht entziffern. Fragend schaute er Norwood an.

„M P Y", sagte dieser. „Zweifellos werden wir noch ein paar Teile finden, sobald die Sonne aufgeht, aber ich glaube, das Gehäuse war ziemlich alt. Aus dem Ostblock, vermutlich eine MRUD, die wurden von der früheren jugoslawischen Armee verwendet. Sind den US-amerikanischen Claymores ähnlich. Ich weiß nicht, wie gut Sie in Geschichte beschlagen sind, Inspector, aber damals hatte Jugoslawien eine große Armee und hat viel Ausrüstung hergestellt und diese an Verbündete weiterverkauft. Diese Minen wurden im Krieg zwischen Bosnien und Serbien eingesetzt und ich denke, dass sich die Bauweise im Laufe der Jahre kaum verändert hat und sie immer noch eingesetzt werden."

„Glauben Sie, dass hierfür ein Soldat verantwortlich ist?", fragte Janssen.

„Das muss nicht unbedingt sein", erwiderte der Lieutenant. „Man braucht kein großes Fachwissen, um eine davon scharf zu machen, solange man weiß, wie sie funktionieren. Schließlich ist es eine einfache Vorrichtung. Man kann sie in einen Rucksack packen und sicher transportieren. Sie wiegt weniger als ein paar Kilo." Mit hochgezogener Augenbraue und wissendem Blick sah er sich um. „Und was hier passiert ist, ist kein Kunststück. Dazu müsste man nur wissen, wie die Mine funktioniert. Aber wie jemand diese Mine in die Finger bekommen hat, das ist der springende Punkt."

„In Ordnung, danke", sagte Janssen und sah zur reglosen Gestalt von Harry Oakes. Er konnte nicht wegsehen, obwohl er nichts anderes wollte, und fragte sich, was dem Mann durch den Kopf gegangen war, während seine Kräfte immer weiter nachgelassen hatten. Hatte er an seine Frau und Kinder gedacht? Hatte er gewusst, dass er sterben würde? Janssen fiel auf, dass Norwood ihn beobachtete. Der Inspector verzog das Gesicht und der Offizier nickte mitleidig.

„Armer Kerl."

KAPITEL NEUNUNDZWANZIG

VOR DEM HAUS wurde Tom Janssen von Greg Ellis und einem aufgeregten Edward Drew erwartet, der trotz einiger Zeit in Handschellen allein auf dem Rücksitz eines Streifenwagens anscheinend nichts dazugelernt hatte. Janssen traf oft auf solche Menschen. Anstatt eine Situation ruhig einzuschätzen, reagierten sie über. Drew wollte sich an Ellis vorbeidrängen, um sich Janssen in den Weg zu stellen, doch eine Hand hielt ihn zurück. Er warf Greg Ellis einen finsteren Blick zu, dann riss er sich widerwillig zusammen.

„Stimmt es?", frage Ellis.

Der Inspector neigte den Kopf zur Seite. Hinter den Männern erspähte er Cassandra Knight, die ihn mit entschuldigender Mine anschaute. Es sah aus, als würde die Neuigkeit schon die Runde machen, wahrscheinlich weil jemand vom Entschärfungskommando mit der DS geredet hatte.

„Was soll stimmen?", stellte Janssen sich dumm. Drew wollte sich wieder vordrängen, und dieses Mal hielt Ellis ihn kaum zurück.

„Dass es keine zweite Bombe gegeben hat", knurrte er.

Mit einem Nicken bestätigte Janssen das. Edward Drew

war nahe dran, zu explodieren, und trat bis auf einen Schritt an den Inspector heran. Viel zu nahe, als Janssen lieb war.

„Sie haben ihn sterben lassen!", schrie Drew ihn wütend an und reckte die Brust vor. Bei so einem Gehabe rechnete Janssen eigentlich mit einem körperlichen Angriff, doch der Mann hielt sich gerade noch zurück. „Sie haben nichts getan –"

„Wir haben getan, was wir unter diesen Umständen tun konnten", erwiderte Janssen so ruhig wie möglich, um nicht noch Öl in die Flammen zu gießen.

„Blödsinn, Sie haben nur dagestanden und ihn sterben lassen. Ich hätte Harry da rausholen können."

„Woher hätten wir das wissen sollen?", entgegnete Janssen, auch wenn er wusste, dass Logik und gute Gründe auf taube Ohren stoßen würden.

„Ich hätte –"

„Lass gut sein, Eddie", meinte Ellis und legte seinem Freund eine Hand auf die Schulter. Nun starrte Drew ihn wütend an.

„Ich hätte ihn retten können, Greg. Wenn der Bastard es nur zugelassen hätte."

„Oder wir müssten jetzt auch dich vom Boden und den Wänden kratzen", erwiderte Ellis mit zusammengekniffenen Augen. „Genau wie Harry."

Drew wollte widersprechen, überlegte es sich dann aber anders.

„Der Inspector hat recht, Eddie. Niemand hätte das wissen können und", sagte Ellis mit einem Seitenblick auf Janssen, „wenn ich an seiner Stelle gewesen wäre, dann hätte ich gleich entschieden. Dieser Kerl war Harry einen Schritt voraus." Er ließ Drew los, der sichtlich zusammensank, und wandte sich dann an Janssen. „Aber bei uns wird ihm das nicht gelingen."

„Nun, das hängt wahrscheinlich davon ab, was Sie beide tun werden", meinte Janssen. „Einen kühlen Kopf zu bewahren und", er schaute Drew an, „ruhig zu bleiben ist in dieser Situation wohl das Mindeste. Hat einer von Ihnen etwas zu sagen?" Janssen blickte von einem zum anderen. Ellis schaute ihm in die Augen, Drew wandte den Blick ab. Für einen Verkäufer, der mit Lügen seinen Lebensunterhalt verdiente, hatte der Mann seine Körpersprache nur wenig unter Kontrolle.

„Das ist Ihre Welt, Inspector Janssen", erwiderte Ellis ruhig. „Es wird Zeit, dass Sie einen Zahn zulegen und Ihren Job machen, sonst ..."

„Sonst was?", hakte Janssen nach und trat absichtlich nahe an Greg Ellis heran. Langsam machte ihn die sture, mit Höflichkeit maskierte Art des Mannes wütend. „Das ist schon die zweite versteckte Einschüchterung in meine Richtung. Soll ich das als Drohung verstehen?"

Greg Ellis sah ihm in die Augen. Obwohl er um einiges kleiner war als der Inspector, stand er ihm körperlich in nichts nach.

„Wir sind nun in Ihrer Welt, Inspector Janssen", wiederholte Ellis gemessen, aber mit einem boshaften Unterton. „Passen Sie auf, dass Sie nicht in unsere stolpern."

„Das klingt definitiv nach einer Drohung", erwiderte Janssen.

Ellis lächelte, doch seine Augen blieben kalt. Dieser Blick war so durchdringend, wie Janssen ihn noch nie an Ellis bemerkt hatte. Der Mann hatte immer wie der Organisator der Gruppe gewirkt, nun blitzten seine Augen beunruhigend.

„Wenn Sie eine Grenze überschreiten", Janssen schaute beide Männer an, „dann werde ich alles, was mir zur Verfügung steht, gegen Sie einsetzen, vergessen Sie das nicht."

Lächelnd hielt Greg Ellis dem Blick stand. Nase und Oberlippe zuckten im Gleichtakt. Was er auch dachte, er war entschlossen, es für sich zu behalten … zumindest für den Augenblick.

„Wir kümmern uns um unseresgleichen, Inspector. So funktioniert das. Kommen Sie mir nicht in die Quere … wer es auch war, er hat Harry stundenlang allein auf den Tod warten lassen, und ja, ich weiß, am Ende sterben wir alle. Aber ich bin nicht bereit, darauf zu warten."

„Nein, das hatte ich auch nicht angenommen", erwiderte Janssen.

Als Ellis einen Schritt zurücktrat, verschwand sein Lächeln. Dann nickte er Drew zu und die beiden Männer entfernten sich. Cassandra Knight machte Platz, obwohl sie bequem an ihr hätten vorbeigehen können. Sie betrachtete die beiden, als sie an ihr vorüberkamen, sagte aber nichts. Janssen blieb neben ihr stehen.

„Es tut mir leid, Tom. Drew war da, als ich mit einem der Jungs vom Entschärfungskommando geredet habe. Mir war nicht klar, dass er in Hörweite war, sonst hätte ich –"

„Ach, mach dir deswegen keine Sorgen", winkte Janssen ihre Entschuldigung ab, während sie zusahen, wie Ellis und Drew in ihre Autos stiegen.

Da beide im Pub gewesen waren, kam Janssen der Gedanke, dass einer oder beide zu viel Promille zum Fahren hatten, aber er wollte sie loswerden. Wenn er beide über Nacht in eine Ausnüchterungszelle steckte, würde das auch nichts bringen. Außerdem herrschte so früh am Morgen kaum Verkehr und der Vorfall hatte anscheinend beide genug ausgenüchtert.

„Ruf Eric an", sagte Janssen. „Er hält sich hier irgendwo versteckt. Er soll an Ellis dranbleiben. Ich will, dass Eric immer in seiner Nähe ist."

„Was ist mit Drew?"

Der Inspector schüttelte den Kopf. „Er ist ein Heißsporn

und auf einem Pub-Parkplatz nach Sperrstunde würde er sicher nicht zwei Mal überlegen, aber heute? Nein, er wird keinen Finger rühren, bis Ellis es ihm erlaubt. Was sie auch planen, sie werden es zusammen machen."

„Verstanden", sagte Knight und nahm ihr Handy heraus, als beide Wagen auf die Hauptstraße abbogen und in die gleiche Richtung wegfuhren.

„Und sag Eric nochmal, dass er vorsichtig sein soll", sagte Janssen mit strengem Blick.

Nickend wählte die DS die Nummer von Collet während Janssen ins Haus ging. Inzwischen leuchtete das Blaulicht der Streifenwagen nicht mehr, sodass nun alles ruhig wirkte. Janssen traf die Opferschutzbeamtin am Eingang zur Küche, die junge Frau namens Lisa tat ihr Bestes, um der Familie mit der Bewältigung der Situation zu helfen. Und das war keine kleine Aufgabe.

„Wie geht es Tina Oakes?", erkundigte er sich.

„Sie trägt es mit Fassung ... gerade so", erwiderte sie und schaute zurück in die Küche. Als Janssen ihrem Blick folgte, sah er die Mutter dahinter im Wohnzimmer auf einem Teppich neben einem kleinen Sofa sitzen. Darauf schliefen die beiden Mädchen, das ältere hatte einen Arm um das jüngere geschlungen. Sie waren etwa ein Jahr jünger beziehungsweise älter als Saffy, und Janssen sah vor dem inneren Auge das Bild, wie diese sicher in ihrem Bett schlief, nachdem er sie nach oben gebracht hatte. *Was müssen die beiden Mädchen durchmachen? Wie sollen sie mit dem Verlust ihres Vaters fertigwerden, vor allem nach einem so brutalen Tod?*

„Ich muss mit ihr reden", sagte Janssen leise. „Könntest du inzwischen bei den Kindern bleiben?"

Nickend drehte Lisa sich um und ging voraus. In solchen Situationen war sie ein Fels in der Brandung, eine erfahrene Constable, die mehr Empathie bewies als die meisten anderen, die es aber trotzdem schaffte, genug Distanz zu wahren, um sich nicht von den Emotionen der Menschen überwältigen zu lassen. Janssen glaubte nicht, dass er das schaffen würde.

Tina Oakes sah sie kommen. Als ihr klar wurde, dass Janssen mit ihr reden wollte, küsste sie eines der Mädchen sanft auf die Stirn und strich dem anderen eine Strähne aus dem Gesicht, bevor sie langsam aufstand. Es schien, als würde sie dabei schwanken, aber sie nahm Lisas helfende Hand nicht an.

„Mir sind nur die Beine eingeschlafen", sagte sie leise, damit sie die Kinder nicht aufweckte.

„Das ist Tom Janssen", sagte Lisa, ohne sich mit Formalitäten aufzuhalten, sie wusste nicht, dass die beiden sich bereits zwei Mal, wenn auch nur kurz, getroffen hatten. „Er leitet die Ermittlungen und möchte mit Ihnen sprechen. Ist das in Ordnung?"

Tina Oakes nickte und sah auf die schlafenden Mädchen hinunter.

„Ich bleibe bei ihnen", sagte Lisa. „Ich lasse sie nicht allein."

Schwach lächelnd nickte die Frau, obwohl sie die Mädchen offensichtlich nicht gerne zurückließ. Mit einer einladenden Handbewegung signalisierte Janssen, dass sie sich in die Küche begeben sollten. Zögernd ging Tina Oakes voraus. Als sie die Küche betraten, streckte sie sich und fuhr sich mit beiden Händen durch die schulterlangen Haare, verschränkte sie im Nacken und sah hoch zur Decke. Am Frühstückstresen zog sie einen der Stühle zu sich, setzte sich und atmete tief aus, als würde die emotionale Erschöpfung sie nun einholen. Sie legte beide Hände auf den Tresen und streckte die Arme, bevor sie dem Inspector in die Augen sah.

„Bitte entschuldigen Sie, ich bin nicht ganz auf der Höhe", sagte sie leise.

Janssen winkte ihre Entschuldigung ab und musterte sie. Tina Oakes sah erschöpft aus, sie hatte geweint, auch wenn sie das verbergen wollte, doch das verschmierte Make-up um die Augen verriet es.

„Hat Lisa Ihnen angeboten, eine Freundin oder Verwandte für Sie anzurufen?", erkundigte sich Janssen und schaute zu Lisa, die bei den Kindern Platz genommen hatte.

„Ja, hat sie, aber …"

„Aber?"

Tina Oakes schaute nach oben. „Aber … ich verstehe mich im Moment nicht so gut mit meiner Familie." Sie seufzte.

„Was auch vorgefallen ist, ich bin sicher, dass das unter diesen Umständen nicht von Belang ist", erwiderte Janssen stirnrunzelnd.

„Ja … vielleicht", antwortete Tina Oakes, kratzte sich an der Stirn und sog scharf die Luft ein. „Aber heute halte ich kein *Ich-habs-dir-ja-gesagt*-Gespräch aus, das ist alles."

„Was haben sie Ihnen gesagt?"

„Wegen der Heirat mit Harry", erwiderte sie düster. „Mein Vater hat gesagt, dass es nicht gut gehen würde …" Sie setzte sich auf und rieb sich mit beiden Händen die Wangen. „Ich bezweifle, dass er das damit gemeint hat, aber verdammt, ich hasse es, wenn der alte Mistkerl recht hat. Über was möchten Sie mit mir reden, Inspector?"

„Ich muss Ihnen ein paar Fragen zum heutigen Tag stellen und was davor passiert ist, wenn das für Sie in Ordnung ist."

„Natürlich", sagte sie und zwang sich zu einem höflichen Lächeln.

„War heute irgendetwas ungewöhnlich, wenn Sie zurückdenken, entweder rund um das Haus oder an Ihrem Mann?"

„Ungewöhnlich? Inwiefern?"

„Verhalten, Telefonate …?"

Sie schüttelte den Kopf. „Nein, da fällt mir nichts ein",

meinte sie mit gerunzelter Stirn. „Es war ein Tag wie jeder andere in letzter Zeit, alles drehte sich um die Renovierungen und darum, das Geschäft in Schwung zu bringen. Wir haben eine Frist für die Neueröffnung, die Flyer und Werbung sind schon gebucht. Es geht eng her, alles ist stressig, aber … Harry war so zuversichtlich. Alle Arbeiten sind im Zeitplan. Nur noch das …", sie starrte in die Ferne auf nichts Bestimmtes, „das letzte Gewächshaus musste fertiggestellt werden."

„Was ist mit den letzten paar Tagen, ist etwas Merkwürdiges vorgefallen oder hat Ihr Mann geistesabwesend gewirkt?"

Tina Oakes dachte konzentriert nach. „Er war gestresst, aber das ist kein Wunder. Ich meine, wer wäre das nicht, wenn man so viel Geld ausgegeben hat wie wir? Deshalb ist er heute Abend ausgegangen, um mit den Jungs ein bisschen Dampf abzulassen. In letzter Zeit hat er das kaum noch gemacht, zumindest nicht regelmäßig. Nicht, seit die Mädchen da sind." Tina Oakes' Blick wanderte zu ihren Kindern. Als Lisa das bemerkte, lächelte sie.

„Wie haben Sie die Arbeiten finanziert?", erkundigte sich Janssen. „Sie müssen das nicht beantworten, ich möchte nicht neugierig sein."

Tina Oakes winkte seine Bedenken ab. „Schon in Ordnung. Leicht war es nicht. Dieser Ort", sie zeigte auf das Haus und Janssen nahm an, dass sie die Gärtnerei insgesamt meinte, „war ein Geschenk an uns. Eine Art Hochzeitsgeschenk."

„Die Gärtnerei hat Ihrem … Großvater gehört, richtig? Ich erinnere mich, dass Ihr Mann mir das gesagt hat."

Als sie ihn anstarrte, keimte ein Funken des Erkennens in ihren Augen auf. „Oh ja, natürlich. Sie waren schon einmal hier und haben Harry nach seiner Zeit bei der Armee gefragt. Jetzt erinnere ich mich. Tut mir leid, ich kann mir Gesichter nur schwer merken."

Er lächelte. „Ja, genau. Ich war hier und habe nach dem Tod von Fred Mayes mit Ihrem Mann gesprochen. Hat Ihr Mann Ihnen von seiner Zeit als Soldat erzählt, vor allem im aktiven Dienst?"

Sie schüttelte den Kopf. „Nein, so gut wie nie. Ich glaube, er hat nicht gern darüber geredet, zumindest nicht mit mir. Ich weiß, dass er manchmal Probleme damit hatte. Ab und zu ist er schweißgebadet aufgewacht, aber … er hat nicht darüber gesprochen. Ich habe das respektiert. Er wollte diese Zeit hinter sich lassen."

„Aber er ist mit seinen früheren Kameraden noch eng befreundet."

„Ja, natürlich", sagte sie und nickte eifrig. „Er hat sie immer als seine Brüder bezeichnet."

„Was halten Sie von ihnen?"

Sie neigte den Kopf zur Seite und er spürte ihr Zögern.

„Ich meine, wie verstehen Sie sich mit ihnen?"

„Es ist nicht so, dass … ich sie nicht mag, bitte glauben Sie das nicht, aber …"

„Aber?"

Tina Oakes schürzte die Lippen, während sie nach den richtigen Worten suchte.

„Wie Sie gesagt haben, sie sind eng befreundet, und sie sind eine verschworene Gruppe, wenn Sie verstehen, was ich meine."

Janssen schwieg in der Hoffnung, dass sie dadurch noch mehr Informationen preisgeben würde. Sie tat ihm den Gefallen.

„Harry hat immer gesagt, dass sie für uns da sein würden, wenn wir sie bräuchten, für alle von uns, auch für mich und die Mädchen", sagte sie stirnrunzelnd. „Erst habe ich gedacht, dass das eine Art Machogehabe von Soldaten ist", sprach sie kopfschüttelnd und unzufrieden weiter, da die Beschreibung offenbar nicht ganz zutraf. „Aber Harry hat darauf bestanden, hat immer wieder betont, dass wir auf sie zählen könnten, sollte etwas passieren. Rückblickend habe ich das merkwürdig gefunden, habe es aber auf ihre gemeinsame Zeit geschoben, und darauf, dass Harry keine eigene Familie außer mir und den Mädchen hatte. Die Jungs waren seine Familie. Und deshalb habe ich sie heute angerufen. Ich wollte keine Schwierigkeiten machen."

„Das haben Sie nicht", erwiderte Janssen freundlich. „Das ist doch verständlich. Hat Ihr Mann … heute etwas gesagt, das rückblickend seltsam erscheint?"

„Was zum Beispiel?"

„Egal was. Hat er mürrisch gewirkt … verschlossen vielleicht oder zerstreut?"

„Nein, nichts in der Art, zumindest nicht mehr als sonst. Wie gesagt, es war ziemlich stressig in letzter Zeit."

„Ja, Sie haben die Finanzen erwähnt."

„Genau", sagte sie nickend. „Das Haus und die Gärtnerei waren ein Geschenk, aber die Renovierungen haben wir selbst finanziert. So lautete die Vereinbarung."

„Vereinbarung?"

„Mit meiner Familie", erklärte Tina Oakes. „Es ist kein Geheimnis, dass mein Vater gegen diese Ehe war. Meine Partnerwahl hat ihm nicht gefallen, er hat gedacht, dass Harry nicht gut genug für mich war. Weil er nur ein einfacher Mann war, aber ich denke, es hat ihn mehr gewurmt, dass nicht er ihn ausgesucht hatte."

„Ich verstehe", meinte Janssen und sog scharf die Luft durch die Zähne ein.

„Und noch dazu bin ich seine einzige Tochter …", sie lächelte. „Aber meine Mutter hat zu mir gehalten, vor allem, nachdem die Mädchen kamen. Da war Harry schon aus der Armee ausgetreten, und als mein Großvater gestorben ist, kam uns die Idee, die Gärtnerei zu übernehmen. Vater war einverstanden, unter den Bedingungen, dass wir heiraten und die Renovierung selbst bezahlen."

„Es musste also nach seinem Kopf gehen", sagte Janssen. „Wie haben Sie die Finanzierung gestemmt?"

Sie lachte trocken. „So ist Daddy nun einmal. Wir haben gespart. Ich hatte einen ordentlichen Zuschuss aus dem Vermögen meines Vaters bekommen, das hörte allerdings auf, als Harry auf der Bildfläche erschienen ist. Dann hat Harry unerwartet etwas von einer entfernten Verwandten geerbt, die er kaum kannte."

Das weckte Janssens Neugier. „Erinnern Sie sich, wer das war?"

„Äh, eine Großtante mütterlicherseits, glaube ich. Sie hat kein Testament hinterlassen und eines dieser Tracing-Unternehmen hat sich sechs Monate nach ihrem Tod bei Harry gemeldet. Das war eine nette Überraschung", sofort berichtigte sie diese Bemerkung. „Es tut mir leid, ich meinte, für sie war es schrecklich, aber für uns ... es hätte zu keinem besseren Zeitpunkt passieren können."

„Schon in Ordnung, ich verstehe. Wissen Sie zufällig noch ihren Namen?"

Sie schüttelte den Kopf. „Nein, tut mir leid. Sie hatte sonst keine Verwandten und das Begräbnis war schon längst vorbei. Wirklich traurig, dass niemand da ist, um einen auf dem letzten Weg zu begleiten." Sie sah nach rechts hinaus zum Fenster in den Garten. Ihr standen Tränen in den Augen und Janssen hatte Mitleid mit der Frau.

„Und gestern oder letzte Woche ist nichts Ungewöhnliches passiert?"

„Nein, nicht ... dass ich wüsste ...", wieder schüttelte sie den Kopf.

Janssens Instinkt sagte ihm, dass das nicht ganz stimmte,

sie hielt etwas zurück, und er beschloss, sie entgegen seiner ursprünglichen Entscheidung nun doch etwas unter Druck zu setzen.

„Mrs. Oakes, was es auch ist", er senkte den Kopf, sodass sie sich in die Augen sehen mussten, da sie offenbar den Blickkontakt mied, „ich muss es wissen und Sie tun weder sich, noch Harry", er warf einen Blick auf die schlafenden Mädchen, „noch Ihren Kindern einen Gefallen, wenn Sie etwas verschweigen."

Sie sah zu ihm hoch. Ihre Miene verriet ihm, dass er auf der richtigen Spur war, und er sah sie mit einem strengen Blick an.

„Sie müssen jetzt reden, Mrs. Oakes."

„Ich bin sicher, es war nichts", sagte sie und schaute wieder nach unten.

„Lassen Sie bitte mich das beurteilen."

Als sie ihn wieder ansah, biss sie sich auf die Unterlippe, und er zog auffordernd die Augenbrauen hoch.

„Heute Nachmittag habe ich Harry mit jemandem am Parkplatz reden gesehen … ein seltsamer Kerl … ganz schmutzig und schmuddelig", sagte sie leise.

„Sie haben geredet?"

Sie nickte. „Ich habe Harry danach gefragt und er hat gesagt, dass es nur ein Landstreicher war, der nach einem Schlafplatz für die Nacht gesucht hat und dass er ihn weggeschickt hat."

„Haben Sie ihm geglaubt?"

Sie schüttelte den Kopf. „Es hat mehr so ausgesehen, als … hätten sie sich gekannt. Außerdem glaube ich, dass ich den Kerl schon mal gesehen habe. Hier, in der Gärtnerei, nicht zusammen mit Harry, aber … er war einfach hier."

Janssen fuhr sich mit der Hand über das Gesicht und überlegte. Diese Beschreibung passte auf einen Mann in diesem engmaschigen Freundesnetz. Er ließ die Hand sinken und betrachtete Tina Oakes. Diese spielte mit den Händen im Schoß und mied seinen Blick, wie er glaubte.

„Haben Sie noch jemanden davon erzählt?"

Verstohlen sah sie hoch zu ihm und sofort wieder weg.

„Mrs. Oakes. Haben Sie heute noch jemanden davon erzählt?"

Widerwillig hob sie den Kopf, schaute ihm direkt in die Augen und nickte langsam. „Ich hab's Greg gesagt. Greg Ellis."

KAPITEL DREISSIG

AUF DEM WEG nach draußen wäre Janssen am Hauseingang beinahe mit Cassandra Knight zusammengestoßen. Als sie seinen ernsten Gesichtsausdruck sah, wirkte sie überrascht.

„Tom, was ist los?"

„Hast du Eric erreicht?"

Sie nickte.

„Gut, wo ist er?"

Einen Moment lang war Cassandra verwirrt. „Er ist vor dem Haus von Greg Ellis, wie du es gewollt hast."

Tom nahm sein Handy heraus und wählte Erics Nummer. Währenddessen redete er weiter mit der DS.

„Ich brauche hier so schnell wie möglich einen Hundeführer", sagte er und schaute sich um. Es war bewölkt und das bisschen Licht durch den Polizeieinsatz wurde vom umliegenden Wald verschluckt. „Ich will, dass er die Baumgrenze um das Grundstück absucht."

„Warum? Ich dachte, das Entschärfungskommando hat eine manuelle Auslösung ausgeschlossen", erwiderte Cassandra.

Er nickte. „Das stimmt, aber das heißt nicht, dass derjenige, der das getan hat, schon weg ist. Schließlich hat der Mörder viel Zeit und Mühe darauf verwendet, die Bombe so zu legen, warum würde er dann nicht das Ergebnis mitansehen wollen."

„Okay", sagte Cassandra. „Wird erledigt."

Sie nahm das Funkgerät und kontaktierte die Leitstelle, um eine Hundestaffel anzufordern. Als Toms Anruf zu Eric durchging, war sein sechster Sinn bis zum Zerreißen gespannt. Eric antwortete sofort.

„Hi Boss", sagte er gelangweilt und müde, eine ziemliche Leistung, das mit nur zwei Worten zu vermitteln. „Was ist los?"

„Was tut sich bei dir?"

Der junge Mann seufzte. „Alles ruhig hier. Nachdem Ellis von der Gärtnerei losgefahren ist, habe ich ihn bis nach Hause verfolgt. Ist schon eine Weile her ... es wird ganz schön kalt. Ich kann den Motor nicht laufen lassen, das würde mich verraten. Hätte einen Schlafsack mitnehmen sollen, aber wenn es zu gemütlich wird, würde ich –"

„Was ist mit Drew?", unterbrach Tom. Irgendetwas musste anders sein an seinem Tonfall, denn Eric wirkte plötzlich aufmerksamer.

„Ja, er ist auch mit hierhergekommen", erwiderte Eric wacher. „Beide sind ins Haus gegangen, aber er ist nicht mehr da."

„Drew ist weg?"

„Ja. Er war nur eine Viertelstunde da, dann ist er wieder gefahren." Jetzt klang der junge Mann besorgt. „Warum, was ist los?"

Bevor Tom antwortete, dachte er noch alle Möglichkeiten durch. Ellis ging strategisch vor, so viel war klar. Keinesfalls hätte er Drew allein zu Catton geschickt.

„Tom, bist du noch dran?"

„Ja, ja, bin noch da, Eric. Als Drew weggefahren ist, bist du sicher, dass er allein war?"

„Ganz sicher. Von meinem Posten aus habe ich freie Sicht auf die Eingangstür und habe beide Autos gesehen. Edward Drew ist allein herausgekommen und in sein Auto gestiegen."

„Hast du Ellis gesehen … ich meine, als Drew aus dem Haus gekommen ist?"

„Äh … nein … er ist nicht an der Tür gewesen."

Wieder überlegte Tom. Irgendetwas stimmte nicht. Offenbar ahnte Eric, in welche Richtung sich seine Gedanken bewegten.

„Drew ist die Straße entlanggefahren, hat aber kurz angehalten", redete Eric weiter. „Eine Sekunde lang habe ich gedacht, dass er mich entdeckt hat, aber dann ist er wieder losgefahren. Ich habe angenommen, dass er das Radio eingeschaltet oder sich eine Zigarette angezündet hat."

„Was ist mit Ellis' Haus?", erkundigte sich Tom. „Was kannst du jetzt sehen?"

Er hörte, wie Eric sich anders hinsetzte.

„Keine Veränderung … das Auto ist noch da, das Licht ist an", sagte er ruhig. „Alles gleich, seit sie zurückgekommen sind."

„Welche Lichter sind an?", hakte Tom nach. Offenbar verwirrte diese Frage den jungen Mann. Er antwortete langsam und zögerlich.

„Äh … die Lichter … im unteren Stock", erwiderte er. „Warte mal." Wieder bewegte er sich und Tom nahm an, dass er den Hals reckte, um das Haus aus jedem möglichen Winkel zu sehen. „Ja, sieht aus, als wären das der Vorraum, der Flur … und vermutlich die Küche."

„Eric", sagte Tom und warf Cassandra einen besorgten Blick zu. Dann schaute er auf die Uhr. „Es ist fast drei Uhr morgens."

„Ja, ich weiß."

„Hast du im oberen Stock Licht gesehen, seit Ellis nach Hause gekommen ist?"

Eric überlegte. „Nein, habe ich nicht. Warum?"

Tom antwortete nicht, er war zu beschäftigt, die Puzzleteile in seinem Kopf zusammenzusetzen. Cassandra trat näher heran und steckte ihr Funkgerät ein.

„Was ist los?", fragte sie, als sie seinen Gesichtsausdruck sah.

Tom schaute sie an und ließ das Handy sinken. „Ich glaube, Catton war am Nachmittag hier … Tina Oakes hat ihn zusammen mit ihrem Mann gesehen."

Sofort verstand Cassandra seine Befürchtungen. „Weiß Ellis davon?"

„Ja, sie hat es ihm gesagt", erwiderte Tom.

„Was ist?", fragte Eric.

Tom hielt das Handy wieder an das Ohr. „Eric, ich glaube, sie haben dich entdeckt."

„Unmöglich! Ich war vorsichtig."

„Das bezweifle ich nicht, Eric", sagte Tom. „Vielleicht schon früher im Pub … möglicherweise hatten sie dich da schon auf der Rechnung und keiner von uns hat das bemerkt, aber du bist ihnen aufgefallen und sie haben uns ausgetrickst. Geh zum Haus, finde heraus, ob Ellis da ist. Warte fünf Minuten, ich schicke dir eine Streife vorbei. Wenn er nicht aufmacht, tretet die Tür ein."

„Verstanden!", sagte Eric. Bevor er auflegte, hörte Tom, wie der junge Mann die Tür öffnete.

Der Inspector drehte sich zu Cassandra. „Ellis hat angedeutet, dass er die Sache in die eigene Hand nehmen wird", bemerkte diese.

„Ja, und ich schätze, dass er genau das gerade tut. Wahrscheinlich hat Ellis sich unbemerkt davongeschlichen und er und Drew werden das auf die einzige Art beenden, die sie kennen.“

„Wie … Catton umlegen?“

Tom nickte. „Ellis glaubt, dass er uns die ganze Zeit einen Schritt voraus ist. Er ist arrogant genug zu glauben, dass er einen Kleinstadtpolizisten wie mich austricksen kann.“

„Aber glaubst du, dass Catton für die Morde verantwortlich ist?“, fragte sie und schaute nach links in Richtung des zerbombten Gewächshauses. „Ich meine, ich weiß, dass Tina Oakes ihn am Tatort gesehen hat, und du ahnst ja wahrscheinlich, dass ich kein großer Fan von ihm bin und so, aber ich glaube nicht, dass er es war.“

Einen Moment lang sah Tom sie an. „Das macht keinen Unterschied. Der Punkt ist, dass Ellis das glaubt. Schnapp dir einige Beamte von hier, lass ein paar bei Tina Oakes und den Mädchen zu ihrer Sicherheit und sag dem Hundeführer, dass er uns bei Cattons Wohnwagen treffen soll.“

MIT EINEM RUCK wachte John Catton auf, sein T-Shirt war komplett nassgeschwitzt. Eine Sekunde lang bekam er keine Luft, während der letzte Moment des Alptraumes verschwand. Er keuchte, setzte sich kerzengerade auf und atmete tief durch. Der Beste Freund Des Menschen lag wie immer neben ihm. Sanft legte der kleine Terrier ihm den Kopf in den Schoß und schaute ihn mit seinen großen, braunen Augen an. Catton wusste nie, ob es ein mitleidiger oder besorgter Blick war. Egal, der kleine Kerl mochte ihn. Das hatte er immer.

Mit der rechten Hand streichelte Catton dem Hund liebevoll über den Kopf.

„Ich weiß, kleiner Mann, ich weiß", sagte er leise. Der Terrier stellte die Ohren auf, hob aber nicht den Kopf.

Als Catton unter der Bettdecke hervorkroch, spürte er plötzlich, wie kalt die Nachtluft auf dem nassen T-Shirt war. Es wehte ein starker Wind, er hörte ihn durch die Bäume vor dem Wohnwagen rauschen und durch den Spalt im zerbrochenen Fenster rechts von sich pfeifen.

Draußen war es noch dunkel und er wusste, dass es noch eine Weile dauern würde, bis die Sonne aufging. Trotzdem würde er heute Nacht keinen Schlaf mehr finden. Der Gedanke, die Augen zu schließen, machte ihm Angst, da er höchstwahrscheinlich wieder in seinem Alptraum landen würde – wie immer. Diesen Teufelskreis musste er aushalten, und er nahm kein Ende. Allerdings fühlte er sich auch nicht müde, das tat er nie nach Nächten wie dieser.

Catton schnappte sich einen Pullover vom Boden und zog ihn an. Das klaustrophobische Gefühl ebbte nicht ab, eine weitere Konsequenz seines sich ständig wiederholenden Traumes. Nachdem er die Stiefel angezogen hatte, ging er zur Tür. Der Hund winselte leise, hob den Kopf, stellte wieder die Ohren auf und betrachtete den Ex-Soldaten. Catton sah zurück zum Terrier, während er die Jacke anzog.

„Schon in Ordnung, kleiner Mann. Bleib nur da. Ich bin bald zurück."

Dann ging er nach draußen. Die Nacht war nicht so kalt wie die davor. Eine Wolkendecke hatte sich am Himmel gebildet, sie verdeckte den Mond und sorgte dafür, dass es keinen Frost geben würde. Wären nicht das Geräusch der brechenden Wellen und der salzige Geruch gewesen, hätte er glauben können, wieder dort zu sein und in die Dunkelheit zu starren, während er sich nach der Sicherheit der vorgeschobenen Operationsbasis sehnte und überall in den Schatten Feinde sah. Aber er befand sich nicht dort und er würde auch nie wieder zurückkehren.

Catton schlang die Jacke enger um sich und ging hinter den Wohnwagen zum Fass mit der Feuerschale, in der die Glut noch orange leuchtete. Er sammelte ein paar Äste auf, um sie wieder anzufachen. Sobald die Flammen am Holz leckten, legte er größere Äste von seinem Lager darauf, die er im umliegenden Wald gefunden hatte. Als er zufrieden war, ging er nach links zu einer Lücke in der Hecke und auf das angrenzende Feld. Zitternd erleichterte er sich an einem der Bäume. Der kalte Wind, den er an seinen Weichteilen spürte, erinnerte ihn, wie verletzlich er war.

Schnell zog er den Reißverschluss der Hose und Jacke zu und eilte zurück zum Feuer. Inzwischen loderten die Flammen und er spürte die Wärme. Catton zog die Nase hoch. Es war noch immer kalt, nur nicht mehr ganz so eisig. Ein Geräusch rechts von ihm fegte alle Gedanken weg, er starrte zu den Bäumen auf der anderen Seite des Weges. Konzentriert und mit zusammengekniffenen Augen suchte er nach auffälligen Mustern in den Schatten. Seine Augen gewöhnten sich an die Dunkelheit, mit jeder Minute sah er besser, aber es würde noch eine Viertelstunde dauern, bis er die Details so genau erkennen konnte, wie er es gerne hätte. Im Moment konnte er nur nach Geräuschen lauschen, die nicht da sein sollten.

Alles, was er hören konnte, war der Wind, der durch die Äste wehte, das Rascheln der immergrünen Blätter der Hecken und das entfernte Geräusch der Wellen, die sich an der Küste brachen. Das war ungewöhnlich, wenn der Wind stärker oder es Tag gewesen wäre, dann hätten alle anderen Geräusche die Wellen übertönt. Aber außer ihm war niemand hier. Catton schob die Paranoia beiseite und ging wieder zum Feuer. Die Helligkeit würde seine Nachtsicht beeinträchtigen, doch die beruhigende Wirkung des orangen Lichtscheins war ihm lieber. An der Schwelle des Wohnwagens tauchte Der Beste Freund Des Menschen auf, legte sich hin und schaute ihn wachsam an.

„Du musst dich nicht auch um den Schlaf bringen", sagte er leise und warf einen Seitenblick auf den Hund, während er sich auf den Campingstuhl bei der Feuerschale fallen ließ und sich die Hände wärmte.

John Catton hörte hinter sich ein Geräusch. Obwohl er sich nach vorne warf, war das zu wenig und zu langsam. Etwas wurde ihm über den Kopf gestülpt und es wurde finster, während er nach hinten auf den Stuhl gezerrt wurde. Der erste Schrecken verwandelte sich in Panik, als er den Kopf in den Nacken legte und vergeblich nach Luft schnappte. Verzweifelt zerrte er an der Plastiktüte über seinem vor Angst verzerrten Gesicht, Klaustrophobie bemächtigte sich seiner Gedanken. Als er nach dem Rand der Tüte griff, fühlte er, wie dieser sich eng um seinen Hals schnürte, also versuchte er, die Finger darunter zu schieben, doch in diesem Moment spürte er die Gegenwart einer anderen Person vor sich, die seine Hände wegschlug. Catton wollte schreien, aber es kam kein Geräusch aus seinem Mund, alles, was er hören konnte, war ein hohes Pfeifen, das immer lauter wurde. Er hatte keine Ahnung, woher es kam.

Obwohl seine Kräfte nachließen, machte er einen letzten Befreiungsversuch. Der Ex-Soldat lehnte sich zurück zu seinem Möchtegern-Mörder, zog die Beine an und ließ sie auf die andere Person vor sich schnellen. Seine Stiefel trafen auf etwas, er zog sie wieder zurück und fühlte, wie der Stuhl nach hinten kippte. Allerdings blieb die Plastiktüte straff gespannt, während er zu Boden fiel und das wütende Grunzen der Angreifer immer leiser wurde, als würde er in einen tiefen Brunnen fallen. Die Panik machte einem schläfrigen Gefühl Platz, das änderte sich aber schlagartig wieder.

Plötzlich ließ der Druck auf seinen Kopf nach und instinktiv riss John Catton an der Tüte, bis ein Loch über seinem Mund entstand. Meeresluft strömte ihm in die Lungen und für einen kurzen Moment schwelgte er in dem Gefühl, noch am Leben zu sein, als ihm klar wurde, dass er dem Tod nur um ein paar Sekunden entkommen war. Gleich darauf spürte er, wie sein Hals an der Stelle brannte, an der die Tüte fast durch die Haut gedrungen war. Dann stellte sich sein Hörsinn wieder ein und das Pfeifen in den Ohren hörte auf. Jemand schrie, die Worte wurden immer klarer, je heller es wieder um ihn wurde. Allerdings klang das mehr nach einem erschrockenen Aufkreischen als einem Befehl.

„Schaff den verdammten Hund runter von mir!"

Knurrend warf Der Beste Freund Des Menschen den Kopf hin und her, die Zähne hatte er in das Handgelenk des einen Mannes vergraben, während die beiden sich am Boden krümmten. Der andere Mann versuchte, den Hund wegzuziehen. Als der Angreifer sich umdrehte, sah er, dass Catton sich aufgesetzt hatte und sie anstarrte. Beide Männer trugen Tarnkleidung und hatten ihre Gesichter unter schwarzen Sturmhauben versteckt. Der eine kam auf Catton zu gerannt und trat in seine Richtung. Er wollte nach links ausweichen und dem Tritt entgehen, war aber noch zu benommen, und der Stiefel traf ihn in die Rippen. Da er ihn mehr streifte als richtig traf, rollte er sich über die Schulter ab und blieb in perfekter Balance auf beiden Beinen in der Hocke, um den nächsten Angriff abzuwehren. Einen Moment lang verschwamm ihm alles vor den Augen, doch mehrmaliges Blinzeln half. Der Angreifer trat einen halben Schritt auf ihn zu, aber da Catton sich vom Erstickungsversuch erholt hatte, machte er offenbar einen wehrhaften Eindruck. Der Mann zögerte.

„Nicht so einfach, wenn man den Überraschungseffekt nicht mehr auf seiner Seite hat, was?", knurrte John Catton.

Er wog seine Chancen ab. Der Mann vor sich war klein, stämmig und kräftig gebaut. Als Catton nach links blickte, sah er, dass der andere Kerl noch immer mit dem Hund kämpfte. Solange Der Beste Freund Des Menschen lebte, würde er alles tun, um den Angreifer von ihm abzuhalten. Catton blieb in der Hocke. Mit einem Blick zurück zum Wohnwagen überlegte er sich, ob er sich hineinflüchten sollte, allerdings war ihm auch klar, dass er es nicht rechtzeitig schaffen würde. Also wandte er sich wieder dem Mann vor sich zu, der sich nach rechts schob, um Catton zwischen sich und dem anderen Angreifer zu positionieren. Sobald dieser sich vom Hund befreit hätte, wäre Catton flankiert und in aussichtsloser Lage.

„Wofür die Sturmhaube?", fragte John Catton. „Die is' nich' nötig, Greg. Oder bist du nicht Manns genug, mir dein Gesicht zu zeigen?"

Sein Gegner richtete sich auf und zog sich mit der linken Hand die Haube vom Kopf. Greg Ellis atmete tief ein und fuhr sich mit der freien Hand durch die Haare, als ob er erleichtert wäre, die frische Luft auf der Haut zu spüren. Schmerzerfüllt jaulte der Hund auf. Schnell schaute Catton nach links und sah gerade noch, wie der Terrier in die Hecke geworfen wurde und kläffend darin verschwand.

„Verdammter Köter!", blaffte Eddie Drew, der sich knieend den Unterarm umklammerte.

Catton starrte ihn wütend an. „Wenn du meinem Hund weh getan hast, dann bring' ich dich um, Mann."

„Der blöde Hund hatte sicher Tollwut!", zischte Drew und biss die Zähne zusammen, während er den Arm schüttelte und dann die Sturmhaube abnahm.

„Ich hoffe, er hat sich bei dir keine Geschlechtskrankheit eingefangen, Eddie", sagte Ellis mit einem schiefen Grinsen.

„Also, wie geht's weiter, Greg", fragte John Catton. „Bringt ihr mich um die Ecke und lasst es dann wie Selbstmord aussehen?"

„Das wäre mehr, als du verdienst", sagte Drew und inspizierte seinen Arm. Der Ärmel war zerrissen und die Haut darunter blutete. Offenbar hatte er Schmerzen.

Zu Drews Ärger lächelte Catton und machte ihn damit noch wütender.

„Allerdings scheinst du nicht mehr zu wissen, wie man einen Einsatz erfolgreich zu Ende bringt", sagte Catton.

„Wir müssen nur improvisieren, uns anpassen und weitermachen, Johnny. Das hat noch immer funktioniert."

„Aye, sag' das Andy und Freddie", entgegnete Catton und bemerkte, dass Drew aufstehen wollte. Das durfte er nicht zulassen.

John Catton warf sich nach links und trat gegen die behelfsmäßige Feuerschale. Das Fass kippte in Richtung Drew und ließ brennendes Holz und Glut aus der Schale auf ihn herabregnen. Wütend heulte Eddie auf und riss die Arme vor das Gesicht, um sich vor der heißen Asche zu schützen. Catton raste auf ihn zu, duckte sich, um etwas aufzuheben, das unter dem Fass verborgen gewesen war, und warf sich blitzschnell auf ihn. Er drehte Eddie zwischen sich und den heranstürmenden Greg, legte einen Arm um den Hals seines Opfers, hob die andere Hand, in der ein Messer blitzte, und hielt Drew die Spitze wenige Zentimeter vors Auge. Stumm beglückwünschte er sich zu seiner Paranoia, dank der er Waffen rund um den Wohnwagen versteckt hatte. Ellis hielt inne, und für den Moment kippte die Situation zugunsten Cattons.

Unschlüssig, wie er diesen Vorteil nutzen sollte, sah dieser sich um.

KAPITEL EINUNDDREISSIG

EDDIE DREW WAND sich in Cattons Griff und weigerte sich, aufzugeben, auch wenn er sich nicht mehr allzu heftig wehrte. Die Klinge vor seinem Auge hielt ihn davon ab.

„Was jetz', Greg?", fragte John Catton und behielt seinen Gegner fest im Blick. Offenbar dachte dieser nicht daran, die Niederlage einzugestehen, denn er starrte ihn an und war bereit, wieder nach vorne zu schnellen. Das wäre zwar riskant, aber Greg war noch nie besonders besonnen gewesen.

„Glaubst du wirklich, dass du damit durchkommst?", fragte Ellis und schüttelte den Kopf. „Das wirst du nämlich nicht. Du hast das Unvermeidliche nur hinausgezögert."

„Und das wäre?", erwiderte Catton und hörte die Angst in der eigenen Stimme.

Greg Ellis griff nach hinten und zog eine Pistole aus dem Gürtel. Nachdem er sie entsichert hatte, richtete er sie auf Catton. Instinktiv duckte dieser sich weiter hinter Drew. Falls Ellis tatsächlich schießen wollte und dann auch Eddie treffen könnte, würde er vielleicht zögern ... oder auch nicht. Vorsichtig trat Ellis ein paar Schritte nach links, ohne die Waffe zu senken. John Catton zwang sich zu einem Lächeln.

„Neuer Plan? Wird schwierig, das nach Selbstmord aussehen zu lassen", sagte er. Eddie war so nahe, dass John Catton seinen Atem riechen konnte, den abgestandenen Geruch nach Zigaretten und Bier. Das Lächeln verschwand. „Selbst wenn du mich erschießt, nehme ich Eddie noch mit."

Um das zu verdeutlichen, hielt er Eddie Drew das Messer noch näher ans Gesicht, dieser stöhnte wenig erfreut auf. In seinem Gesicht musste sich die Angst widerspiegeln. Catton wünschte sich nur, dass er aus dem Verborgenen zusehen könnte, anstatt in den Lauf einer geladenen Waffe starren zu müssen. Das war nicht das erste Mal, aber es fühlte sich definitiv anders an, wenn man den Mann dahinter kannte.

„Wenn es so sein muss, dann soll es so sein", erwiderte Greg emotionslos. „Du erstichst Eddie und er erschießt dich im Sterben. Eine doppelte Tragödie."

„Warte mal …", krächzte Eddie in John Cattons Schwitzkasten.

„Halt die Klappe, Eddie", unterbrach Ellis ihn und neigte den Kopf zur Seite. „So oder so, ich werde davonkommen, du nicht."

„Ich muss zugeben … kein schlechter Plan", meinte John lächelnd. Greg hatte sich nie mit leeren Drohungen aufgehalten, was er sagte, machte er auch. Mit einem schnellen Seitenblick sah Catton sich um, vielleicht befand sich irgendetwas Hilfreiches in der Nähe. Nichts. „Schätze nicht, dass wir uns einigen könnten, oder?"

„Ich bin immer bereit, mir Vorschläge anzuhören, Johnny. Eddie und ich haben uns überlegt, dir was abzuknöpfen. Vielleicht", fuhr er mit zusammengekniffenen Augen fort, „könnten wir dich um das, was du übrighast, erleichtern. Dann sind wir quitt. Was sagst du dazu?"

John Catton wusste nur zu gut, dass das leere Worte waren. Egal, worauf sie sich einigen würden, es wäre sofort nichtig, aber er spielte mit, während er nach einem Ausweg suchte.

„Klingt nach einem Deal", sagte er, „unter diesen Umständen. Also, wie wär's, wenn du die Waffe wegsteckst und wir uns wie zivilisierte Menschen unterhalten. Was ich sagen will, von einem toten Mann gibt es nichts zu holen, nicht wahr?"

Ellis wandte den Blick nicht ab, die beiden Männer starrten sich an, bevor Greg endlich die Waffe sinken ließ. Wieder hatte John sich Zeit verschafft. Nicht viel, aber vielleicht genug. Diese kurze Unaufmerksamkeit nach der Pattsituation wurde ihm zum Verhängnis. Er hatte sich so auf Ellis konzentriert, dass ihm zu spät auffiel, wie stark er den Griff um Eddies Hals gelockert hatte. Noch immer im Schwitzkasten drehte dieser sich zu ihm um und drückte ihm mit der linken Hand gegen die Nase. Das war eine Überlebenstechnik, die man ihnen in der Nahkampfausbildung beigebracht hatte. Catton war außer Übung, Drew andererseits stellte sich geschickt an.

Catton hatte keine Chance mehr, das Messer einzusetzen, als er von den Beinen geholt wurde und unsanft Kopf voraus auf dem Boden landete. Er spürte, dass irgendwas in seinem Oberkörper brach, als Drew sich mit seinem gesamten Gewicht auf ihn warf. Die Luft wurde ihm aus den Lungen gepresst und für einen Moment wurde ihm schwarz vor Augen, sodass er auch nichts mehr hörte, dann nahm er das Grunzen und die Flüche seiner Angreifer wahr.

Vage bekam John Catton mit, dass er über den steinigen Boden und Äste geschleift wurde, und als er versuchte, sich aufzurichten, kassierte er einen Tritt in die Magengegend, sodass er wieder halb ohnmächtig wurde. Gesprächsfetzen drangen zu ihm durch, die kaum Sinn ergaben.

„... wie sollen wir es finden, wenn er tot ist ..."

„... nein, als ob er es selbst getan hätte ..."

Dann lag John auf dem Bauch und spürte, wie ihm etwas

den Hals zuschnürte. Panik durchflutete ihn, sodass er mit einem Schlag hellwach war und sich nach Atem ringend befreien wollte. Doch es hatte keinen Sinn, und plötzlich wurde er auf die Beine gezogen. In dem wenigen Licht sah alles verschwommen aus, und er spürte, wie seine Kräfte ihn verließen.

Das war das Ende, er wusste es.

KEINE FESSELN MEHR ... mehr Licht, allerdings blitzte es dieses Mal ... war das der Tod? Nein. Schmerzen ... wie er sie noch nie gefühlt hatte, zuckten durch seinen Körper. Die raue, kalte Oberfläche unter seinem Gesicht roch nach nasser Erde. Das war sie auch ... und voller Erleichterung rang John Catton nach Atem, nachdem er losgeschnitten worden war. Als er sich auf den Rücken rollte, spürte er Hände auf den Schultern, die ihm den Kopf so drehten, dass er den Himmel sehen konnte. Die Hände waren weich, die Berührung sanft. Über ihm rissen die Wolken auf und er sah ein Stück des Himmels, der ihm so vertraut war.

„Können Sie mich hören?", fragte eine weibliche Stimme. Catton konzentrierte sich auf sie und wandte ihr den Blick zu. Er kannte dieses Gesicht. Obwohl sie lächelte, war er sich sicher, dass sie ihn nicht mochte. Ein Hund bellte. Nicht sein Hund, dieser klang lauter, furchteinflößender. Mit Cassandra Knights Hilfe richtete sich John Catton auf einen Ellenbogen auf und betrachtete die Szene.

Ein paar Meter entfernt kniete Greg Ellis, die Hände in Handschellen auf dem Rücken. Eddie Drew lag auf dem Bauch, ein Polizist kniete auf ihm, während ein anderer ihn entwaffnete. Obwohl er keine Chance hatte, wehrte Eddie sich.

„Sind Sie in Ordnung?", fragte die Frau und er nickte. Sie

ließ ihn zurück und eilte ihren Kollegen zu Hilfe.

John Catton wollte nicht hierbleiben, er fühlte sich nicht sicher. Er befand sich nur vier Meter vom Wohnwagen entfernt und wollte aufstehen. Seine Beine trugen ihn nicht, also kroch er zu seiner Behausung. Als er sich in Bewegung setzte, tauchte Der Beste Freund Des Menschen aus den Büschen auf, rannte zu ihm und leckte ihm aufgeregt das Gesicht ab. Obwohl Catton sich ein Lächeln nicht verkneifen konnte, kroch er weiter, der Hund blieb an seiner Seite. Drew hatte kaum noch Kraft und die Polizei keine Geduld mehr. Es würde bald vorbei sein. Noch ein Grund mehr, sich in die Sicherheit des Wohnwagens zu flüchten.

Auf halbem Weg kehrte die Kraft zurück und Catton konnte sich auf Hände und Knie und dann vorsichtig auf die Beine aufrichten. Wie ein Betrunkener stolperte er vorwärts und in den Wohnwagen, wo er das Gleichgewicht verlor und auf den Boden stürzte. Irgendetwas rann ihm ins Auge, er fasste sich an die Stirn. Es war Blut. Hatte er sich den Kopf angeschlagen oder war das vorhin passiert … im Kampf mit Eddie? John wusste es nicht, allerdings war es auch egal, er kroch weiter zum Sitzbereich und zog sich hoch auf die Bank. Der Hund sprang zu ihm herauf und starrte kerzengrade sitzend auf die Tür. Catton atmete tief ein, griff unter das Kissen, auf dem er schlief, und seine Finger schlossen sich um einen Griff.

Das alles würde trotzdem enden … heute Nacht.

———————

ALS DER UNBESIEGBAR SCHEINENDE Edward Drew endlich in Handschellen lag, übergab Janssen den Mann an die beiden Polizisten an seiner Seite. Greg Ellis beobachtete ihn, ohne dass er sich dabei vom Bellen des kaum zwei Meter entfernten

Schäferhundes stören ließ. Janssen hätte viel dafür gegeben, zu erfahren, was Ellis jetzt dachte. Später auf dem Revier würde er schon dahinterkommen. Aus den Augenwinkeln sah er, wie Catton in den Wohnwagen taumelte, wahrscheinlich flüchtete er sich in Sicherheit, nachdem er dem Tod gerade noch so entronnen war. Cassandra Knight hatte die Situation unter Kontrolle und nun würden sie diesem Spuk ein Ende setzen.

Die Tür des Wohnwagens schwang hin und her und Janssen öffnete sie, allerdings klopfte er erst an der Wand an, bevor er eintrat. Als er drinnen nach links sah, fand er Catton direkt vor sich sitzend mit dem Hund neben und einer Pistole auf dem Tisch vor sich. Janssen erstarrte. Ohne zu blinzeln, blickte Catton ihn an. Blut tropfte ihm von einer Wunde an der Stirn über das Gesicht bis in den Bart.

Catton hatte eine Hand auf den Revolver gelegt. Als er bemerkte, dass der Inspector die Waffe ansah, griff er zu und stellte sie auf. Janssens hatte plötzlich einen trockenen Mund und blieb stehen, während er beruhigend die Hände hob. Mit zusammengekniffenen Augen neigte Catton den Kopf zur Seite.

„Was passiert hier, John?", fragte Janssen leise.

„Ach, jetz' bin ich John?", fragte Catton, dessen Nase zuckte, während er den Inspector nicht aus den Augen ließ. „Machen Sie die Tür zu."

Langsam drehte Janssen sich um, schon fast demonstrativ, um den Mann nicht zu erschrecken. An der Tür warf er einen Blick hinaus. Cassandra Knight sah zu ihm herüber. Anscheinend lag etwas in seinem Gesichtsausdruck, denn sie trat auf ihn zu. Als er aber die Hand hob, blieb sie stehen. Kurz kam ihm der Gedanke, den Wohnwagen zu verlassen, doch er verwarf diese Idee sofort wieder, als Catton seine Anweisung wiederholte.

„Machen Sie die Tür zu."

Am Griff zog Janssen die Tür zu.

„Schließen Sie sie ab."

Nachdem er der Aufforderung nachgekommen war, drehte er sich zu dem Ex-Soldaten um.

„Um was geht es hier, John?", fragte er.

Catton signalisierte ihm, dass er zu ihm kommen sollte. Langsam und seine Umgebung betrachtend trat Janssen näher. Das Innere des Wohnwagens war eng und schmutzig. Es gab nur eine Tür nach draußen und die hatte er gerade abgeschlossen. Die Fenster waren zu, Janssen glaubte, dass es nur einfache Glasscheiben waren, die leicht zerbrechen würden, allerdings gaben sie keine gute Fluchtroute ab, solange eine Waffe auf ihn gerichtet war. Catton zeigte auf den Sitzplatz gegenüber. Also setzte Janssen sich aufrecht hin und legte die Hände vorsichtig flach auf den Tisch.

Offenbar entspannte Catton sich. Jetzt schien er sich sicher zu fühlen.

„Sie haben mich mal gefragt, wie ich hier draußen lebe", sagte Catton.

Janssen nickte. „Etwas in der Art, ja." Er bemühte sich, gemessen und ruhig zu antworten.

„Einen Tag nach dem anderen", erwiderte Catton und hob die Waffe.

Er richtete sie etwas seitlich vor sich weiterhin in Janssens Richtung, bevor er die Trommel aufschnappen ließ. Der Inspector erkannte, dass in nur einer der sechs Kammern eine Kugel steckte. Mit der linken Hand drehte Catton die Trommel und ließ sie mit einer Bewegung aus dem Handgelenk wieder einschnappen. Er spannte den Hahn und sah Janssen in die Augen.

„Jeden Abend das gleiche Ritual. Ich frage mich, was ich an diesem Tag gemacht habe, das es wert ist, den nächsten zu erleben." Schweigend erwiderte der Inspector den Blick des

Ex-Soldaten. Das war nicht sein Augenblick, sondern John Cattons, und er konnte ihn nicht unterbrechen. In den Augen des Mannes standen Tränen. „Immer komme ich zur selben Antwort."

Janssen fuhr sich mit der Zunge über die trockene Unterlippe. Sein Mund war völlig ausgedörrt. Aufmerksam beobachtete Catton ihn, während er auf eine Antwort wartete.

„Und zu welchem Ergebnis kommen Sie?", fragte der Inspector leise.

„Nichts", erwiderte Catton, richtete die Waffe auf sich und drückte den Lauf an die Schläfe. Janssen spannte sich an, er wollte protestieren, den Mann davon abhalten, aber er brachte kein Wort heraus. Er riss den Mund auf, als Catton die Augen schloss und den Abzug betätigte.

Klick. Nichts passierte.

Janssen wurde bewusst, dass er den Atem anhielt, und er blies die Luft in einem kurzen Stoß heraus. Catton öffnete wieder die Augen, legte die Pistole vorsichtig zurück auf den Tisch und zog die Hand zurück. Als er sich zurücklehnte, faltete er beide Hände im Schoß und starrte Janssen an. Der Hund legte ihm den Kopf auf die Beine und winselte leise.

„Und dann mache ich weiter ... für einen weiteren Tag", flüsterte Catton und nickte in Richtung des Revolvers, während ihm langsam eine Träne über die Wange lief.

Janssen griff über den Tisch nach der Waffe und erwartete eigentlich, dass dieser seltsame Einsiedler ihn anspringen würde, sobald er sie berührte, doch Catton blieb, wo er war, und gab keinen Mucks von sich. Langsam zog Janssen die Pistole zu sich heran. Fast war die Erleichterung greifbar. Er ließ die Trommel aufschnappen, die einzige Kugel herausfallen, steckte sie ein und legte den Revolver wieder hin. Dann sah er zu Catton, der kläglich lächelte.

„Ich bin kein Monster, Inspector Janssen."

KAPITEL ZWEIUNDDREISSIG

JEMAND RÜTTELTE an der Tür des Wohnwagens. Da sie abgeschlossen war, hämmerte die Person mit der Faust dagegen. Wahrscheinlich Cassandra.

„Alles in Ordnung", rief Janssen, ohne Catton aus den Augen zu lassen. „Gib uns ein paar Minuten, okay?"

Catton ging zum Fenster, schob den Vorhang beiseite und beobachtete kurz die Polizisten draußen, bevor er sich wieder setzte. Sobald er saß, legte der Hund den Kopf zurück in seinen Schoß. Janssen sah sich genauer im Wohnwagen um. Obwohl es darin tatsächlich beengt war, konnte er erahnen, wie jemand hier leben konnte. Auf seinem Boot hatte er kaum mehr Platz. Vielleicht hatte er mehr mit Catton gemeinsam, als ihm bewusst war.

„Der Friede und die Ruhe, wenn man fernab von anderen lebt, das weiß kaum jemand zu schätzen", sagte Janssen.

Misstrauisch beäugte Catton ihn, wahrscheinlich fragte er sich, wie ehrlich der Inspector es meinte.

„Aye, und was wissen Sie darüber?"

Die Frage klang nicht aggressiv, aber zweifellos wollte er ihn damit genauer ausforschen.

„Auch ich lebe allein", erwiderte Janssen und sah den ungepflegten Mann an. „Allerdings auf einem Boot, aber so anders ist das nicht."

„Ich dachte, sie wären eher der Familientyp."

„Und ich dachte nicht, dass Sie ein Mörder sind", gab Janssen zurück.

„Ich bin kein Mörder."

„Aber Sie waren heute Abend bei der Gärtnerei von Harry Oakes."

Catton zog hörbar die Nase hoch und kratzte sie geistesabwesend.

„Ist das so?", fragte er.

Nickend zeigte Janssen auf die Stiefel neben der Tür. „Ihre Stiefel sind klatschnass, wie auch die Beine der Hose, die da drüben liegt", sagte er und zeigte auf einen Haufen nasser Kleidung. „Sie sind heute Abend über die Felder gegangen."

„Es is' nicht ungesetzlich, abends spazieren zu gehen."

„Kommen Sie schon", meinte Janssen und verdrehte die Augen. „Die beiden da draußen wollten Sie umbringen. Fast hätten sie es geschafft. Genug von dem Unsinn, John."

Catton setzte sich gerade hin und stützte die Ellenbogen auf den Tisch. Als er sich mit der Hand über den Hals fuhr, verzog er das Gesicht und rieb sich die Stelle, an der das Seil die Haut aufgescheuert hatte. Jetzt war sie rot und tat wahrscheinlich weh. Catton starrte Janssen an.

„Ich war neunzehn, als ich das erste Mal in ein Kriegsgebiet geschickt wurde."

„Helmand?", fragte Janssen.

Nickend lehnte Catton sich wieder zurück. „Wir waren auf einer ausgedehnten Erkundungstour, ein beschissener Einsatz, aber wir haben es in einem Stück zurück zur FOB geschafft."

„FOB?"

„Aye, die vorgelagerte Operationsbasis", erklärte Catton

nickend. „Wir haben uns auf was zu essen und ein bisschen Ruhe gefreut. Wenn man draußen ist, muss man ständig wachsam sein, denn wenn nicht, stirbt jemand. Jedenfalls waren auch die Jungs von der Artillerie da und haben sich vor Angst in die Hosen geschissen, weil sie eine ihrer Drohnen verloren haben." Janssen zog die Augenbrauen hoch, aber Catton wischte seine Bedenken mit einer Handbewegung beiseite. „Nein, keine von den Reapers. Das war so um 2007 herum. Das waren nur kleine, die man in der Hand hält, losläuft und dann in die Luft wirft. Heute klingt das dämlich, aber damals war das hochmoderne Ausrüstung." Er winkte eine genauere Erklärung ab. „Die Artillerie hat sechs losgeschickt, aber nur fünf zurückgebracht. Wie gesagt, sie haben sich angeschissen, dass diese eine in die Hände der Feinde gerät und deshalb, raten Sie mal … haben sie eine schnelle, bewaffnete Einheit gebraucht." Catton zeigte mit dem Finger auf sich. „Wir haben Befehl erhalten, loszugehen und die verdammte Drohne zurückzuholen. Wir waren sauer, das kann ich Ihnen sagen. Aber wir haben uns aufgemacht, sechsundzwanzig Mann, die Hälfte Royal Marine Commandos und die restlichen dreizehn waren von unserem Trupp, mit nichts als einem Raster auf einer Karte haben sie uns losgeschickt. Unser Weg hat in ein nahegelegenes Dorf geführt, die Leute dort waren recht freundlich. Ich meine, wir waren schon länger in dem Gebiet stationiert. Wir haben ihnen nichts getan und sie uns nicht", sagte Catton und zog erneut hörbar die Nase hoch. Diese lästige Angewohnheit ignorierte Janssen. Catton fuhr fort. „Und da war ich also, neunzehn Jahre alt, bin durch die steinige Landschaft gewandert und habe nach der dämlichen Drohne gesucht. Wir hatten getrennte Funkrufzeichen, die Hälfte des Trupps hat auf einer Seite des Dorfes gesucht, die anderen sind auf der anderen Seite ausgeschwärmt. Dann ist eine Frau mit gesenktem Kopf an mir vorbeigegangen, eine

Hand hatte sie auf die Schulter ihres Kindes gelegt ... alles ganz normal, würde man annehmen, oder?"

Janssen nickte, aber Catton schüttelte den Kopf.

„Nö, ich hätt's da schon wissen müssen. Das ist ein verräterisches Zeichen ... wenn Zivilisten eine Gegend verlassen, dann ist das ein Zeichen dafür, dass die Kacke gleich am Dampfen ist, wissen Sie."

„Und vermutlich ist das dann passiert?"

Catton grinste. „Aye, und wie. Ich habe mich ein bisschen zu weit vom Fahrzeug entfernt. Die Kommunikationsgeräte haben Ärger gemacht und ich habe den ersten Funkspruch nicht gehört. Dass es rundging, habe ich erst mitbekommen, als ich eine blaue Rauchfahne und einen schwarzen Punkt auf mich zu rasen gesehen habe. Hat mich um wenige Meter verpasst, vielleicht ein bisschen mehr, ich weiß es nicht genau, aber als die Kugel hinter mir in die Felsen eingeschlagen ist, ist die Hölle ausgebrochen."

„Jemand hat auf Sie geschossen?"

„Aye, mit einem verdammten RPG ... verdammt, wie er ein so leichtes Ziel verpassen konnte, ist mir ein Rätsel. Jemand hat an diesem Tag seine schützende Hand über mich gehalten, das sage ich Ihnen! Ich weiß nicht, ob Sie je gesehen haben, wie so ein Ding abgefeuert wird, es ist nicht so wie in den Filmen. Wenn man es an sich vorbeipfeifen hört, was ich übrigens nicht habe, dann explodiert das Geschoss, und in den nächsten Sekunden regnet es Steine vom Himmel, und ich bin losgelaufen. So richtig, wie ich nicht mehr gelaufen bin, seit ich fünf Jahre alt war und der Eiswagen am Ende der Straße verschwunden ist!"

Janssen lächelte. „Als Kind glaubt man, man könnte so schnell und lange laufen, dass die Füße abfallen."

Catton lachte. „Aye, genau dieses Gefühl ... aber mit einem Haufen Taliban im Rücken, die einen in den Hintern schießen wollen. Das Dorf, in das wir gewandert sind, war voll mit diesen Bastarden und sie wollten es nicht kampflos aufgeben. Wie gesagt, es ging so rund, Sie würden es nicht glauben! An mehreren Punkten im Dorf ist es zu Feindkontakt gekommen. Die Suche nach einer abgestürzten Drohne hat sich zur Aushebung eines lokalen Warlords oder so gewandelt. An diesem Tag war ich Gregs Fahrer, ein zwei- oder drei-Mann-Team pro Fahrzeug, und ich war verdammt froh, als ich wieder im Viking war. Die Kugeln sind an der Panzerung wie Hagelkörner in einem Sturm abgeprallt, passiert ist nichts. Sogar ein RPG kratzt kaum an der Oberfläche, wenn es auf einen Viking trifft. Verdammt beruhigend, das kann ich Ihnen sagen."

Wir haben uns also gesammelt und das Dorf durchkämmt. Ellis war oben und hat mit der Fünfzig-Kaliber draufgehalten und es war fast wie in *Apocalypse Now*. Dann ist ein Auto auf uns zu gekommen, irgendein verrückter Selbstmordattentäter in einem Auto, auf das Metallbleche geschweißt worden waren, eine Art selbst gebastelte Panzerung. Offensichtlich funktioniert das so nicht, aber er ist trotzdem auf uns zu und wir haben ihn unschädlich gemacht. Die Straße war schmal, wir konnten nicht vor oder zurück. Keiner ist gern ein leichtes Ziel, nicht einmal in einem Viking, also hat Ellis uns befohlen, auszusteigen und zu Fuß von Gebäude zu Gebäude zu laufen, um zum restlichen Trupp zu kommen, der auf der anderen Seite des Dorfes in Kämpfe verwickelt gewesen ist. Und da ist es dann interessant geworden."

Janssen wollte den Erzählfluss nicht unterbrechen, aber ihm schoss der Gedanke durch den Kopf, dass die Geschichte bisher schon wie sein schlimmster Alptraum klang. Und das mit neunzehn Jahren mitmachen zu müssen ... war es da verwunderlich, dass Catton ein bisschen verrückt war?

„Wir haben einen Gebäudekomplex durchquert, also ich und Greg, Eddie, Woody und Harry haben uns Deckung gegeben. Andy und Freddie sind später dazugestoßen, zu diesem Zeitpunkt waren es nur wir fünf. Raum für Raum haben wir den Komplex gesichert, dann sind wir auf Paletten voller Ware in Schrumpffolie gestoßen. Ich meine, der Scheiß war bis unter die Decke gestapelt und transportfertig."

„Was war das?"

„Drogen, Mann."

„Opium?"

„Aye, das ist die Währung der Warlords in dieser Gegend. Sie bauen das Zeug an, verkaufen es und mit dem Geld kaufen sie Waffen und was weiß ich, was noch. Wir haben vor vier Tonnen Opium gestanden. Ich weiß nicht, ob Sie sich vorstellen können, wie vier Tonnen Opium aussehen … aber es waren Bündel über Bündel. Genug, um sie für drei Jahre auszurüsten!"

Janssen lehnte sich vor. „Und deshalb haben sie das Dorf so erbittert verteidigt?"

Catton lachte, es klang ehrlich amüsiert. „Aye, das könnte man meinen, nicht wahr, aber nö … wir haben das auch gedacht, aber es hat sich dann herausgestellt, dass das Opium sie wenig gekümmert hat. Sie hatten etwas viel Wertvolleres, das sie schützen wollten."

„Was könnte wertvoller sein als Drogen im Wert von Bewaffnung für drei Jahre?", fragte Janssen.

„Manchmal sind wir dort auf alte sowjetische Ausrüstung gestoßen, Zeug, das aus den Siebzigern oder Achtzigern übriggeblieben ist", sagte Catton und fuhr sich mit beiden Händen durch die unordentlichen Haare. „Sie wissen schon, alte Panzer, die sie am Laufen gehalten haben. Sie hatten zwar meistens keine Geschütze dafür, aber ab und zu haben sie was Nützliches gefunden. Überlegen Sie mal, Opium kann man immer wieder anbauen … mehr Waffen kaufen, aber sie konnten keine anständige militärische Ausrüstung in die

Finger bekommen. Es hat sich herausgestellt, dass sie ein altes russisches GMLRS im Dorf hatten, und um das haben sie so erbittert gekämpft."

„Was bitte ist das?", erkundigte sich Janssen stirnrunzelnd.

„Äh, das ist ein transportierbarer Mehrfachraketenwerfer. Sowas sieht man nicht jeden Tag", erklärte Catton mit einem Kopfschütteln und lächelte reumütig. „Anscheinend haben sie die fixe Idee gehabt, dass wir den Raketenwerfer sichern sollen, nicht eine abgestürzte Airfix-Drohne."

„Was haben Sie mit dem Opium gemacht?"

„Standardmäßig wurde es mit Stabminen in die Luft gesprengt, das haben wir mehr oder weniger gemacht." Catton grinste. „In dieser Nacht muss eine Opiumwolke über dem Dorf gelegen haben, von der alle high geworden sind!"

„Sie haben gesagt, es ist interessant geworden."

„Aye, das habe ich", erwiderte Catton. „Ich weiß nicht mehr, wer die Idee gehabt hat, aber wir alle haben geredet. Ich glaube, erst war das nur ein Witz, aber dann hat jemand die Idee weitergesponnen … ich meine … vier Tonnen … das wäre genug, um eine eigene Privatinsel zu kaufen."

Sein Blick fiel auf den Inspector und plötzlich war er nicht mehr so versessen, seine Geschichte zu erzählen.

„Das haben Sie nicht, oder?", fragte Janssen mit zusammengekniffenen Augen. Catton biss sich auf die Unterlippe und wich dem Blick des Inspectors aus. „Wie zum Teufel konnten Sie das durchziehen?"

„Natürlich nicht die ganzen vier Tonnen", meinte Catton seufzend und schüttelte den Kopf. „Das wäre komplett verrückt gewesen. Wir haben die Minen scharf gemacht und den Großteil in die Luft gesprengt … aber im Dorf war so viel los. Die Marines hatten die Oberhand, der Feind musste sich zurückziehen. Alles war unter Kontrolle. Als Lewis und Mayes ankamen, hatten wir drei Fahrzeuge. Bei einem haben wir alles, was wir nicht gebraucht haben, aus- und in den anderen Fahrzeugen eingebaut. Es ist nicht so schwer, wie man denkt." Catton sah hoch und Janssen in die Augen. „Wir haben viel Zeit im Einsatz verbracht, vor den vorgelagerten Linien. Alles, was wir nun tun mussten, war, das Zeug irgendwo außer Sicht zu verstecken. Wir haben so viel wie möglich an mehreren Orten gelagert."

„Aber Sie haben das Opium nach England gebracht … und hier verkauft? Wie?", fragte Janssen, der kaum glauben konnte, was er da hörte.

„Es gibt immer einen Weg, Dinge an den MPs vorbeizuschleusen. Anfangs haben wir das Opium in unseren MFO-Boxen transportiert", meinte Catton mit ausgebreiteten Armen. „Es ist nicht schwer, einen doppelten Boden anzubringen."

„Ich dachte, Ihre Ausrüstung wurde vor dem Transport von der Militärpolizei inspiziert", sagte Janssen verwirrt.

Catton lachte. „Ja, stimmt schon. Verstehen Sie mich nicht falsch, die MPs sind nicht inkompetent oder so, aber solange man nicht versucht, Waffen oder etwas in der Art mit nach Hause zu schmuggeln, schauen sie nicht so genau nach. Eine 9-Millimeter-Kugel verkauft sich auf dem Schwarzmarkt zu Hause für ‚nen Zehner, ich bin mit Zigaretten im Wert von viertausend Pfund in zwei wiederverschließbaren Beuteln zurückgekommen und keiner hat auch nur mit der Wimper gezuckt. Außerdem sind die MPs genauso begierig auf Austausch wie jeder andere auch."

„Austausch?", hakte Janssen nach. „Sie meinen Bestechung, oder?"

Nachdrücklich schüttelte Catton den Kopf und winkte die Frage ab. „Nicht so, wie Sie denken, nein. Drüben in Afghanistan wurde mit Erlebnissen gehandelt, nicht mit Geld."

„Wie meinen Sie das? Ich verstehe nicht."

„Stellen Sie sich vor, Sie sind in Afghanistan", fing Catton wieder begeistert an. „Sie gehören zur Militärpolizei. Daheim glauben alle, Familie und Freunde, dass Sie Eier aus Stahl haben, weil Sie in den Krieg ziehen. Sie sehen die Nachrichten und hören die Geschichten. Was erzählen Sie ihnen, wenn Sie wieder nach Hause kommen? Dass Sie bei Ihrem Einsatz Strafzettel für zu schnelles Fahren im Camp Bastion ausgestellt haben? Ein richtiger Held, was?"

„Also haben Sie mit … Erlebnissen gehandelt", sagte Janssen, der das Konzept noch nicht ganz verstand.

„Aye … man bietet ihnen an, sie das nächste Mal, wenn man rausfährt, mitzunehmen, und lässt sie vielleicht mal mit der Fünfzig-Kaliber schießen", sagte Catton und beugte sich mit glänzenden Augen vor. „Sie kommen dann nach Hause und erzählen Kriegsgeschichten, spielen den starken Mann. Ich habe mir da draußen eine Kugel eingefangen, sie ist nicht durch die Panzerung gedrungen, aber hat sich hineingebohrt. Hat verdammt weh getan, aber das Stück Metall, mit der riesigen Delle, wurde ein wertvolles Souvenir. Ein Sergeant der Luftwaffeneinheit hat mir ein kleines Vermögen dafür bezahlt. Er hat gewusst, dass er daheim jahrelang damit angeben konnte! Erlebnisse, Inspector Janssen. Sie sind ein Vermögen wert."

„Und was haben Sie für Ihre Bemühungen bekommen?"

„Im Austausch … haben sie vielleicht die Augen zugedrückt, wenn man sich eines Nachts hinausschleicht, sowas in der Art", erwiderte Catton mit einer gespielten Grimasse. „Es hat sich von selbst verstanden, dass man es nicht übertrieb. Nicht so, wie damals im Balkan."

„Warum, was ist da passiert?"

„Ach, alles Mögliche. Wir haben da Geschichten gehört. Eine der besten war, dass man am Ende des Einsatzes die ganze Ausrüstung selbst nach Hause gebracht hat. Das hat auch geheißen, den Panzer zu verladen … und ich meine den *eigenen Panzer* auf den Transporter. Sie haben ihn selbst in die Liste eingetragen und am Ende der Reise wieder ausgetragen. Die Jungs mussten Öl, Kraftstoff und alles andere vor dem Transport ablassen. Sie haben AKs, Mörsergranaten und was weiß ich, was noch, in Plastik verpackt und in den Tanks und sonst wo versteckt, um sie nach Hause zu schaffen. Nicht, um sie zu verkaufen, das sollte ich dazusagen. Es waren nur Souvenirs, verstehen Sie." Er kicherte. „Sie mussten sich ganz schön beeilen, den Kram wieder herauszuholen, als sie angekommen sind, weil sie die Fahrzeuge wieder auftanken und das Öl nachfüllen mussten, um die Panzer vom Transporter zu kriegen. Davon haben die MPs Wind bekommen und dem ein Ende gesetzt."

„Gehen wir nochmal ein Stück zurück", meinte Janssen stirnrunzelnd. „Sie haben gesagt anfangs."

„Ja, in einer MFO-Box kann man nicht viel unterbringen … wir brauchten was Besseres. Da ist Freddie Mayes auf eine Idee gekommen. Er war ziemlich dicke mit dem Quartiermeister, und über ihn konnten wir mehr schmuggeln. Haben Sie sich schon mal Gedanken darüber gemacht, wie die Armee alles, was man so braucht, an einen so entfernten Ort wie Afghanistan bringt und wieder zurücktransportiert?"

Janssen überlegte. „Per Flugzeug, nehme ich an."

„Aye, vieles ja, aber logistisch geht das nicht auf. Der Landweg ist die Antwort. Im Camp Bastion haben wir Schiffscontainer beladen, die vom Quartiermeister versiegelt und von den MPs gekennzeichnet wurden. Danach bleiben sie versiegelt. Dann werden sie über den Landweg durch Pakistan zu einem verbündeten Hafen geschafft … etwa nach Saudi-Arabien, dort werden sie auf ein Schiff geladen und über die Docks in Southampton oder sonst wo nach Hause gesendet.

Die versiegelten Container landen dann in der Basis in England, Schottland oder wo auch immer man stationiert ist, und dann werden sie vom selben Quartiermeister, der die Beladung beaufsichtigt hat, wieder entgegengenommen *und geöffnet.*"

„Erlebnisse", sagte Janssen leise.

„Erlebnisse", wiederholte Catton und zeigte mit dem Finger auf den Inspector. „Lassen Sie sich aber gesagt sein, die Amerikaner waren die Besten. Sie haben uns geliebt ... oder zumindest unsere Ausrüstung. In den Staaten hält man die Ausrüstung der Armee des Vereinigten Königreichs für ziemlich cool. Als wir bei den US-Marines waren, habe ich einen Typen getroffen, der wollte eine Desert Eagle für einen Helm eintauschen." Catton schüttelte den Kopf. „Ich wette, Sie denken, wir waren verrückt." Janssen neigte den Kopf zur Seite, schwieg aber. „Aye, schon in Ordnung, Inspector. Es war verrückt ... und dann kommen wir zurück nach Hause und man erwartet von uns, dass wir Grillabende machen, mit dem Hund spazieren gehen und an den Wochenenden den Rasen mähen. Es wundert mich, dass nicht mehr von uns die Wände hochgehen."

Stirnrunzelnd sah Janssen nach rechts und links. „Verzeihen Sie bitte, aber Ihrer Beschreibung nach wäre das auf der Straße ein Vermögen wert und Sie leben ... nun, hier."

Kichernd nickte Catton. „Ich weiß! Verrückt, oder? Die Jungs konnten es auch nicht glauben. Als wir zurückgekommen sind, konnten wir ja nicht einfach in Ferraris auftauchen, ohne dass die Leute uns schief angeschaut hätten. Greg ist aus London, er hat Leute gekannt, die wiederum Leute gekannt haben, sowas in der Art. Es hat eine Weile gedauert, bis alles unter Dach und Fach war. Wir mussten erst beweisen, dass wir vertrauenswürdig waren." Catton schüttelte den Kopf. „Wir mussten abwarten, planen, investieren und dann

Möglichkeiten finden, das Geld zu waschen, bevor wir es ausgeben konnten. Bis wir ein paar Ideen gehabt haben … war mir das nicht mehr recht. Nach einer Weile auch Woody nicht mehr." Mit einem finsteren Blick schaute er Janssen an.

„Was hat Woody davon gehalten?"

„Erst hat er mitgemacht, genau wie ich. Das war eine einmalige Chance. Dann … ist Joe auf die schiefe Bahn geraten. Allerdings wurden die Weichen dafür schon gestellt, während Woody weg war."

„Carl Woodlys Bruder Joe?", hakte Janssen nach.

„Ja, Joe hat sich mit den falschen Leuten eingelassen. Bevor das jemandem aufgefallen ist, war es schon zu spät und Woody hat die Kehrseite der Medaille gesehen. Für mich war das nichts Neues. Daheim habe ich genug Kumpels gehabt, die auf Heroin oder sonst was waren. Das war einer der Gründe, warum ich mich eigentlich zur Armee gemeldet habe … um von all dem wegzukommen. Wäre ich nicht gegangen, hätte es vielleicht auch mich erwischt."

„Erzählen Sie mir, was mit Carl Woodly passiert ist", bat Tom und ließ den Ex-Soldaten nicht aus den Augen.

Catton hielt den Blickkontakt. „Darüber wissen Sie wahrscheinlich mehr als ich."

Tief einatmend lehnte Janssen sich zurück. „Ihnen ist klar, dass alles, was Sie mir erzählt haben, auch bewiesen werden muss."

„Es ist, wie es ist." Catton zuckte mit den Schultern.

„Lässt sich das irgendwie beweisen, ohne dass die anderen ein Geständnis ablegen?"

Wieder zog Catton hörbar die Nase hoch, sah nach unten und streichelte den Kopf des Hundes, der immer noch glücklich in seinem Schoß lag. Sobald die Situation sich entspannt hatte, war der Hund völlig beruhigt gewesen. Catton schaute wieder hoch zu Janssen.

„Versprechen Sie mir, dass Sie ein gutes Zuhause für meinen Hund finden werden."

Janssen sah auf den Hund, der ihn anscheinend misstrauisch betrachtete. „Natürlich."

„Geben Sie mir Ihr Wort darauf?"

„Ja."

Catton zeigte auf den Platz, an dem Janssen saß. Dieser schaute nach unten, stand auf und zog die alte Decke weg. Die Polsterung darunter war nicht befestigt und als Janssen sie anhob, entdeckte er einen Deckel. Er öffnete das Ablagefach und fand darin mehrere ordentlich übereinander gestapelte Pakete, die etwa so groß wie Ein-Kilo-Packungen Zucker und in blaue Folie eingewickelt waren. Der Inspector blickte Catton an.

„Ist das, wofür ich es halte?"

Catton grinste. „Deshalb sind Greg und Eddie heute gekommen – und um mich umzubringen. Bester Stoff aus Helmand."

Kopfschüttelnd fuhr Janssen sich mit einer Hand durch die Haare. Dann starrte er Catton an. „Das ... ist ein guter Anfang."

„Wir haben in finsteren Zeiten gelebt, Inspector. Etwas Unglaubliches ist uns in den Schoß gefallen ... einer dieser Schlüsselmomente, wissen Sie? Jetzt bereue ich es, aber ich bin kein Mörder, Inspector Janssen." Er schüttelte den Kopf. „Nicht mehr."

KAPITEL DREIUNDDREISSIG

„ER WOLLTE UNS UMBRINGEN!"

Als Edward Drew sich von seinem Sessel erhob, wahrte Janssen die Fassung. Sie hatten fast den Punkt erreicht, an dem ein Durchbruch bei der Befragung möglich schien. Es war eine lange, dramatische und emotionale Nacht gewesen. Bis jetzt hatten sie keine Ruhe gehabt, und das spürten alle Beteiligten. Die Spannung war greifbar und die Emotionen lagen blank. Drew sah ganz danach aus, als würde er bald unter dem Druck nachgeben. In dieser Kette war er das schwache Glied und deshalb hatte Janssen beschlossen, ihn zu befragen. Das Revier war nicht groß und es gab sonst kaum Situationen, in denen mehrere Verdächtige in einzelnen Befragungszimmern untergebracht werden mussten. Wenn mehr als drei Leute verhaftet wurden, dann war das meist samstagabends nach einem Streit vor einem Pub. Sogar das kam selten vor, und die Festgenommenen schliefen ihren Rausch normalerweise in den Zellen aus.

„Setzen Sie sich, Mr. Drew", sagte Janssen ruhig.

Mit geballten Fäusten, die er auf den Tisch abgestützt hatte, stand Edward Drew da und starrte den Inspector wütend an.

„Setzen Sie sich", wiederholte Janssen, dieses Mal allerdings etwas nachdrücklicher. Einen Moment lang hielt der Mann noch den Blickkontakt, dann schaute er zu Collet, der neben Janssen saß, und beruhigte sich wieder. Er zog den Stuhl, der beim Aufspringen nach hinten gerutscht war, zu sich heran und nahm seufzend Platz.

„Als Nächstes wäre ich dran gewesen … oder Greg", insistierte Drew, während er sich nach vorne beugte, mit den Händen über Gesicht und Haare fuhr und sie am Hinterkopf verschränkte. Dann atmete er tief ein, richtete sich auf und schaute Janssen wieder in die Augen. „Ich dachte, mein Leben wäre in Gefahr. Das ist doch Notwehr, oder? So nennt ihr das doch …" Sein Blick huschte von Janssen zu Collet. „Wenn das eigene Leben in Gefahr ist, dann hat man das Recht, sich zu wehren, stimmt's?"

„Im Affekt, ja", erwiderte Janssen nickend.

„Er wollte uns umbringen."

„Das behaupten Sie." Janssen neigte den Kopf zur Seite. „Warum waren Sie heute Nacht am Wohnwagen?"

Kopfschüttelnd sah Drew weg.

„Sie können schweigen, wenn Sie das möchten, das ist natürlich Ihr Recht", fuhr Janssen fort. „Aber glauben Sie, dass Greg Ellis im Nebenraum sitzt und schweigt, oder dass er –"

„Wir kümmern uns um einander!", blaffte Drew.

„So, wie Sie alle sich um Carl Woodly gekümmert haben."

Bei diesem Namen blieb Drew der Mund offen stehen. Er war eindeutig überrascht. Kurz fragte Janssen sich, was in den anderen Befragungsräumen passierte. Sie hatten abgesprochen, wie sie am besten vorgehen sollten. Wie erwartet, war DCI Tamara Greave aus dem Urlaub geholt worden, um bei den Ermittlungen zu helfen. Nach einer kurzen Erklärung hatte sie sich dafür entschieden, sich Greg Ellis vorzuknöpfen.

Allerdings nicht, weil er der Kopf der Einheit, sondern so selbstsicher und arrogant war. Ein Mann, der eine solche Stäke und ein so offensichtliches Selbstbewusstsein ausstrahlte, würde seine Intelligenz wahrscheinlich gerne mit jemandem wie Janssen messen, den er für ebenbürtig hielt. Es stellte sich die Frage, ob er auf nicht nur eine leitende Detective, sondern gleich zwei – Cassandra Knight hatte sich der DCI angeschlossen – genauso reagieren würde. Falls nicht, wollten sie diese Schwachstelle ausnutzen.

Janssen bezweifelte es. Ellis war der Einzige, der klug genug war, auf einen Anwalt zu bestehen. Nein. Edward Drew war das schwache Glied in der Kette, aber Janssen wusste, wenn er ihn zu sehr unter Druck setzte, dann würde ein Richter das als Bedrängen einstufen. Ellis würde schweigen, bis er einen Ausweg gefunden hatte, entweder für sich selbst oder für beide. Es stimmte, sie waren eine verschworene Gemeinschaft. An welchem Punkt würde einer den anderen verraten, um sich selbst zu retten? Vielleicht nie und sie würden sich stattdessen einer Jury stellen. Bei einer Jury aus Militärangehörigen würde John Catton nicht gut ankommen, Dienstzeit hin oder her. Janssens Erfahrung nach teilten sie für Angriffe auf Obdachlose, Drogenabhängige oder Menschen, die sie als weniger wertvoll für die Gesellschaft einschätzten als sich selbst, geringere Strafen aus, als man annehmen würde, und Drew und Ellis galten als Säulen der Gemeinde. John Catton andererseits lebte am anderen Ende der Gesellschaft.

Wenn ein schlauer Anwalt die Sache auf die Frage lenken würde, wessen Wort glaubwürdiger oder vertrauenswürdiger war, dann hätten die Beschuldigten eine Chance. Eric Collet öffnete eine Aktenmappe, die vor ihm auf dem Tisch lag, nahm ruhig einige Papiere heraus und ordnete sie so an, dass

Drew sie sehen konnte. Dieser tat so, als würde ihn das nicht interessieren, sein Blick allerdings wich keine Sekunde von der Akte. Er war neugierig. Collet räusperte sich.

„Vorhin haben wir Ihr Geschäft durchsucht", sagte er und überflog geistesabwesend ein Blatt Papier. Dann legte er es hin und die Hände darauf. „Interessantes Lesematerial."

Schweigend huschte Drews Blick über die Zettel und Collet.

„Muss schwer sein, jetzt Autos zu verkaufen, so, wie es um die Finanzen Ihres Franchise steht."

„War schon schlimmer", erwiderte Drew höhnisch.

„Ist das so?", erkundigte sich Collet. „Ihren Bankauszügen nach haben Sie Ihren Kreditrahmen so gut wie vollständig ausgeschöpft. Wie wollten Sie die Situation wieder ins Lot bringen?"

„Ich komm schon zurecht."

„Vielleicht wollten Sie sich von woanders einen kleinen Zuschuss holen", warf Janssen ein und verschränkte die Arme vor der Brust. Drew schaute ihn an, sagte aber nichts. „Wie haben Sie es überhaupt geschafft, das Autohaus zu gründen? Das braucht einiges an Kapital."

Drew spiegelte seine Haltung und verschränkte ebenfalls die Arme vor der Brust.

„Ich hab's geschafft."

„Ja, und das gut", sagte Janssen. „Tatsächlich hatten sie im gleichen Zeitraum Erfolg wie die anderen. Harry Oakes hat Geld von einer unbekannten Verwandten erhalten. Das Erbe war groß genug, dass er ein Geschäft renovieren und neu eröffnen konnte, das in den Jahren davor unrentabel gewesen war. Dann Sie und Ihr Autohaus ... Fred Mayes und sein erfolgreiches Bauunternehmen, das aus dem Nichts gekommen ist."

„Und wir wollen nicht Greg Ellis' Golfclub vergessen", fügte Collet hinzu, während er auf die Papiere vor sich tippte.

Janssen sah zu dem jungen Mann hinüber. „Ja, genau. Solide Investments bei allen. Außer Andrew Lewis."

„Ja, außer bei Andrew Lewis", wiederholte der DC. „Sein Portfolio bestand aus einer MFO-Box voller Bargeld in der Garage. Eine sichere Investition, die aber kaum Rendite abwirft."

Drew rutschte auf dem Stuhl hin und her und hatte den Blick auf den Tisch gerichtet.

„Carl Woodly hat sich ein Haus gebaut", sagte Janssen. „Ich würde nur zu gern die Rechnungen sehen, die Fred Mayes für den Bau ausgestellt hat. Aufgeblasene Baukosten sind eine tolle Möglichkeit, Geld zu waschen ... das aus dem illegalen Verkauf von Drogen stammt."

Drews Kopf schoss nach oben. Sein Versuch, die Fassung zu bewahren, war höchstens erbärmlich.

„Sie wissen, dass wir das Recht haben, sämtliche Sachgüter zu beschlagnahmen, von denen wir glauben, dass sie aus illegalen Aktivitäten stammen – Häuser, Autos ... Unternehmen? Hier haben wir also Drogenschmuggel, versuchten Verkauf davon und versuchten Mord. Ganz schön viel. Bis Sie wieder rauskommen, Mr. Drew, sind Sie ein alter Mann. Wollen Sie das?"

„Damit kommen Sie nicht durch", erwiderte Drew. „Mit nichts davon."

„Wir haben einen Zeugen."

„Den schottischen Nichtsnutz ... Catton?", spottete Drew und zeigte in Richtung Wand, als könnte er in den Raum daneben sehen. „Lassen Sie den aus dem Spiel. Der Mann ist verrückt, das sieht doch jeder."

„Dann haben wir da noch die Anklage wegen Mordes", warf Collet mit einem Seitenblick auf Janssen ein.

„Wie bitte?", fragte Edward Drew.

Als Janssen sich vorbeugte, kniff er die Augen zusammen. „Carl Woodly. Er war der Erste, dann kamen Mayes und Lewis ... und heute Nacht Harry Oakes."

„Ich habe nie jemanden ermordet. Das war Catton, sehen Sie das nicht?!", fuhr Drew auf und schlug mit den Händen auf den Tisch. „Warum zum Teufel würde ich meine Freunde umbringen? Haben Sie sich das schon mal gefragt? Das war dieser Verrückte, Catton."

„Wir haben Fingerabdrücke auf den Fragmenten der Bombe in der Gärtnerei gefunden. Wir haben sie mit denen im System verglichen und sie passen nicht auf Catton. Auch wenn er wahrscheinlich in der Nähe gewesen ist und zugesehen hat", sagte der Inspector. „Und er hat ein felsenfestes Alibi für die Nacht, in der Carl Woodlys Haus explodiert ist, für eine Woche davor und danach, wir haben auch das nachgeprüft. Können Sie uns sagen, wo Sie damals gewesen sind?"

„Sie sind doch alle verrückt!", rief Drew. „Sie greifen nach Strohhalmen, wenn Sie glauben, dass ich irgendetwas davon getan habe. Ich war nicht einmal im Land, als Woody gestorben ist."

„Das werden wir überprüfen."

„Dann tun Sie das!", meinte Drew und verschränkte wieder die Arme.

„Was ist mit Mayes und Ellis?", hakte Janssen nach. „John Catton hat uns erzählt, dass Greg Ellis gesagt hat, wenn er Sie erstochen hätte, dann hätte er Catton erschossen und es so aussehen lassen, als hätten Sie sich gegenseitig umgebracht. Überlegen Sie mal. Hat Ellis geblufft ... oder hätte er Sie für seine Zwecke geopfert?"

Erst verdrehte Drew die Augen, doch dann änderte sich sein Gesichtsausdruck, er kniff sie zusammen, und man konnte fast sehen, wie es in ihm arbeitete.

„Nehmen Sie sich etwas Zeit, darüber nachzudenken", schlug Janssen vor und warf Collet einen Seitenblick zu, damit er die Aufzeichnung stoppte.

Der DC schaltete das Gerät aus und beide Detectives standen auf. Drew wirkte gedankenverloren. Janssen öffnete die Tür und bat einen uniformierten Constable, ihn zu bewachen.

„He!", rief Drew, als der Inspector den Raum verließ. Er sah sich zu dem Mann um. „Glauben Sie, er hätte zugelassen, dass Catton das getan hätte?"

Janssen zuckte mit den Schultern. „Nun, wenn er das hätte … dann wären Sie und Catton tot und Ellis der letzte Überlebende gewesen. Wir wissen, auf welchem Vermögen Catton in seinem Wohnwagen gesessen hat … was glauben Sie, wie viel Ihr Leben Ellis wert ist?"

Dann drehte er sich wieder um und ging zu Collet in den Flur. Im selben Augenblick öffnete sich die Tür des anderen Befragungsraumes gegenüber und Tamara Greave trat heraus. Hinter ihr sah er Cassandra Knight, die vor Greg Ellis und seinem Anwalt saß. Ellis' Blick folgte der DCI nach draußen, blieb kurz an Janssen hängen und schweifte dann weiter am Inspector vorbei zu Edward Drew. Was in diesem Blick lag, den die beiden Männer stumm tauschten, war nicht zu erraten, aber Drews niedergeschlagene Haltung traf einen Nerv, denn während sich die Türen schlossen, schien Ellis sämtliches Selbstvertrauen zu verlieren.

Die drei Detectives gingen bis zum Ende des Flurs, sodass sie in den Befragungsräumen nicht gehört werden konnten. Mit fragend hochgezogener Augenbraue schaute Tom Tamara an.

„Wie bist du mit Ellis vorangekommen?"

Kopfschüttelnd musste sie eine Niederlage eingestehen.

„Er bleibt hart. Er wird nicht nachgeben, bis es nicht mehr anders geht. Und bei dir?"

„Besser", sagte Tom, lehnte sich an die Wand und sich fuhr mit einer Hand durch die Haare. Jetzt spürte er, wie müde er war, die Ereignisse des Tages und die ständige Konzentration forderten ihren Tribut. „Wenn wir ihn unter Druck setzen, wird er nachgeben, schätze ich. Er glaubt, wir haben genug in der Hand." Mit einem Seitenblick zu Eric lächelte Tom und nickte dem jungen Mann anerkennend zu. „Erics Theorie über Drews Unternehmen scheint den Nagel auf den Kopf zu treffen. Wenn wir genug Zeit haben, um die ganzen Konten durchzusehen, dürften wir es beweisen können. Und dann stehen die Chancen gut, dass er die anderen verrät."

„Wie bist du darauf gekommen?", fragte Tamara Eric.

Dieser zuckte mit den Schultern, offenbar machte ihn das Lob verlegen, trotzdem sah man ihm den Stolz an. „Meine Schwester ist mit einem der Verwaltungsmitarbeiter von Drew zur Schule gegangen. Die Mitarbeiter reden ... sie glauben, dass das Autohaus in Schwierigkeiten steckt. Drew ist nicht der gewiefte Geschäftsmann, für den er sich hält."

„Was ist mit den anderen Morden?", erkundigte sich die DCI. „Gibt es dazu etwas Neues?"

Tom schüttelte den Kopf. „Drew behauptet, außer Landes gewesen zu sein, als Carl Woodly gestorben ist, allerdings hat er interessanterweise nicht abgestritten, dass Woodly ermordet worden ist. Es sollte nicht schwer sein, das Alibi zu überprüfen. Aber er dürfte jetzt Ellis' Absichten überdenken. Ich frage mich, ob Drew das Gleiche denkt wie wir. Was die Morde an Mayes, Lewis und Oakes betrifft, glaube ich nicht, dass er etwas damit zu tun hatte. Die Vorgehensweise war viel zu persönlich. Drew ist so nervös, dass er nicht die notwendige Ruhe aufgebracht hätte, um die Morde zu planen, geschweige denn, sie auszuführen."

„Ellis hätte es gekonnt", warf Tamara ein. „Er ist kalt und berechnend und hatte den Trupp schon eine ganze Weile fest im Griff, aber nachdem ich deine Notizen zum Fall gelesen habe, glaube ich nicht, dass er seine Freunde ermorden würde. Schon gar nicht so."

Eric schaute von ihr zu Tom. „Dann bleibt nur noch Catton. Und wenn wir recht haben und Carl Woodly als Erster ermordet worden ist, dann kann er es nicht gewesen sein."

„Warum nicht?", erkundigte sich Tamara.

„Catton war eine Woche, bevor Woodly in der Explosion umgekommen ist, in eine psychiatrische Klinik eingewiesen worden", erklärte Tom. „Seit er aus der Armee ausgetreten ist, leidet er unter einer posttraumatischen Belastungsstörung."

„So wird es vor Gericht schwer, etwas gegen Ellis und Drew durchzubringen, wenn Catton der einzige Zeuge ist", meinte Tamara. Tom warf ihr einen finsteren Blick zu, doch sie winkte mit einem Schulterzucken ab. „Schau mich nicht so an, Tom. So sollte es nicht laufen, aber du weißt ja, wie die Dinge funktionieren. Wenn Cattons Wort gegen ihres steht, dann ist es vorbei. Können wir sicher sein, dass Catton nicht für die letzten drei Morde verantwortlich ist?"

„Er sagt, dass er kein Mörder mehr ist", sagte Tom und biss sich auf die Unterlippe. „Und ich glaube ihm."

„Tja, ich denke, die Antwort finden wir in einem dieser drei Räume", sagte sie und deutete mit dem Daumen hinter sich. „Und so, wie es aussieht, gehen uns die Verdächtigen aus, wenn es nicht einer dieser drei Männer war."

Tom überlegte. Irgendetwas hatten sie übersehen, etwas, das er fast greifen konnte, das ihm jedoch immer wieder entzog.

„Catton verschweigt uns etwas", dachte er laut.

„Anscheinend hast du einen Draht zu ihm", meinte Tamara. „Versuch mal, ob du das ausnutzen kannst."

Tom schüttelte den Kopf. „Nein, über das, was er von sich aus sagen will, redet er bereitwillig, aber wenn ich zu sehr nachbohre, stellt er auf stur. Er weiß mehr, als er zugeben möchte. Tina Oakes hat ihn erkannt, als er mit ihrem Mann in der Gärtnerei gesprochen hat, und ich schätze, er war auch da, als die Bombe explodiert ist."

„Reicht das nicht, um ihn zum Reden zu bringen?", fragte Eric. „Ich meine, wenn er denkt, dass er dafür ins Gefängnis wandert, redet er vielleicht."

Das bezweifelte Tom. Vielleicht war es einen Versuch wert, aber er hatte das Gefühl, dass es bei Catton nicht funktionieren würde. Wen schützte Catton mit seinem Schweigen? Dann fiel der Groschen. Sicher sein konnte er sich allerdings nicht und der Schotte würde es niemals zugeben. Etwas an seinem Gesichtsausdruck musste sich geändert haben, denn er erwischte Tamara dabei, wie sie ihn erwartungsvoll ansah.

„Tom, was ist los?"

Er atmete tief ein und fragte sich, ob er seine Gedanken wirklich äußern sollte. Schließlich war alles nur eine Theorie, für die er keine Beweise hatte. Er beschloss, für den Moment nichts zu sagen.

„Kannst du mir eine oder zwei Stunden Zeit verschaffen?", fragte er. „Steck die drei in Zellen, damit sie ihre Gemüter etwas abkühlen können."

„Wofür?", fragte sie mit zusammengekniffenen Augen. „Wohin gehst du?"

„Ich muss das Waffenregister überprüfen und dann jemandem einen Besuch abstatten."

„Was du auch tust, allein gehst du sicher nicht."

Er schaute zu Eric. „Ich nehme ihn mit."

Der junge Mann war verwirrt. „Was … wohin gehen wir?"

„Einen Augenblick", meinte Tom, ging an den beiden

vorbei und öffnete die Tür zum dritten Befragungsraum. Darin saß Catton und nippte unter dem wachsamen Auge eines Constables an einem Tee aus dem Verkaufsautomaten. Der Constable schaute zu Janssen und dieser signalisierte ihm, dass er nach draußen gehen sollte. Zwar sah Catton zum Inspector hoch, doch sein Gesichtsausdruck änderte sich nicht, als dieser den Platz des Constables einnahm und sie nun allein waren.

„Kümmern Sie sich wie versprochen um meinen Hund?", fragte Catton.

„Es geht ihm gut. Ich halte meine Versprechen."

„Sie bringen ihn nicht einfach in ein Tierheim?", fragte Catton. „Ich weiß, dass ich mich nicht mehr um ihn kümmern kann."

Janssen schüttelte den Kopf. Im Moment passte der Vollzugsbeamte auf ihn auf, hatte aber keine große Freude damit.

„Sie werden eine Weile ins Gefängnis wandern, ja", meinte Janssen. Er schaute nach links, als könnte er in die anderen Befragungsräume sehen, und deutete mit dem Kopf in diese Richtung. „Wenn es nach denen geht, würden Sie auch für Mayes, Lewis und Oakes einsitzen."

„Ahja … Mann, ich hab's Ihnen gesagt", erwiderte Catton kopfschüttelnd. „Ich bin kein Mörder."

„Als ich mit dem Team vom Royal Logistics Corps gesprochen habe –"

„Die Deckenstapler, aye", unterbrach Catton ihn nickend.

„Das Bombenentschärfungsteam", korrigierte Janssen und ignorierte den Insider-Witz unter Soldaten. „Sie denken, dass der Sprengstoff höchstwahrscheinlich aus Jugoslawien stammt. Hatten Sie je einen Einsatz im Balkan?"

Langsam und übertrieben wiegte Catton den Kopf hin und her.

„Nein", antwortete er lächelnd und trank noch einen Schluck Tee. „Sie können das ja gerne überprüfen, wenn Sie mir nich' glauben."

„Ich glaube Ihnen", sagte Janssen. „Meist durchschaue ich Menschen schnell, John, und Sie haben recht, ich glaube nicht, dass Sie ein Mörder sind. Was Ihren früheren Freunden zugestoßen ist, war methodisch geplant und sehr, sehr persönlich. Wahrscheinlich glauben Sie, dass jeder das bekommen hat, was er verdient hat, aber Sie haben es nicht getan. Ich glaube sogar, ich weiß auch, welches Motiv der Mörder hatte."

„Ist das so?", fragte Catton, klang aber weniger selbstsicher und musterte Janssen abschätzend. „Verraten Sie es mir? Beweisen Sie mir, wie schlau Sie sind?"

Janssen schüttelte den Kopf. „Ich brauche kein Publikum. Vielleicht können wir später darüber reden, wenn ich zurück bin."

„Gehen Sie irgendwo hin, wo es nett ist?"

„Wenn ich recht habe, wird das alles andere als erfreulich. Aber sagen Sie noch eins, wenn es Ihnen nichts ausmacht."

„Aye, was denn?"

„Das habe ich Sie schon vorhin im Wohnwagen fragen wollen. In dem Dorf, wo alles angefangen hat, haben Sie den Raketenwerfer zerstören können?"

Catton schnalzte mit der Zunge und lächelte. „Hab' das verdammte Ding nie gesehen. Als wir in die vorgelagerte Operationsbasis zurückgekehrt sind, haben wir dafür ordentlich eines auf den Deckel bekommen. Sie haben eine weitere Drohne hochgeschickt, als es losgegangen ist, und dabei den Raketenwerfer entdeckt. Wir haben erst davon gehört, als wir zurückgekommen sind. Unglaublich ...", sagte er kopfschüttelnd.

Janssen lächelte, ging zur Tür, öffnete sie und bat den wartenden Constable wieder herein. Während Catton den letzten Schluck Tee trank, trat Janssen hinaus. An der Schwelle rief Catton ihm nach. Der Inspector schaute sich zu ihm um und Catton zog hörbar die Nase hoch.

„Und die verdammte Drohne haben wir auch nicht gefunden."

KAPITEL VIERUNDDREISSIG

Eric parkte vor dem Haus. Schon bald würde die Sonne über dem Horizont aufgehen und das Grau der Dämmerung vertreiben. Als Tom Janssen die Autotür öffnen wollte, zögerte er kurz und schaute zum Haus. Die Vorhänge waren geschlossen, nirgends brannte Licht. In keinem der Häuser in der Straße. Das einzige Anzeichen dafür, dass jemand auf den Beinen war, kam aus dem Ziegelgebäude neben dem Haus, vor dem sie standen. Durch den Spalt unter dem Tor drang künstliches Licht und ein vorbeihuschender Schatten verriet, dass sich dahinter jemand befand.

Tom sah zu Eric, der noch mit den Händen das Lenkrad umklammerte und die Stirn runzelte.

„Es ist noch früh, aber anscheinend ist schon jemand wach", sagte Eric.

„Ja, wundert mich nicht."

„Sicher, dass du das so machen willst?"

„Ich denke, dass es so am besten laufen wird", meinte Tom und öffnete die Tür. „Bleib wachsam, komm rein, wenn du das Gefühl hast, dass es notwendig ist."

„Werde ich."

Tom stieg aus und ging die Einfahrt hoch direkt zur Garage. Das Tor stand einen Spalt offen. Als er am Griff zog, quietschte der Mechanismus protestierend, vor allem, als er es unten anfasste und ganz nach oben schob. Der Mann, der im Inneren an der Werkbank stand, schaute in seine Richtung, aber falls es ihn überraschte, Janssen zu sehen, ließ er sich nichts anmerken.

„Guten Morgen, Inspector. Ein bisschen früh für Sie, oder?"

Janssen musterte ihn. Er trug bequeme Kleidung, Jogginghose und einen dicken Wollpullover anstelle des Overalls vom letzten Besuch. Sein Gesicht wirkte blass und abgespannt, als hätte er letzte Nacht kaum geschlafen. Da Janssen einen Blick in den Spiegel geworfen hatte, bevor er das Revier verlassen hatte, wusste er, dass er nicht viel anders aussah.

„Guten Morgen, Mr. Woodly", begrüßte Janssen ihn und schaute sich um. „Das könnte ich auch über Sie sagen. Ein Eilauftrag?"

Paul Woodly zuckte mit den Schultern. Falls es einen Grund gab, so früh mit der Arbeit anzufangen, verriet er ihn nicht.

„Ich konnte nicht schlafen."

„Schätze, das ist so, wenn man gerade einen Mann ermordet hat", erwiderte Janssen und sein Blick fiel auf mehrere alte Benzinkanister, die teilweise mit einem Jutetuch abgedeckt in der Ecke der Werkstatt standen. „Wahrscheinlich haben Sie ein schlechtes Gewissen ... auch wenn Sie sich einreden, dass es einen guten Grund dafür gab."

Paul Woodly, der ein filigran verziertes Stück Holz in den Schraubstock spannte, sah hoch. Janssen fiel die knapp zwanzig Zentimeter lange Feile in seiner Hand auf. Trotz dem, was der Inspector ihm gerade unterstellt hatte, machte Woodly merkwürdigerweise mit seiner Arbeit weiter. Er fixierte das Holz und beugte sich hinunter. Mit dem Daumen fuhr er die

Länge entlang und prüfte die Spitze. Vorsichtig und präzise schliff er das raue Holz mit der Feile ab.

„Konnten Sie nach dem, was Sie Andrew Lewis ... oder Fred Mayes angetan haben, schlafen? Das bezweifle ich", sagte Janssen. Noch immer keine Reaktion. „Oder haben Sie sich nach deren Tod unbefriedigt und leer gefühlt?"

Kurz schaute Woodly ihn an, dann legte er die Feile neben den Schraubstock und die Hände flach auf die Werkbank. Er senkte den Kopf. Janssen sah, dass er mit geschürzten Lippen überlegte, was er antworten sollte. Der Inspector ließ ihm Zeit. Er hatte es nicht eilig. Außerdem würde er so eher Antworten erhalten, als wenn er den Mann in Handschellen aufs Revier schleppte.

„Wut ... das ist das schlimmste Gefühl", sagte Woodly und starrte geradeaus. „Wenn man sie herauslässt, macht man alles um sich kaputt ... Besitz, Beziehungen ... man enttäuscht sich selbst, macht sich vor seinen geliebten Menschen lächerlich." Dann schaute er Janssen an. „Wissen Sie, was ich meine?"

Janssen nickte wissend. Schließlich verlor jeder irgendwann einmal die Beherrschung.

„Und trotzdem, wenn man kein Ventil findet ...", fuhr Woodly fort, richtete sich auf und holte tief Luft, „dann wächst sie immer weiter ... wie ein Tumor. Im Kopf spinnt man sich eine Geschichte zusammen, überlegt, warum jemand was gemacht hat. Und bei so finsteren Gedanken erscheinen einem die Leute als böse Menschen." Er lachte bitter. „Vielleicht fragt man sich sogar, ob sie überhaupt jemals etwas Gutes in sich hatten."

„Aber es steckt noch mehr dahinter, nicht wahr?", stellte Janssen fest. Fragend sah Woodly ihn an. „Sie haben das Gute in ihnen gesehen, sie haben Ihnen und Ihrem Sohn geholfen ... und Sie dann betrogen –"

„Sie haben *geholfen*, um sich selbst zu schützen", unterbrach Woodly ihn wütend. „Um Joe auf ihrer Seite und in ihrer Nähe zu haben. Damit wir die Wahrheit nicht erkennen."

„Was ist die Wahrheit?"

Paul Woodly starrte ihn ungerührt an. Janssen zuckte mit den Schultern.

„Die übrigen zwei, Greg Ellis und Edward Drew, sind in Gewahrsam", sagte er. „Gestern Nacht haben sie versucht, John Catton zu ermorden."

„Geht es ihm gut?", fragte Woodly und einen kurzen Moment lang wandelte sich sein Zorn in Besorgnis.

„Catton ist wohlauf", erwiderte Janssen. „Wir sind gerade noch rechtzeitig gekommen. Er war nützlich. Vieles, was ich nicht wusste, hat er mir verraten, wenn man so will. Aber nicht alles. Eine Zeit lang war ich verwirrt."

„Weswegen?"

„Die Art, wie der Trupp ins Visier genommen wurde. Ich hatte das Gefühl, dass das, was mit Mayes passiert ist, ihn anzuzünden und dabei zuzusehen, wie er in den Tod stürzt oder springt, sehr persönlich war. Und als ich mich damit befasst habe, hat sich die Idee festgesetzt, dass er nicht der Erste gewesen sein konnte. Dass Andrew Lewis so kurz danach erschossen wurde, hat mein Gefühl nur bestätigt. Die beiden standen sich so nahe, dass es offensichtlich war, dass jemand sie gezielt beseitigt hat, aber ich habe nicht verstanden, warum. Dann habe ich von Carls Tod erfahren. Das konnte kein Zufall gewesen sein. Fred Mayes hat das Haus gebaut, in dem Ihr Sohn umgekommen ist, und dann stirbt Mayes auf so grausame Weise – auch in einem Feuer."

Schweigend hielt Woodly den Blickkontakt. Der Schmerz über Carls Tod stand ihm ins Gesicht geschrieben.

„Und ich habe mich gefragt, ob Carl der Auslöser für das alles war. Oder sogar der Erste gewesen ist. Kurz habe ich sogar infrage gestellt, ob er überhaupt in dem Haus war, als es explodiert ist", sprach Janssen weiter, trat zur Seite und lehnte sich an die Werkbank, die sich entlang der gesamten Wand erstreckte. „Aber er war drinnen, nicht wahr, Mr. Woodly? Sie haben das gewusst."

Mit Tränen in den Augen nickte er.

„Wann ist Catton mit seiner Theorie bei Ihnen aufgetaucht? Denn er ist zu Ihnen gekommen, nicht wahr?"

Wieder holte Woodly tief Luft und stützte sich mit den Händen auf der Werkbank ab. „Es stimmt, John ist zu mir gekommen ... und hat mir gesagt, was seiner Meinung nach passiert ist."

„Das wäre?"

„Dass sie meinen Jungen umgebracht haben", antwortete Woodly leise. Dann schaute er nach rechts, bevor er erneut Janssen in die Augen sah. „Sie haben Angst vor ihm gehabt ... also haben sie ihn ermordet."

„Catton hat uns erzählt, was sie getan haben, dass sie Drogen ins Land geschmuggelt und sie über Ellis' Kontaktleute in London verkauft haben", sagte Janssen. „Aber Sie hat er nicht verraten. Ich wusste, dass er zugeschaut hat, als Oakes gestorben ist, oder dass er zumindest an diesem Abend dagewesen ist, aber ich habe nicht geglaubt, dass er der Mörder ist, und das hat mich stutzig gemacht." Reumütig lächelte Janssen. „Ich habe mir das Gehirn zermartert, wen er beschützt. Ich meine, John Catton hätte es leicht tun können, er hat die Fähigkeiten, die Erfahrung und mal ehrlich, er ist verhaltensgestört, aber ... ich habe im Laufe meiner Karriere genug Mörder kennengelernt und John Catton kam mir nicht wie einer vor."

Woodly schüttelte den Kopf. „Nein, er war es nicht. Er wollte es unbedingt, er wollte der Mann sein, der für seinen Freund einsteht, ihm zur Seite steht ... aber das kann er nicht mehr. Das macht Krieg mit einem, Inspector. Er bringt das Beste und das Schlimmste in einem hervor ... lässt alles, bis auf das Notwendigste, unwichtig werden. Man tötet die vor einem und schützt die, die neben einem stehen." Kaum merklich schüttelte er den Kopf und zeigte mit dem Finger auf Janssen. „Sie haben sich dazu entschieden, dieses Band zu zerschneiden. Sie haben den Pakt gebrochen ... *und mussten dafür bezahlen.*"

„Dafür haben Sie gesorgt", sagte Janssen grimmig.

„Wie sind Sie auf mich gekommen? Nicht, dass es noch einen großen Unterschied macht", brummte Woodly.

„So, wie die Männer gestorben sind, wusste ich, dass es dem Mörder wichtig war, nicht nur, was die perverse Freude an ihrem Schmerz betrifft", antwortete Janssen. „Das war eine persönliche Sache. Die Männer mussten leiden, Sie mussten sie leiden lassen, wann immer Sie die Möglichkeit dazu hatten. Ich habe mir gedacht, dass Catton dagewesen ist, um Ihr Handwerk zu bewundern. Er wollte niemanden töten, hatte aber auch kein Problem mit Ihrer Vorgehensweise."

Langsam nickte Woodly und mahlte mit dem Kiefer, während er sich vermutlich daran erinnerte, was er den Männern angetan hatte.

„Und dann war da etwas bei Harry Oakes."

Mit zusammengekniffenen Augen neigte Woodly den Kopf zur Seite. „Was war mit ihm?"

„Das Entschärfungskommando ist der Meinung, dass die Splittermine aus Jugoslawien stammt. Anscheinend war es gängige Praxis, dass die Truppen Souvenirs aus dem Balkan geschmuggelt haben, nicht nur Schusswaffen. Wie sonst sollte so eine Vorrichtung ihren Weg nach Norfolk finden?"

Langsam nickte Woodly.

„Und ich habe nachgesehen. Keiner der Männer war im Balkan stationiert, sie waren zu jung ... aber Sie waren dort. Als Teil der Friedenstruppe, richtig? Sie haben mir selbst davon erzählt."

„Sie haben ein gutes Gedächtnis, Inspector", sagte Woodly mit einem resignierten Lächeln.

„Und bevor ich hierher gefahren bin, habe ich das Schusswaffenregister überprüft. Haben Sie die Schrotflinte noch?"

„Nein", erwiderte Woodly unverblümt. „Ich musste sie loswerden."

Janssen betrachtete den Schraubstock und die Werkzeuge, die an der Wand hingen.

„Es war kein Problem für Sie, den Lauf abzusägen, damit Sie sie leichter transportieren konnten. Das verstehe ich ja, allerdings nicht, warum Sie auf die Idee gekommen sind, dass es Ihr Recht war", sagte Janssen.

„Sie haben mir meinen Jungen genommen!", knurrte Woodly und schlug mit den Händen auf die Werkbank. „Ich hatte jedes Recht dazu. Jedes!"

„Und wie viel von Ihrer Wut und Ihrem Rachedurst rührt daher, was sie getan haben, und wie viel von Carls Taten?"

„Ich weiß nicht, wovon Sie reden –"

„Das tun Sie sehr wohl", entgegnete Janssen und fixierte den Mann. „Ich kann es von Ihrem Gesicht ablesen, Mr. Woodly, wie aus einem Buch. Sie erleben jeden Tag, was Heroin bei Menschen anrichten kann, wenn Sie Joe anschauen … und dann mussten Sie akzeptieren, dass Carl mitgeholfen hat, die Drogen auf die Straße zu bringen. Denn das hat er getan und er ist so schuldig, wie die anderen."

„Ja", gab Woodly zurück, dann erlosch seine Wut. Er ließ den Kopf hängen, während er flüsterte: „Ja, das hat er."

„Und Sie haben beschlossen, Richter, Jury und Henker in einem zu spielen."

Als Woodly wieder nach rechts sah, folgte Janssen seinem Blick zu einer alten, blauen Werkzeugkiste, eine, die sich oben öffnen und zu den Seiten aufklappen ließ. Sie stand auf der

Werkbank vor Woodly. Das war schon das zweite Mal, dass er sie angesehen hatte.

„Und wer hätte für meinen Sohn für Gerechtigkeit gesorgt, Inspector? Sie?"

„Sie hätten damit zu uns kommen sollen –"

„Das Feuer ist untersucht worden und man hat es für einen Unfall gehalten ...", erwiderte Woodly beschuldigend. „Was hätte ich denn nach so langer Zeit in der Hand gehabt ... eine Andeutung von einem Verrückten, der allein im Wald lebt ..." Er winkte die Idee ab. „Catton? Und dazu die Vorwürfe eines trauernden Vaters gegen Säulen der Gemeinde ... erfolgreiche Geschäftsmänner? Zum Teufel, Greg Ellis sponsert jeden Sommer den Wohltätigkeitslauf der Stadt für behinderte Kinder. Eddie Drew ein Nachwuchsfußballteam. Wer hätte Catton und mir geglaubt?" Das letzte Wort spuckte er fast aus. „Nein, sie haben verdient, was sie bekommen haben. Sie haben *es verdient*."

„Und haben Sie an irgendjemand anderes gedacht, außer an sich selbst?", fragte Janssen. „An Tina Oakes, die ihren beiden kleinen Kindern erklären muss, wie ihr Vater gestorben ist, oder –"

„Sie sind mir egal!", unterbrach Woodly ihn. „Ich bin nicht für sie verantwortlich."

„Noch mehr Leben zerstört, weil Sie eine Rechnung begleichen wollten", sagte Janssen. „Einschließlich Ihrem."

„Paul ..."

Die beiden drehten sich zu Sheila Woodly um, die in Morgenmantel und Pantoffeln an der Schwelle der Garage stand und die Arme fest um sich geschlungen hatte. Janssen fragte sich, wie lange sie schon dastand. Ihrem Gesichtsausdruck nach lange genug, um mitzubekommen, worüber sie gesprochen hatten. Paul Woodly wandte den Blick von ihr ab. Über ihre Wangen rannen Tränen.

„Sag, dass das nicht wahr ist, Paul, bitte ...", sagte sie, er aber antwortete nicht. Stattdessen huschte sein Blick wieder zur Werkzeugkiste. Janssen trat einen Schritt näher heran. Paul Woodly schaute zu ihm hoch.

„Nicht", sagte Janssen kopfschüttelnd. „Es ist vorbei."

Einen Moment lang hielt Woodly noch den Blickkontakt, dann nickte er langsam.

„Ich vermisse meinen Sohn jeden Tag, Inspector Janssen. Ich vermisse ihn so sehr."

Mit diesen Worten ging er hinüber zu einem alten, hölzernen Hocker und setzte sich. Er gab eine gebrochene, deprimierte Figur ab. Als seine Frau zu ihm kam, sah er sie an.

„Es tut mir leid, Schatz", sagte er. Sheila Woodly strich ihm mit der Hand über die Wange. Schweigend und unbeweglich starrte ihr Mann sie an. Auf dem Weg aus der Garage stieß Sheila Woodly fast mit Eric Collet zusammen. Er sah ihr nach, wie sie ins Haus ging, dann baute er sich an der Schwelle auf und schaute die beiden Männer an. Paul Woodly ließ Schultern und Kopf hängen.

„Alles in Ordnung?", erkundigte sich Collet.

Janssen nickte und trug ihm auf, Woodly im Auge zu behalten, während er die blaue Werkzeugkiste öffnete. Nachdem alle Fächer ausgeklappt waren, fand er ganz unten eine Pistole. Als er sie in die Hand nahm, war er überrascht, wie schwer sie war, sie musste über ein Kilo wiegen. Am Griff entdeckte Janssen einen fünfzackigen Stern und am Lauf die Gravur des Herkunftslandes. Auch diese Waffe stammte aus Ex-Jugoslawien. Der Inspector warf Woodly einen Seitenblick zu, doch der Mann zuckte nur mit den Schultern.

„Ich dachte, wäre nicht schlecht, sie zur Hand zu haben ... nur für den Fall", meinte Woodly entschuldigend. „Ich hätte wissen müssen, dass sie wahrscheinlich auf John losgehen würden, nicht auf mich. Ich habe sie wohl für intelligenter gehalten, als sie sind. Es freut mich, dass es Johnny gut geht, wirklich."

Unter Schwierigkeiten entfernte Janssen das Magazin aus der Waffe. Anscheinend hatte Woodly sie nicht gut in Schuss gehalten, und er fragte sich, wie nützlich die Pistole im Ernstfall gewesen wäre.

„Was passiert jetzt mit John?", erkundigte sich Woodly.

Janssen schüttelte den Kopf. „Tut mir leid, ich weiß es nicht. Bestimmt wird man seine geistige Gesundheit und den Militärdienst berücksichtigen ... aber", sagte er und schaute den Mann an, „er hat gewusst, was Sie getan haben. Wahrscheinlich wird er wegen Beihilfe angeklagt. Sie müssen ihm erzählt haben, was letzte Nacht passieren würde, vielleicht sogar ganz genau." Woodly schaute weg, offenbar wollte er das nicht bestätigen. „Was Sie getan haben, wird auch für ihn nicht gut aussehen."

Janssen signalisierte Collet, dass er Woodly verhaften sollte, und der Detective Constable half dem Mann auf die Beine und legte ihm Handschellen an, bevor er ihn nach draußen zum Auto brachte. Paul Woodly leistete keinen Widerstand.

Erleichtert, dass er die Waffe endlich gesichert hatte, legte Janssen die Pistole auf die Werkbank und holte sein Handy heraus, um die DCI anzurufen. Keiner, der in diesen Fall verwickelt war, würde ungeschoren davonkommen, und seine Gedanken wandten sich den Unschuldigen zu, den Familienmitgliedern, die ihre Liebsten für eine Sache leiden gesehen hatten, die sie nicht hatten kontrollieren können, und die nun als Überlebende vor einer noch größeren Herausforderung standen. Tom Janssen fragte sich, wie sie das bewältigen würden.

Sein Handy piepste, als eine Nachricht eintraf. Es war ein Selfie von Alice und Saffy. Sie saßen am Frühstückstisch, trugen Pyjamas und schnitten Grimassen in die Kamera. Darunter stand: *Wir haben dich heute Morgen vermisst. Hoffe, es ist alles in Ordnung. Wir lieben dich x x.*

Tom freute sich schon darauf, die beiden später zu sehen, dass etwas Schönes auf ihn wartete. Die Lösung dieses Falls hatte bei ihm mehr ein Gefühl der Leere als Euphorie hinterlassen. Klar, das Team hatte ein gutes Ergebnis eingefahren, aber es hatte viel zu viele Opfer gegeben. Die Ereignisse der letzten Tage hatten verdeutlicht, dass das Leben kostbar war. Alles konnte sich plötzlich ändern.

Die Botschaft war eindeutig: Mach das beste aus der Zeit, die dir bleibt. Alice und Saffy waren seine Zukunft, davon war Tom nun überzeugt.

Ihnen hat das Buch gefallen? Sie könnten einen großen Unterschied machen

---

Da Rezensionen für die erfolgreiche Karriere eines Autors entscheidend sind und falls Ihnen dieses Buch gefallen hat, bitte ich Sie um einen großen Gefallen: Schreiben Sie eine Rezension auf Amazon.

mybook.to/hidden-norfolk-5

Rezensionen erhöhen die für Autoren lebenswichtige Sichtbarkeit. Wenn Sie eine Rezension über eines meiner Bücher schreiben, macht das einen großen Unterschied.

Vielen Dank, dass Sie sich die Zeit genommen haben, meine Arbeit zu lesen.

www.jmdalgliesh.com/startseite/deutsch

WEITERE BÜCHER DES AUTORS

Die Hidden-Norfolk-Reihe

Das einsame Mädchen

Das verlorene Mädchen

Die zerrissene Frau

Der rätselhafte Mann

Der brennende Mann

KOSTENLOSES eBook

Das rebellische Mädchen
– Eine Novelle aus der Hidden-Norfolk-Reihe

ÜBER DEN AUTOR

Jason Dalgliesh wurde an der Südküste Englands geboren und wuchs in Hampshire, GB, auf. Er arbeitete in der Energieübertragungsbranche, im Einzelhandel, in Callcentern und für die Nachtschicht einer Bäckerei. Zudem hat er einen Hochschulabschluss in Geschichte.

Die Hidden-Norfolk-Reihe mit Detective Tom Janssen ist ein weltweiter Bestseller, das fünfte Buch der Reihe schaffte es im Jahr 2020 sogar auf die Shortlist für den begehrten Kindle Storyteller Award UK von Amazon.

DI Janssen und sein Ermittlerteam sind an der windgepeitschten Küste im Norden Norfolks zuhause. Die Handlung spielt in einer der schroffsten und schönsten Landschaften im Vereinigten Königreich. Für Leser, die große Freude an atmosphärischen Kriminalromanen haben, ist diese Serie ein Muss.

Jason Dalgliesh hat einige Zeit im Ausland verbracht und in verschiedenen Teilen Englands und der schottischen Highlands gelebt und gearbeitet. Derzeit lebt er mit seiner Frau und seinen beiden kleinen Kindern in Norfolk.

Sie erreichen ihn über seine Website jmdalgliesh.com/startseite/deutsch